MES AMIS MES AMOURS

DU MÊME AUTEUR

chez le même éditeur

Et si c'était vrai..., 2000
Où es-tu ?, 2001
Sept jours pour une éternité..., 2003
La Prochaine Fois, 2004
Vous revoir, 2005
Les Enfants de la liberté, 2007
Toutes ces choses qu'on ne s'est pas dites, 2008

À Louis,
À Emily

Paris

– Tu te souviens de Caroline Leblond ?

– Seconde A, toujours assise au fond de la classe. Ton premier baiser. Ça fait quelques années...

– Elle était rudement belle, Caroline Leblond.

– Pourquoi penses-tu à elle, là maintenant ?

– Là-bas, près du manège, je trouve que cette femme lui ressemble.

Antoine regardait attentivement la jeune maman qui lisait, assise sur une chaise. En tournant les pages, elle jetait de brefs regards à son petit garçon qui riait, accroché au mât de son cheval de bois.

– Elle doit avoir plus de trente-cinq ans, cette femme, là-bas, près du manège.

– Nous aussi on a plus de trente-cinq ans, ajouta Mathias.

– Tu crois que c'est elle ? Tu as raison, elle a un faux air de Caroline Leblond.

– Qu'est-ce que j'ai pu être amoureux d'elle !

– Toi aussi tu lui faisais ses devoirs de maths pour qu'elle t'embrasse ?

– C'est dégueulasse ce que tu dis.

– Pourquoi c'est dégueulasse ? Elle embrassait tous les garçons qui avaient plus de 14 sur 20.

– Je viens de te dire que j'étais fou amoureux d'elle !

– Eh bien, maintenant tu peux envisager de tourner la page.

Assis côte à côte sur un banc qui bordait le carrousel, Antoine et Mathias suivaient maintenant du regard un homme au complet bleu qui posait un gros sac rose au pied d'une chaise et accompagnait sa petite fille jusqu'au manège.

– C'est un six mois, dit Antoine.

Mathias scruta le baluchon. Par la fermeture Éclair entrouverte, dépassaient un paquet de biscuits, une bouteille d'orangeade, et le bras d'un ours en peluche.

– Trois mois, pas plus ! Tu paries ?

Mathias tendit sa main, Antoine lui tapa dans la paume.

– Tenu !

La petite fille sur le cheval à la crinière dorée semblait perdre un peu l'équilibre, son père bondit, mais le gérant du manège l'avait déjà remise en selle.

– Tu as perdu..., reprit Mathias.

Il avança jusqu'à l'homme au complet bleu et s'assit près de lui.

– C'est difficile au début, hein ? questionna Mathias, condescendant.

– Oh oui ! répondit l'homme en soupirant.

– Avec le temps, vous verrez, ça devient encore plus compliqué.

Mathias regarda furtivement le biberon sans capuchon qui dépassait du sac.

– Cela fait longtemps que vous êtes séparés ?

– Trois mois...

Mathias lui tapota l'épaule et repartit triomphant vers Antoine. Il fit signe à son ami de le suivre.

– Tu me dois vingt euros !

Les deux hommes s'éloignèrent dans une allée du jardin du Luxembourg.

– Tu rentres à Londres demain ? demanda Mathias.

– Ce soir.

– Alors on ne dîne pas ensemble ?

– Sauf si tu prends le train avec moi.

– Je travaille, demain !

– Viens travailler là-bas.

– Ne recommence pas. Qu'est-ce que tu veux que je fasse à Londres ?

– Être heureux !

I

Londres, quelques jours plus tard

Assis à son bureau, Antoine rédigeait les dernières lignes d'une lettre. Il la relut et, satisfait, la plia soigneusement avant de la glisser dans sa poche.

Les persiennes des fenêtres qui donnaient sur Bute Street filtraient la lumière d'une belle journée d'automne vers les parquets en bois blond du cabinet d'architecture.

Antoine enfila le veston accroché au dos de sa chaise, ajusta les manches de son pull et marcha d'un pas rapide vers le hall d'entrée. Il s'arrêta en chemin et se pencha sur l'épaule de son chef d'agence pour étudier le plan qu'il traçait. Antoine déplaça l'équerre et corrigea un trait de coupe. McKenzie le remercia d'un hochement de tête, Antoine le salua d'un sourire et repartit vers l'accueil en regardant sa montre. Aux murs. étaient accrochés des photographies et dessins des projets réalisés par l'agence depuis sa création.

– Vous partez en congé ce soir ? demanda-t-il à la réceptionniste.

– Eh oui, il est temps que je mette ce bébé au monde.

– Garçon ou fille ?

La jeune femme esquissa une grimace en posant la main sur son ventre rond.

– Footballeur !

Antoine contourna le pupitre, la prit dans ses bras et la serra contre lui.

– Revenez vite... pas trop vite, mais vite quand même ! Enfin, revenez quand vous voulez.

Il s'éloigna en lui faisant un petit signe de la main et poussa les portes vitrées qui ouvraient sur le palier des ascenseurs.

Paris, le même jour

Les portes vitrées d'une grande librairie parisienne s'ouvrirent sur les pas d'un client visiblement pressé. Chapeau sur la tête, écharpe nouée autour du cou, il se dirigeait vers le rayon des livres scolaires. Perchée sur une échelle, une vendeuse énonçait à voix haute les titres et quantités des ouvrages rangés dans les rayonnages, pendant que Mathias en reportait les références sur un cahier. Sans autre préambule, le client leur demanda d'un ton peu avenan- où se trouvaient les œuvres complètes de Victor Hugo dans la Pléiade.

– Quel volume ? interrogea Mathias en levant un œil de son cahier.

– Le premier, répondit l'homme, d'un ton encore plus sec.

La jeune vendeuse se contorsionna et attrapa le livre du bout des doigts. Elle se pencha pour le donner à Mathias. L'homme au chapeau s'en saisit prestement et se dirigea vers la caisse. La vendeuse échangea un regard avec Mathias. Les mâchoires serrées, il posa son cahier sur le comptoir et courut derrière le client.

– Bonjour, s'il vous plaît, merci, au revoir ! hurla-t-il en lui barrant l'accès à la caisse.

Stupéfait, le client essaya de le contourner ; Mathias lui arracha le livre des mains avant de retourner à son travail, en répétant à tue-tête « Bonjour, s'il vous plaît, merci, au revoir ! ». Quelques clients assistaient à la scène, effarés. L'homme au chapeau quitta le magasin, furieux, la caissière haussa les épaules, la jeune vendeuse, toujours sur son échelle, eut bien du mal à garder son sérieux et le propriétaire de la librairie pria Mathias de passer le voir avant la fin de la journée.

Londres

Antoine remontait Bute Street à pied ; il avança vers le passage clouté, un *black cab* ralentit et s'arrêta. Antoine adressa un signe de remerciement au chauffeur et avança vers le rond-point devant le Lycée français. Au son de la cloche, la cour de l'école primaire fut envahie par une nuée d'enfants. Emily et Louis, cartable au dos, marchaient côte à côte. Le petit garçon sauta dans les bras de son père. Emily sourit et s'éloigna vers la grille.

– Valentine n'est pas venue te chercher ? demanda Antoine à Emily.

– Maman a appelé la maîtresse, elle est en retard, elle veut que j'aille l'attendre au restaurant d'Yvonne.

– Alors viens avec nous, je t'emmène, on va goûter là-bas tous les trois.

Paris

Une pluie fine s'imprimait sur les trottoirs luisants. Mathias resserra le col de sa gabardine et s'engagea dans les clous. Un taxi klaxonna et le frôla. Le chauffeur passa une main par la vitre, le majeur pointé dans une position peu équivoque. Mathias traversa la rue et entra dans la supérette.

Les lumières vives des néons succédèrent au ton grisâtre du ciel de Paris. Mathias chercha une boîte de café, hésita devant différents plats surgelés et choisit un paquet de jambon sous vide. Son petit panier rempli, il se dirigea vers la caisse.

Le commerçant lui rendit sa monnaie mais pas son bonsoir.

Quand il arriva devant le pressing, le rideau de fer était déjà baissé, Mathias rentra chez lui.

Londres

Attablés dans la salle déserte du restaurant, Louis et Emily dessinaient sur leurs cahiers tout en se régalant d'une crème caramel dont seule la patronne, Yvonne, avait le secret. Elle remontait de la cave, Antoine la suivait, portant une caisse de vin, deux cagettes de légumes et trois pots de crème.

– Comment fais-tu pour soulever des trucs pareils ? demanda Antoine.

– Je fais ! répondit Yvonne en lui indiquant de poser le tout sur le comptoir.

– Tu devrais prendre quelqu'un pour t'aider.

– Et avec quoi je le paierais ton quelqu'un ? J'ai déjà du mal à m'en sortir toute seule.

– Dimanche, je viendrai te donner un coup de main avec Louis ; nous rangerons ta réserve, c'est un vrai capharnaüm en bas.

– Laisse ma réserve comme elle est et emmène

plutôt ton fils faire du poney à Hyde Park, ou fais-lui visiter la Tour de Londres, cela fait des mois qu'il en rêve.

– Il rêve surtout de visiter le musée des Horreurs, ce n'est pas la même chose. Et il est encore trop jeune.

– Ou toi trop vieux, répliqua Yvonne en rangeant ses bouteilles de bordeaux.

Antoine passa la tête par la porte de la cuisine et regarda avec envie les deux grands plats posés sur la cuisinière. Yvonne lui tapota l'épaule.

– Je vous mets deux couverts pour ce soir ? demanda-t-elle.

– Trois peut-être ? répondit Antoine en regardant Emily appliquée sur son cahier au fond de la salle.

Mais à peine avait-il achevé sa phrase que la maman d'Emily entrait, essoufflée, dans le bistrot. Elle se dirigea vers sa fille, l'embrassa en s'excusant de son retard, une réunion au consulat l'avait retenue. Elle lui demanda si elle avait terminé ses devoirs ; la petite fille acquiesça, toute fière. Antoine et Yvonne la regardaient depuis le comptoir.

– Merci, dit Valentine.

– Je t'en prie, répondirent en chœur Yvonne et Antoine.

Emily rangea son cartable et prit sa mère par la main. Depuis le pas de la porte, la petite fille et sa maman se retournèrent et les saluèrent tous les deux.

Paris

Mathias reposa le cadre sur le comptoir de sa cuisine. Il en effleura le verre du bout des doigts, comme pour caresser les cheveux de sa fille. Sur la photo, Emily tenait sa mère d'une main, et de l'autre lui faisait un signe d'au revoir. C'était au jardin du Luxembourg, trois ans plus tôt. La veille du jour où Valentine, sa femme, le quittait pour partir s'installer à Londres avec sa fille.

Debout derrière la table à repasser, Mathias approcha sa main de la semelle du fer pour s'assurer qu'elle était à la bonne température. Entre les chemises qu'il défroissait au rythme d'une par quart d'heure, s'inséra un petit paquet enrobé de papier d'aluminium qu'il repassa avec encore plus d'attention. Il reposa le fer sur son socle, débrancha la prise et déplia la feuille d'aluminium, découvrant un croque-monsieur fumant. Il le fit glisser sur une assiette et emporta son repas vers le canapé du salon en attrapant au passage son journal sur la table basse.

Londres

Si en ce début de soirée le bar du restaurant était animé, la salle était loin d'afficher complet. Sophie, la jeune fleuriste, qui tenait un magasin à côté du restaurant, entra les bras chargés d'un énorme bouquet. Ravissante dans sa blouse blanche, elle arrangea les lys dans un vase posé sur le comptoir. La patronne lui désigna d'un signe discret Antoine et Louis. Sophie se dirigea vers leur table. Elle embrassa Louis et déclina l'invitation d'Antoine à se joindre à eux ; elle avait encore du rangement à faire dans sa boutique et devait partir très tôt le lendemain au marché aux fleurs de Columbia Road. Yvonne appela Louis pour qu'il vienne se choisir une glace dans le congélateur. Le petit garçon s'éclipsa.

Antoine prit la lettre dans son veston et la remit discrètement à Sophie. Elle la déplia et commença à la lire, visiblement satisfaite. Tout en poursuivant sa lecture, elle tira une chaise à elle et s'assit. Elle rendit la première page à Antoine.

– Tu peux commencer par : « Mon amour » ?

– Tu veux que je lui dise « mon amour » ? répondit Antoine, dubitatif.

– Oui, pourquoi ?

– Pour rien !

– Qu'est-ce qui te gêne ? questionna Sophie.

– Je trouve que c'est un peu trop.

– Trop quoi ?

– Trop, trop !

– Je ne comprends pas. Je l'aime d'amour, je l'appelle « mon amour » ! insista Sophie, convaincue.

Antoine prit son stylo et en ôta le capuchon.

– C'est toi qui aimes, c'est toi qui décides ! Mais enfin...

– Enfin quoi ?

– S'il était là, tu l'aimerais peut-être un peu moins.

– Tu fais chier, Antoine. Pourquoi tu dis toujours des choses comme ça ?

– Parce que c'est comme ça ! Quand les gens vous voient tous les jours, ils vous regardent moins... voire plus du tout au bout d'un certain temps.

Sophie le dévisagea, visiblement agacée. Antoine reprit la feuille et s'exécuta.

– Très bien, nous disons donc : « Mon amour »...

Il éventa la feuille pour que l'encre sèche et la remit à Sophie. Elle embrassa Antoine sur la joue, se leva et envoya un baiser de la main à Yvonne, affairée derrière son bar. Alors qu'elle franchissait le pas de la porte, Antoine la rappela.

– Excuse-moi pour tout à l'heure.

Sophie sourit et sortit.

Le portable d'Antoine sonna, le numéro de Mathias s'affichait sur l'écran.

– Où es-tu ? demanda Antoine.

– Dans mon canapé.

– Tu as une petite voix, je me trompe ?

– Non, non, répondit Mathias en triturant les oreilles d'une girafe en peluche.

– Je suis allé chercher ta fille à l'école tout à l'heure.

– Je sais, elle me l'a dit, je viens de raccrocher avec elle. Il faut que je la rappelle, d'ailleurs.

– Elle te manque à ce point-là ? demanda Antoine.

– Encore plus quand je viens de raccrocher avec elle, répondit Mathias avec une pointe de tristesse dans la voix.

– Pense à la chance qu'elle aura plus tard d'être totalement bilingue et félicite-toi. Elle est magnifique et heureuse.

– Je sais tout ça, c'est son père qui l'est moins.

– Tu as des problèmes ?

– Je crois que je vais finir par me faire virer.

– Raison de plus pour venir t'installer ici, près d'elle.

– Et de quoi vivrais-je ?

– Il y a des librairies à Londres et ce n'est pas le travail qui manque.

– Elles ne sont pas un peu anglaises tes librairies ?

– Mon voisin prend sa retraite. Sa librairie est en plein cœur du quartier français, et il cherche un gérant pour le remplacer.

Antoine reconnut que l'endroit était bien plus modeste que celui où travaillait Mathias à Paris, mais il serait son propre patron, ce qui en Angleterre n'était pas un crime... Les lieux étaient pleins de charme, même s'ils avaient besoin d'être rafraîchis.

– Il y aurait beaucoup de travaux ?

– Ça c'est de mon domaine, répondit Antoine.

– Et combien coûterait la gérance ?

Le propriétaire cherchait avant tout à éviter que sa librairie ne se transforme en une sandwicherie. Il se contenterait d'un petit pourcentage sur les résultats.

– Comment tu définis « petit » exactement ? questionna Mathias.

– Petit ! Petit comme... la distance qu'il y aurait entre ton lieu de travail et l'école de ta fille.

– Je ne pourrai jamais vivre à l'étranger.

– Pourquoi ? Tu crois que la vie sera plus belle à Paris quand le tramway sera fini ? Ici le gazon ne pousse pas qu'entre les rails, il y a des parcs partout... Tiens, ce matin, j'ai donné à manger à des écureuils dans mon jardin.

– Tu as des journées chargées !

– Tu t'habituerais très bien à Londres, il y a une énergie incroyable, les gens sont aimables, et puis quand je te parle du quartier français, on se croirait vraiment à Paris... mais sans les Parisiens.

Et Antoine fit une liste exhaustive de tous les commerces français installés autour du lycée.

– Tu peux même acheter *L'Équipe* et prendre ton café crème en terrasse sans quitter Bute Street.

– Tu exagères !

– À ton avis, pourquoi les Londoniens ont baptisé la rue « *Frog Alley* » ? Mathias, ta fille vit ici, et ton meilleur ami aussi. Et puis tu n'arrêtes pas de dire que la vie est stressante à Paris.

Gêné par le bruit qui venait de la rue, Mathias

avança jusqu'à sa fenêtre ; un automobiliste fulminait contre les éboueurs.

– Ne quitte pas une seconde, demanda Mathias en penchant la tête dehors.

Il hurla à l'automobiliste qu'à défaut de respecter le voisinage, ce dernier pourrait au moins avoir un peu de considération pour des gens qui avaient un travail difficile. À sa portière, le conducteur vociféra une bordée d'injures. La benne finit par se ranger sur le bas-côté et la voiture s'enfuit dans un crissement de pneus.

– Qu'est-ce que c'était ? demanda Antoine.

– Rien ! Qu'est-ce que tu disais sur Londres ?

II

Londres, quelques mois plus tard

Le printemps était au rendez-vous. Et si, en ces premiers jours d'avril, le soleil se cachait encore derrière les nuages, la température ne laissait aucun doute sur l'avènement de la saison. Le quartier de South Kensington était en pleine effervescence. Les étals des marchands de quatre saisons regorgeaient de fruits et légumes joliment disposés, la boutique de fleurs de Sophie ne désemplissait pas et la terrasse du restaurant d'Yvonne rouvrirait bientôt. Antoine croulait sous le travail. Cette après-midi, il avait reporté deux rendez-vous pour suivre l'avancement des travaux de peinture d'une ravissante petite librairie à la pointe de Bute Street.

Les étagères du French Bookshop étaient protégées par des bâches en plastique et les peintres achevaient les dernières finitions. Antoine regarda sa montre, inquiet, et se tourna vers son collaborateur.

– Ils n'auront jamais fini ce soir !

Sophie entra dans la librairie.

– Je repasserai plus tard déposer mon bouquet, la peinture aime les fleurs mais la réciproque n'est pas vraie.

– Au train où vont les choses, repasse demain, répondit Antoine.

Sophie s'approcha de lui.

– Il va être fou de joie, alors même s'il reste une échelle et deux pots d'enduit par-ci, par-là, ce n'est pas très grave.

– Ce ne sera beau que quand tout sera fini.

– Tu es maniaque. Bon, je vais fermer le magasin et je viens vous donner un coup de main. À quelle heure arrive-t-il ?

– Je n'en sais rien ; tu le connais, il a changé quatre fois d'horaire.

*

Assis à l'arrière d'un taxi, une valise à ses pieds, un colis sous le bras, Mathias ne comprenait rien aux propos que lui tenait le chauffeur. Par politesse, il lui répondait par une série de oui et de non hasardeux, tâchant d'interpréter son regard dans le rétroviseur. En montant à bord, il avait recopié l'adresse de sa destination au dos de son billet de train et confié le tout à cet homme qui, en dépit d'un problème de communication devenu flagrant et d'un volant placé du mauvais côté, lui semblait néanmoins de toute confiance.

Le soleil perçait enfin les nuages et ses rayons irradiaient la Tamise, étirant les eaux du fleuve en un long ruban argenté. Traversant le pont de Westminster, Mathias découvrait les contours de l'abbaye sur la rive opposée. Sur le trottoir, une jeune femme adossée au parapet, micro en main, récitait son texte face à une caméra.

– Près de quatre cent mille de nos compatriotes auraient franchi la Manche pour venir s'installer en Angleterre.

Le taxi dépassa la journaliste et la voiture s'engouffra dans le cœur de la ville.

*

Derrière son comptoir, un vieux monsieur, anglais, rangeait quelques papiers dans un cartable au cuir craquelé par l'usure du temps. Il regarda autour de lui et inspira profondément avant de se remettre à la tâche. Il actionna discrètement le mécanisme d'ouverture de la caisse enregistreuse et écouta le tintement délicat de la petite clochette quand s'ouvrait le chariot à monnaie.

– Dieu que ce bruit va me manquer, dit-il.

Sa main passa sous l'antique machine et

repoussa un ressort, libérant de ses rails le tiroir-caisse. Il le posa sur un tabouret non loin de lui. Il se pencha pour récupérer, au fond de l'enclave, un petit livre à la couverture rouge défraîchie. Le roman était signé P.G. Wodehouse. Le vieux monsieur anglais, qui répondait au nom de John Glover, huma le livre et le serra tout contre lui. Il en fit défiler quelques pages, avec une attention qui frisait la tendresse. Puis il le plaça en évidence sur la seule étagère qui n'était pas bâchée et retourna derrière son comptoir. Il referma son cartable et attendit ainsi les bras croisés.

– Tout va bien monsieur Glover ? demanda Antoine en regardant sa montre.

– Mieux friserait l'indécence, répondit le vieux libraire.

– Il ne devrait plus tarder.

– À mon âge, le retard d'un rendez-vous devenu inévitable ne peut être qu'une bonne nouvelle, reprit Glover d'un ton posé.

Un taxi se rangeait le long du trottoir. La porte de la librairie s'ouvrit et Mathias se jeta dans les bras de son ami. Antoine toussota et indiqua, d'un regard appuyé, le vieux monsieur qui l'attendait au fond de la libraire, à dix pas de lui.

– Ah oui, je comprends mieux maintenant le sens que tu donnes au mot « petit », chuchota Mathias en regardant autour de lui.

Le vieux libraire se dressa et tendit une main franche à Mathias.

– Monsieur Popinot je présume ? dit-il dans un français presque parfait.

– Appelez-moi Mathias.

– Je suis très heureux de vous accueillir ici, monsieur Popinot. Vous aurez probablement un peu de mal à vous repérer au début, les lieux peuvent sembler petits, mais l'âme de cette librairie est immense.

– Monsieur Glover, mon nom n'est pas du tout Popinot.

John Glover tendit le vieux cartable à Mathias et l'ouvrit devant lui.

– Vous trouverez dans la poche centrale tous les documents signés par le notaire. Manipulez la fermeture Éclair avec une certaine précaution, depuis son soixante-dixième anniversaire, elle est devenue étrangement capricieuse.

Mathias prit la sacoche et remercia son hôte.

– Monsieur Popinot, puis-je vous demander une faveur, oh une toute petite faveur de rien du tout, mais qui me comblerait de joie ?

– Avec grand plaisir monsieur Glover, répondit Mathias hésitant, mais permettez-moi d'insister, mon nom n'est pas Popinot.

– Comme vous voudrez, reprit le libraire d'un ton avenant. Pourriez-vous me demander si, par le plus grand des hasards, je ne disposerais pas dans mes rayons d'un exemplaire de *Inimitable Jeeves*.

Mathias se retourna vers Antoine, cherchant

dans le regard de son ami un semblant d'explication. Antoine se contenta de hausser les épaules. Mathias toussota et regarda John Glover le plus sérieusement du monde.

– Monsieur Glover, auriez-vous par le plus grand des hasards un livre dont le titre serait *Inimitable Jeeves,* s'il vous plaît ?

Le libraire se dirigea d'un pas décidé vers l'étagère qui n'était pas bâchée, y prit le seul exemplaire qu'elle contenait et le tendit fièrement à Mathias.

– Comme vous le constaterez, le prix indiqué sur la couverture est d'une demi-couronne ; cette monnaie n'ayant hélas plus cours, et afin que cette transaction se fasse entre gentlemen, j'ai calculé que la somme actuelle de cinquante pence ferait parfaitement l'affaire, si vous en êtes d'accord, bien sûr !

Décontenancé, Mathias accepta la proposition, Glover lui remit le livre, Antoine dépanna son ami de cinquante pence et le libraire décida qu'il était temps de faire visiter les lieux au nouveau gérant.

Bien que la librairie n'occupât guère plus de soixante-deux mètres carrés – si l'on comptait la surface des bibliothèques bien sûr et la minuscule arrière-boutique –, la visite dura trente bonnes minutes. Pendant tout ce temps, Antoine dut souffler à son meilleur ami les réponses aux questions que lui posait de temps à autre Mr Glover, quand il abandonnait le français pour reprendre sa langue natale. Après lui avoir appris le bon fonctionnement de la caisse enregistreuse, et surtout comment débloquer le tiroir-caisse quand le ressort faisait des siennes, le vieux libraire demanda à Mathias de le raccompagner, tradition oblige. Ce qu'il fit de bonne grâce.

Sur le pas de la porte, et non sans laisser paraître une certaine émotion, une fois n'est pas coutume, Mr Glover prit Mathias dans ses bras et le serra contre lui.

– J'ai passé toute ma vie dans ce lieu, dit-il.

– J'en prendrai bien soin, vous avez ma parole d'homme, répondit Mathias solennel et sincère.

Le vieux libraire s'approcha de son oreille.

– Je venais d'avoir vingt-cinq ans, je n'ai pas pu les fêter, mon père ayant eu la regrettable idée de mourir le jour de mon anniversaire. Je dois vous confier que son humour m'a toujours échappé. Le lendemain, j'ai dû reprendre sa librairie, elle était anglaise à l'époque. Ce livre que vous tenez dans les mains, c'est le premier que j'ai vendu. Nous en avions deux exemplaires en rayon. J'ai conservé celui-ci, me jurant que je ne m'en séparerais qu'au dernier jour de mon métier de libraire. Comme j'ai aimé ce métier ! Être au milieu des livres, côtoyer tous les jours les personnages qui vivent dans leurs pages... Prenez soin d'eux.

Mr Glover regarda une dernière fois l'ouvrage à la couverture rouge que Mathias tenait dans ses mains et lui dit, le sourire aux lèvres :

– Je suis certain que Jeeves veillera sur vous.

Il salua Mathias et s'éclipsa.

– Qu'est-ce qu'il t'a dit ? demanda Antoine.

– Rien, répondit Mathias, tu peux garder la boutique une seconde ?

Et avant qu'Antoine ne réponde, Mathias s'élança sur le trottoir dans les pas de Mr Glover. Il rattrapa le vieux libraire au bout de Bute Street.

– Que puis-je faire pour vous ? demanda ce dernier.

– Pourquoi m'avez-vous appelé Popinot ?

Glover regarda Mathias avec tendresse.

– Vous devriez prendre au plus vite l'habitude de ne jamais sortir en cette saison sans parapluie. Le temps n'est pas aussi rude qu'on le prétend, mais il arrive que la pluie tombe sans prévenir dans cette ville.

Mr Glover ouvrit son parapluie et s'éloigna.

– J'aurais aimé vous connaître, monsieur Glover. Je suis fier de vous succéder, cria Mathias.

L'homme au parapluie se retourna et sourit à son interlocuteur.

– En cas de problème, vous trouverez au fond du tiroir-caisse le numéro de téléphone de la petite maison du Kent où je me retire.

La silhouette élégante du vieux libraire disparut au coin de la rue. La pluie se mit à tomber, Mathias leva les yeux et regarda le ciel voilé. Il entendit dans son dos les pas d'Antoine.

– Qu'est-ce que tu lui voulais ? demanda Antoine.

– Rien, répondit Mathias en lui prenant son parapluie des mains.

Mathias regagna sa librairie, Antoine son bureau, et les deux amis se retrouvèrent en fin d'après-midi devant l'école.

*

Assis au pied du grand arbre qui ombrageait le rond-point, Antoine et Mathias guettaient la cloche qui annoncerait la fin des cours.

– Valentine m'a demandé de récupérer Emily, elle est retenue au consulat, dit Antoine.

– Pourquoi est-ce que mon ex-femme appelle mon meilleur ami pour lui demander de raccompagner ma fille ?

– Parce que personne ne savait à quelle heure tu arriverais.

– Elle est souvent en retard pour aller chercher Emily à l'école ?

– Je te rappelle qu'à l'époque où vous viviez ensemble tu ne rentrais jamais avant huit heures du soir !

– Tu es mon meilleur ami ou le sien ?

– Quand tu dis des choses comme ça je me demande si ce n'est pas toi que je viens chercher à l'école.

Mathias n'écoutait plus Antoine. Du fond de la cour de récréation, une petite fille lui offrait le plus beau sourire du monde. Le cœur battant, il se leva et son visage s'illumina du même sourire. En les regardant, Antoine se dit que seule la vie avait pu imaginer une si jolie ressemblance.

– C'est vrai que tu restes ? demanda la petite fille étouffée de baisers.

– Je t'ai déjà menti ?

– Non, mais il y a un début à tout.

– Tu es certaine que toi, tu ne mens pas sur ton âge ?

Antoine et Louis les avaient laissés en tête à tête. Emily décida de faire redécouvrir son quartier à son père. Quand ils entrèrent main dans la main dans le restaurant d'Yvonne, Valentine les attendait, assise au comptoir. Mathias s'approcha d'elle et l'embrassa sur la joue, tandis qu'Emily s'installait à la table où elle avait l'habitude de faire ses devoirs.

– Tu es tendue ? demanda Mathias en prenant place sur un tabouret.

– Non, répondit Valentine.

– Si, je vois bien, tu as l'air tendue.

– Je ne l'étais pas avant ta question, mais je peux le devenir si tu veux.

– Tu vois que tu l'es !

– Emily rêvait de dormir chez toi ce soir.

– Je n'ai même pas eu le temps de regarder à quoi ça ressemblait chez moi. Mes meubles arrivent demain.

– Tu n'as pas visité ton appartement avant d'emménager ?

– Pas eu le temps, tout s'est précipité. J'ai eu beaucoup de choses à régler à Paris avant de venir ici. Pourquoi souris-tu ?

– Pour rien, répondit Valentine.

– J'aime bien quand tu souris comme ça, pour rien.

Valentine sourcilla.

– Et j'adore quand tes lèvres bougent comme ça.

– Ça suffit, dit Valentine d'une voix douce. Tu as besoin d'un coup de main pour t'installer ?

– Non, je vais me débrouiller. Tu veux que nous déjeunions ensemble demain ? Enfin, si tu as le temps.

Valentine inspira profondément et commanda un diabolo fraise à Yvonne.

– Si tu n'es pas tendue, en tout cas tu es contrariée. C'est parce que je viens m'installer à Londres ? reprit Mathias.

– Mais pas du tout, dit Valentine en passant une main sur la joue de Mathias. Au contraire.

Le visage de Mathias s'illumina.

– Pourquoi au contraire ? demanda-t-il d'une voix fragile.

– Il faut que je te dise quelque chose, chuchota Valentine, et Emily n'est pas encore au courant.

Inquiet, Mathias rapprocha son tabouret.

– Je vais rentrer à Paris, Mathias. Le consul

vient de me proposer de diriger un service. C'est la troisième fois que l'on m'offre un poste important au Quai d'Orsay. J'ai toujours dit non, parce que je ne voulais pas déscolariser Emily. Elle s'est fait une vie ici et Louis est devenu un peu comme un frère. Elle croit déjà que je lui ai enlevé son père, je ne voulais pas qu'en plus elle me reproche de l'avoir privée de ses amis. Si tu n'étais pas venu t'installer, j'aurais probablement refusé à nouveau, mais maintenant que tu es là, tout s'arrange.

– Tu as accepté ?

– On ne peut pas refuser une promotion quatre fois de suite.

– Ça n'aurait fait que trois fois si je compte bien ! reprit Mathias.

– Je croyais que tu comprendrais, dit Valentine, calmement.

– Je comprends que j'arrive et que toi tu repars.

– Tu vas réaliser ton rêve, tu vas vivre avec ta fille, dit Valentine en regardant Emily qui dessinait sur son cahier. Elle va me manquer à en crever.

– Et ta fille, elle va en penser quoi ?

– Elle t'aime plus que tout au monde, et puis la garde alternée, ce n'est pas nécessairement une semaine/une semaine.

– Tu veux dire que c'est mieux si c'est trois ans/trois ans !

– Nous allons juste inverser les rôles, c'est toi qui me l'enverras pour les vacances.

Yvonne sortit de sa cuisine.

– Ça va vous deux ? demanda-t-elle en posant le verre de diabolo fraise devant Valentine.

– Formidable ! répondit Mathias du tac au tac.

Yvonne, dubitative, les regarda tour à tour et retourna derrière ses fourneaux.

– Vous allez être heureux, ensemble, non ? demanda Valentine en aspirant à la paille.

Mathias triturait un éclat de bois qui se détachait du comptoir.

– Si tu me l'avais dit il y a un mois, nous aurions tous été heureux... à Paris !

– Ça va aller ? demanda Valentine.

– Formidable ! grommela Mathias en arrachant l'écharde du comptoir, j'adore déjà le quartier. Tu vas lui en parler quand, à ta fille ?

– Ce soir.

– Formidable ! Et tu partirais quand ?

– À la fin de la semaine.

– Formidable !

Valentine posa sa main sur les lèvres de Mathias.

– Tout va bien se passer, tu verras.

Antoine entra dans le restaurant et remarqua aussitôt les traits décomposés de son ami.

– Ça va ? demanda-t-il.

– Formidable !

– Je vous laisse, dit aussitôt Valentine en abandonnant son tabouret ; j'ai plein de choses à faire. Tu viens Emily ?

La petite fille se leva, embrassa son pere puis Antoine et rejoignit sa mère. La porte de l'établissement se referma sur elles.

Antoine et Mathias étaient assis côte à côte. Yvonne brisa le silence en posant un verre de cognac sur le comptoir.

– Tiens, bois ça, c'est un remontant... formidable.

Mathias regarda Antoine et Yvonne à tour de rôle.

– Vous le saviez depuis combien de temps ?

Yvonne s'excusa, elle avait à faire en cuisine.

– Quelques jours ! répondit Antoine, et puis ne me regarde pas comme ça, ce n'était pas à moi de te l'annoncer... et ce n'était pas certain...

– Eh bien, maintenant ça l'est ! dit Mathias en avalant son cognac d'un trait.

– Tu veux que je t'emmène visiter ta nouvelle maison ?

– Je crois qu'il n'y a pas grand-chose à visiter pour l'instant, reprit Mathias.

– En attendant tes meubles, je t'ai installé un lit de camp dans ta chambre. Viens dîner en voisin, proposa Antoine, Louis sera ravi.

– Je le garde avec moi, dit Yvonne en interrompant leur conversation ; je ne l'ai pas vu depuis des mois, on a des tas de choses à se raconter. File, Antoine, ton fils s'impatiente.

Antoine hésitait à abandonner son ami, mais

comme Yvonne lui faisait les gros yeux, il se résigna et lui murmura à l'oreille en partant que tout allait être...

– ... formidable ! conclut Mathias.

Remontant Bute Street avec son fils, Antoine gratta à la vitrine de Sophie. Elle le rejoignit aussitôt dehors.

– Tu veux venir dîner à la maison ? demanda Antoine.

– Non, tu es un amour, j'ai encore des bouquets à finir.

– Tu as besoin d'aide ?

Le coup de coude que Louis asséna à son père n'échappa pas à la jeune fleuriste. Elle lui passa la main dans les cheveux.

– Filez, il est tard, et j'en connais un qui doit avoir plus envie de regarder des dessins animés que de jouer au fleuriste.

Sophie s'avança pour embrasser Antoine, il lui glissa une lettre dans la main.

– J'ai mis tout ce que tu m'as demandé, tu n'as plus qu'à recopier.

– Merci, Antoine.

– Tu nous le présenteras un jour, ce type à qui j'écris... ?

– Un jour, promis !

Au bout de la rue Louis tira sur le bras de son père

– Écoute, papa, si ça t'ennuie de dîner seul avec moi, tu peux me le dire, tu sais !

Et comme son fils accélérait le pas pour le distancer, Antoine lança :

– Je nous ai prévu un repas dont tu vas me dire des nouvelles : croquettes maison et soufflé au chocolat, le tout cuisiné par ton père.

– Ouais, ouais..., dit Louis bougon, en montant dans l'Austin Healey.

– Tu as vraiment un sale caractère, tu sais, reprit Antoine en lui bouclant la ceinture de sécurité.

– J'ai le tien !

– Un petit peu celui de ta mère aussi, ne va pas croire...

– Maman m'a envoyé un mail hier soir, dit Louis alors que la voiture s'éloignait sur Old Brompton Road.

– Elle va bien ?

– D'après ce qu'elle m'a dit, ce sont les gens qui sont autour d'elle qui ne vont pas vraiment bien. Elle est au Darfour, maintenant. C'est où exactement, papa ?

– Toujours en Afrique.

*

Sophie ramassa les feuilles qu'elle avait balayées sur les tomettes anciennes du magasin. Elle recomposa le bouquet de roses pâles dans le grand vase de la vitrine et remit un peu d'ordre dans les liens de raphia suspendus au-dessus du comptoir. Elle ôta sa blouse blanche pour la suspendre à la patère en fer forgé. Trois feuilles dépassaient de sa poche. Elle prit la lettre écrite par Antoine, s'assit sur le tabouret derrière la caisse et commença à réécrire les premières lignes.

*

Quelques clients finissaient de se restaurer dans la salle. Mathias dînait seul au comptoir. Le service tirait à sa fin, Yvonne se fit un café et vint s'asseoir sur un tabouret à côté de lui.

– C'était bon ? Et si tu me réponds « formidable », tu prends une gifle.

– Tu connais un certain Popinot ?

– Jamais entendu parler, pourquoi ?

– Comme ça, dit Mathias en pianotant sur le comptoir.

– Et Glover, tu l'as bien connu ?

– C'est une figure du quartier. Un homme discret et élégant, anticonformiste. Un amoureux de littérature française, je ne sais quel virus l'a piqué.

– Une femme peut-être ?

– Je l'ai toujours vu seul, répondit Yvonne aussi sec, et puis tu me connais, je ne pose jamais de questions.

– Alors comment fais-tu pour avoir toutes les réponses ?

– J'écoute plus que je ne parle.

Yvonne posa sa main sur celle de Mathias et la serra tendrement.

– Tu vas t'adapter, ne t'inquiète pas !

– Je te trouve optimiste. Dès que je prononce deux mots d'anglais, ma fille hurle de rire !

– Je te rassure, personne ne parle l'anglais dans ce quartier !

– Alors tu savais pour Valentine ? demanda Mathias en buvant la dernière gorgée de son verre de vin.

– C'est pour ta fille que tu es venu ! Tu ne comptais quand même pas récupérer Valentine en venant t'installer ici ?

– On ne compte pas, quand on aime, tu me l'as répété cent fois.

– Tu n'es toujours pas guéri, hein ?

– Je ne sais pas, Yvonne, elle me manque souvent, c'est tout.

– Alors pourquoi l'as-tu trompée ?

– C'était il y a longtemps, j'ai fait une connerie.

– Eh oui, mais ce genre de conneries-là, on les paie toute sa vie. Profite de cette aventure londonienne pour tourner la page. Tu es plutôt bel homme, j'aurais trente ans de moins je te ferais des avances. Si le bonheur se présente, ne le laisse pas passer.

– Je ne suis pas sûr qu'il ait ma nouvelle adresse, ton bonheur...

– Combien de rencontres as-tu gâchées ces trois dernières années parce que tu aimais avec un pied dans le présent et l'autre dans le passé ?

– Qu'est-ce que tu en sais ?

– Je ne t'ai pas demandé de répondre à ma question, je te demande juste d'y réfléchir. Et puis pour ce que j'en sais, je viens de te le dire, j'ai trente ans de trop. Tu veux un café ?

– Non, il est tard, je vais aller me coucher.

– Tu vas retrouver ton chemin ? demanda Yvonne.

– La maison collée à celle d'Antoine, ce n'est pas la première fois que je viens.

Mathias insista pour régler son addition, récupéra ses affaires, salua Yvonne et sortit dans la rue.

*

La nuit avait glissé sur sa vitrine sans qu'elle s'en soit rendu compte. Sophie replia la lettre, ouvrit le placard sous la caisse, et la rangea dans une boîte en liège au-dessus de la pile des lettres rédigées par Antoine. Elle jeta celle qu'elle venait de réécrire dans le grand sac en plastique noir parmi les amas de feuilles et de tiges coupées. En quittant le magasin, elle le déposa sur le trottoir, au milieu d'autres poubelles.

*

Quelques cirrus voilaient le ciel. Mathias, valise à la main, son colis sous le bras, remontait Old Brompton Road à pied. Il s'arrêta un instant, se demandant s'il n'avait pas dépassé sa destination.

– Formidable ! grommela-t-il en reprenant sa marche.

Au carrefour, il reconnut la vitrine d'une agence immobilière et tourna dans Clareville Grove. Des maisons de toutes les couleurs bordaient la ruelle. Sur les trottoirs, les amandiers et cerisiers se balançaient dans le vent. À Londres les arbres poussent en désordre, comme bon leur semble, et il n'est pas rare de voir ici ou là quelques piétons contraints de descendre sur la chaussée pour contourner une branche souveraine interdisant le passage.

Ses pas résonnaient dans la nuit calme. Il s'arrêta devant le numéro 4.

La maison avait été divisée au début du siècle dernier en deux parties inégales, mais elle avait conservé tout son charme. Les briques rouges de la façade étaient recouvertes d'une glycine abondante qui grimpait jusqu'au toit. Sur le perron, en haut de quelques marches, deux portes d'entrée se côtoyaient, une pour chaque voisin. Quatre fenêtres répartissaient la lumière dans les pièces, une pour la petite partie où habitait il y a encore une semaine Mr Glover, trois pour la grande, où vivait Antoine.

*

Antoine regarda sa montre et éteignit la lumière de la cuisine. Une vieille table de ferme en bois blanc la séparait du salon, meublé de deux canapés écrus et d'une table basse.

Un peu plus loin, derrière une cloison de verre, Antoine avait agencé un coin bureau qu'il partageait avec son fils au moment des devoirs et où Louis venait souvent jouer en cachette sur l'ordinateur de son père. Tout le rez-de-chaussée ouvrait à l'arrière sur le jardin.

Antoine emprunta l'escalier, entra dans la chambre de son fils, qui dormait depuis longtemps. Il remonta le drap sur son épaule, déposa un baiser plein de tendresse sur son front, enfouit son nez au creux de son cou pour y sentir un peu d'odeur d'enfance et ressortit de la pièce en refermant tout doucement la porte.

*

Les fenêtres d'Antoine venaient de s'éteindre, Mathias monta les quelques marches du perron, introduisit la clé dans la serrure de sa porte et entra chez lui.

De son côté, le rez-de-chaussée était entièrement vide. Suspendue au plafond, une ampoule se balançait au bout d'un fil torsadé, diffusant une lumière triste. Il abandonna son paquet sur le plancher et monta visiter l'étage. Deux chambres communiquaient avec une salle d'eau. Il posa sa valise sur le lit de camp qu'Antoine lui avait installé. Sur une caisse, qui faisait office de table de nuit, il trouva un petit mot de son ami qui l'accueillait dans sa nouvelle demeure. Il avança jusqu'à la fenêtre ; en contrebas, sa parcelle de jardin s'étendait sur quelques mètres en une étroite bande de gazon. La pluie se mit à ruisseler le long du carreau. Mathias roula le mot d'Antoine au creux de sa main et le laissa tomber au sol.

Les marches de l'escalier craquaient à nouveau sous ses pas, il récupéra le colis dans l'entrée, ressortit et remonta la rue en sens inverse. Derrière lui, un rideau se refermait à la fenêtre d'Antoine.

De retour dans Bute Street, Mathias entrouvrit la porte de la librairie, les lieux sentaient encore la peinture. Il commença d'ôter une à une les bâches qui protégeaient les étagères. L'endroit n'était certes pas grand, mais les bibliothèques profitaient pleinement de la belle hauteur sous plafond. Mathias aperçut l'échelle ancienne qui coulissait sur son rail de cuivre. Atteint depuis l'adolescence d'un vertige prononcé et incurable, il décida que tout ouvrage qui ne serait pas à portée de main, soit au-delà du troisième barreau, ne ferait plus partie du stock mais de la décoration. Il ressortit et s'agenouilla sur le trottoir pour déballer son paquet. Il contempla la plaque en émail qu'il contenait et effleura du doigt l'inscription « La Librairie française ». L'imposte de la porte conviendrait parfaitement à l'accrochage. Il récupéra dans sa poche quatre longues vis, aussi vieilles que l'enseigne, et déplia son couteau suisse. Une main se posa sur son épaule.

– Tiens, dit Antoine en lui tendant un tournevis. Il t'en faut un plus grand.

Et pendant qu'Antoine tenait la plaque, Mathias vissait de toutes ses forces, faisant mordre les vis dans le bois.

– Mon grand-père avait une librairie à Smyrne. Le jour où la ville a brûlé, cette plaque est la seule chose qu'il a pu emporter avec lui. Quand j'étais petit garçon, il la sortait de temps en temps d'un tiroir de son buffet, la posait sur la table de la salle à manger et il me racontait comment il avait rencontré ma grand-mère, comment il était tombé amoureux d'elle, comment, en dépit de la guerre, ils n'avaient jamais cessé de s'aimer. Je n'ai jamais connu ma grand-mère, elle n'est pas revenue des camps.

La plaque posée, les deux amis s'assirent sur le parapet de la librairie. Sous la lumière pâle d'un réverbère de Bute Street, chacun écoutait le silence de l'autre.

III

Le rez-de-chaussée de la maison était baigné de soleil, Antoine prit le lait dans le réfrigérateur et noya les céréales de Louis.

– Pas trop, papa, sinon c'est tout mou, dit Louis en repoussant le bras de son père.

– Ce n'est pas une raison pour verser le reste sur la table ! reprit Antoine en attrapant l'éponge sur le rebord de l'évier.

On tambourina à la porte, Antoine traversa le salon. La porte à peine entrouverte, Mathias, en pyjama, entra d'un pas déterminé.

– Tu as du café ?

– Bonjour !

– Bonjour, répondit Mathias en s'asseyant à côté de Louis.

Le petit garçon plongea la tête dans son bol.

– Bien dormi ? demanda Antoine.

– Mon côté gauche a bien dormi, le droit n'avait pas assez de place.

Mathias prit un toast dans la corbeille à pain et le tartina généreusement de beurre et de confiture.

– Qu'est-ce qui t'amène de si bon matin ? demanda Antoine en déposant la tasse de café devant son ami.

– C'est au Royaume-Uni ou au royaume de Gulliver que tu m'as fait immigrer ?

– Qu'est-ce qu'il y a ?

– Il y a qu'un rayon de soleil est entré dans ma cuisine et qu'on ne tenait pas à deux dans la pièce, alors je suis venu prendre mon petit déjeuner chez toi ! Tu as du miel ?

– Devant toi !

– En fait, je crois que j'ai compris, reprit Mathias en mordant dans sa tartine. Ici les kilomètres deviennent des miles, les degrés Celsius des Fahrenheit et « petit » est converti en « minuscule ».

– Je suis allé prendre le thé deux, trois fois chez mon voisin, j'ai trouvé l'endroit plutôt cosy !

– Eh bien, ce n'est pas cosy, c'est minuscule !

Louis se leva de table et monta chercher son cartable dans sa chambre. Il redescendit quelques instants plus tard.

– Je vais déposer mon fils à l'école si tu n'y vois pas d'inconvénient. Tu ne vas pas à la librairie ?

– J'attends le camion de déménagement.

– Tu as besoin d'aide ?

– Oh non, ça va prendre deux secondes, le temps de décharger deux chaises et un pouf, et mon cabanon sera plein à craquer !

– Comme tu veux ! répondit Antoine d'un ton sec. Claque la porte en partant.

Mathias rattrapa Antoine qui avait rejoint Louis sur le perron.

– Tu as des serviettes propres quelque part ? Je vais prendre ma douche ici, dans la mienne il faut lever la jambe pour tenir.

– Tu m'emmerdes ! répondit Antoine en quittant la maison.

Louis prit place sur le siège passager de l'Austin Healey et boucla tout seul sa ceinture de sécurité.

– Il m'emmerde vraiment, grommela Antoine en remontant la rue en marche arrière.

Un camion de la Delahaye Moving manœuvrait pour se garer devant chez lui.

*

Dix minutes plus tard, Mathias appela Antoine à la rescousse. Il avait bien claqué la porte, comme il le lui avait demandé, mais ses clés étaient restées sur la table de la salle à manger. Les déménageurs attendaient devant chez lui et il était en pyjama au milieu de la rue. Antoine venait de déposer Louis à l'école, il rebroussa chemin.

Le responsable de la compagnie Delahaye Moving avait réussi à convaincre Mathias de laisser travailler son équipe en paix ; à gesticuler ainsi au milieu des déménageurs, il ne faisait que les retarder. Il promit que, quand il rentrerait ce soir, tout serait installé.

Antoine attendit que Mathias ait pris sa douche ; lorsqu'il fut fin prêt, ils repartirent ensemble dans le vieux cabriolet décapoté.

– Je te dépose et je file, je suis déjà assez en retard comme ça, dit Antoine en quittant Clareville Grove.

– Tu vas à ton bureau ? demanda Mathias.

– Non, je dois passer sur un chantier.

– Pas besoin de faire un détour par la librairie, ça sent encore bien trop la peinture là-bas. Je t'accompagne.

– Je t'emmène, mais tu te tiens à carreau !

– Pourquoi dis-tu ça ?

L'Austin Healey s'élança sur Old Brompton.

– Doucement ! s'exclama Mathias.

Antoine le regarda, agacé.

– Ralentis ! insista Mathias.

Antoine profita d'un feu rouge pour récupérer sa serviette posée aux pieds de Mathias.

– Tu peux arrêter de freiner à ma place ! dit-il en se redressant.

– Pourquoi tu m'as posé ça sur les genoux ? demanda Mathias.

– Ouvre et regarde ce qu'il y a dedans.

Mathias en sortit un document, l'air interrogatif.

– Déplie-le !

Dès que la voiture redémarra, le plan d'architecture se plaqua sur le visage de Mathias qui tenta en vain de s'en dépêtrer tout au long du trajet. Un peu plus tard, Antoine se rangeait le long du trottoir, devant un porche en pierre de taille. Une grille en fer forgé ouvrait sur une impasse. Il récupéra son plan et sortit de l'Austin.

De chaque côté des pavés de guingois, des *mews*, anciennes écuries, étaient réhabilitées en petits cottages. Les façades colorées croulaient sous les rosiers grimpants. Les toitures ondulées étaient parfois en tuiles de bois, parfois en ardoise. Au fond de la ruelle, une bâtisse, plus grande que toutes les autres, régnait sur les lieux. Une grande porte en chêne se dressait au haut de quelques marches. Antoine incita son ami, qui traînait le pas, à le rejoindre.

– Il n'y a pas de rats j'espère ? demanda Mathias en se rapprochant.

– Entre !

Mathias découvrit un immense espace, éclairé par de grandes fenêtres, où travaillaient quelques ouvriers. Au centre, un escalier conduisait à l'étage. Un grand type à l'allure déglinguée s'approcha d'Antoine, un plan à la main.

– Tout le monde vous attendait !

Écossais par son père, normand par sa mère, McKenzie, la trentaine passée, parlait un français teinté d'un accent qui ne laissait aucun doute sur la mixité de ses origines. Il montra la mezzanine et interrogea Antoine.

– Vous avez pris une décision ?

– Pas encore, répondit Antoine.

– Je n'aurai jamais les sanitaires à temps. Il faut que je passe ma commande ce soir au plus tard.

Mathias s'approcha d'eux.

– Excusez-moi, dit-il, agacé. Tu m'as fait traverser Londres pour que je t'aide à régler un problème de chiottes ?

– Tu permets une seconde ! répondit Antoine avant de se tourner vers son chef de projet. Ils m'emmerdent, vos fournisseurs, McKenzie !

– Moi aussi ils m'emmerdent vos fournisseurs, répéta Mathias en bâillant.

Antoine fustigea son ami du regard, Mathias éclata de rire.

– Bon, je prends ta voiture, et toi tu demandes à ton chef d'agence de te raccompagner. C'est possible, McKenzie ?

Antoine retint Mathias par le bras et le tira vers lui.

– J'ai besoin de ton avis, deux ou quatre ?

– Chiottes ?

– C'est une ancienne grange à carrioles que l'agence a rachetée l'an dernier. J'hésite à la diviser en deux ou quatre appartements.

Mathias regarda tout autour de lui, il leva la tête vers la mezzanine, refit un tour sur lui-même et posa ses mains sur ses hanches.

– Un seul !

– Bon d'accord, prends la voiture !

– Tu me demandes, je te réponds !

Antoine l'abandonna et rejoignit les maçons, affairés au démontage d'une ancienne cheminée. Mathias continuait d'observer les lieux, il grimpa à l'étage, s'approcha d'un plan accroché au mur, retourna vers la balustrade de la mezzanine, ouvrit les bras en grand et s'exclama d'une voix tonitruante :

– Un seul appartement, deux chiottes, le bonheur pour tout le monde !

Stupéfaits, les ouvriers levèrent la tête, tandis qu'Antoine, désespéré, prenait la sienne entre ses mains.

– Mathias, je travaille ! cria Antoine.

– Mais moi aussi je travaille !

Antoine monta les marches quatre à quatre, pour rejoindre Mathias à l'étage.

– À quoi tu joues ?

– J'ai une idée ! En bas, tu nous aménages une grande pièce et ici, on divise l'étage en deux parties... à la verticale, ajouta Mathias en traçant une séparation imaginaire avec les mains.

– À la verticale ? reprit Antoine, exaspéré.

– Combien de fois depuis qu'on est mômes avons-nous parlé de partager le même toit, tu es célibataire, moi aussi, c'est une occasion rêvée.

Mathias étendit les bras en croix et répéta « division verticale ».

– On n'est plus des mômes ! Et si l'un de nous deux rentrait à la maison avec une femme, on la diviserait comment ? chuchota Antoine en riant.

– Eh bien, si l'un de nous deux rentrait avec une femme, il rentrerait... à l'extérieur !

– Tu veux dire, pas de femme à la maison ?

– Voilà ! dit Mathias en écartant encore un peu plus les bras. Regarde ! ajouta-t-il en agitant le plan. Même moi, qui ne suis pas architecte, je peux imaginer l'endroit de rêve que ce serait.

– Eh bien, rêve, moi j'ai à faire ! répondit Antoine en lui arrachant le plan des mains.

En redescendant, Antoine se retourna vers Mathias, l'air désolé.

– Digère ton divorce une bonne fois pour toutes et laisse-moi travailler en paix.

Mathias se précipita à la balustrade pour interpeller Antoine qui venait de rejoindre McKenzie.

– Tu t'es déjà entendu en couple comme nous nous entendons depuis quinze ans ? Et nos enfants ne sont pas heureux quand on part en vacances ensemble ? Tu sais très bien que ça marcherait entre nous ! argumenta Mathias.

Médusés, les ouvriers avaient cessé tout ouvrage depuis le début de la conversation. L'un balayait, l'autre se plongeait dans la lecture d'une notice technique, un troisième nettoyait ses outils.

Furieux, Antoine abandonna son chef d'agence et ressortit dans l'impasse. Mathias dévala l'escalier, rassura McKenzie d'un clin d'œil amical, et rejoignit son ami à sa voiture.

– Je ne vois pas pourquoi tu t'énerves comme ça ? Je trouve que c'est une belle idée. Et puis c'est facile pour toi, tu ne viens pas d'emménager dans un placard.

– Monte ou je te laisse ici, répondit Antoine en ouvrant la portière.

McKenzie les poursuivait en faisant de grands signes. Hors d'haleine, il demanda s'il pouvait rentrer avec eux, un travail fou l'attendait à l'agence. Mathias sortit de la voiture pour le laisser monter. Malgré sa grande taille, McKenzie se tassa du mieux qu'il le pouvait sur le semblant de banquette à l'arrière du cabriolet et l'Austin Healey s'élança dans les rues de Londres.

Depuis qu'ils avaient quitté l'impasse, Antoine n'avait pas dit un mot. L'Austin se rangea dans Bute Street, devant la Librairie française. Mathias inclina le fauteuil pour libérer McKenzie, mais ce dernier, perdu dans ses pensées, ne bougeait pas.

– Cela dit, murmura McKenzie, si vous vous mettez en couple, ça m'arrange pour ma commande.

– À ce soir chéri ! lança Mathias en s'éloignant, hilare.

Antoine le rattrapa aussitôt.

– Tu vas arrêter tout de suite avec ça. Nous sommes voisins, c'est déjà énorme, non ?

– On va vivre chacun chez soi, ça n'a rien à voir ! répondit Mathias.

– Qu'est-ce qui te prend ? demanda Antoine, préoccupé.

– Le problème ce n'est pas d'être célibataire, c'est de vivre seul.

– C'est un peu le principe du célibat. Et puis nous ne sommes pas seuls, nous vivons avec nos enfants.

– Seuls !

– Tu vas le répéter à chaque phrase ?

– J'ai envie d'une maison avec des enfants qui rient, je veux de la vie quand je rentre chez moi, je ne veux plus de dimanches sinistres, je veux des week-ends avec des enfants qui rient.

– Tu l'as dit deux fois !

– Et alors, ça te pose un problème s'ils rient deux fois de suite ?

– Tu as touché le fond de la solitude à ce point-là ? demanda Antoine.

– Va donc travailler, McKenzie est en train de s'endormir dans ta voiture, dit Mathias en entrant dans sa librairie.

Antoine le suivit à l'intérieur et lui barra la route.

– Et qu'est-ce que j'y gagnerais, moi, si nous vivions sous le même toit ?

Mathias se baissa pour récupérer le courrier que le facteur avait glissé sous la porte.

– Je ne sais pas, tu pourrais enfin m'apprendre à faire la cuisine.

– C'est bien ce que je disais, tu ne changeras jamais ! dit Antoine en repartant.

– On prend une baby-sitter, et qu'est-ce qu'on risque à part se marrer ?

– Je suis contre les baby-sitters ! grommela Antoine en s'éloignant vers sa voiture. J'ai déjà perdu sa mère, il n'est pas question qu'un jour mon fils me quitte parce que je ne me serais pas occupé de lui.

Il s'installa derrière son volant et fit démarrer le moteur. À côté de lui, McKenzie ronflait, le nez plongé dans une feuille de service. Les bras croisés, sur le pas de sa porte, Mathias rappela Antoine.

– Ton bureau est juste en face !

Antoine bouscula McKenzie et ouvrit sa portière.

– Qu'est-ce que vous faites encore là, vous ? Je croyais que vous aviez un travail de dingue !

Depuis son magasin, Sophie contemplait la scène. Elle hocha la tête et retourna dans son arrière-boutique.

IV

Mathias se réjouissait de la fréquentation de la journée. Si, en entrant, les clients s'étonnaient de ne pas voir Mr Glover, tous l'avaient accueilli chaleureusement. Les ventes du jour l'avaient même surpris. Dînant tôt au comptoir d'Yvonne, Mathias entrevoyait désormais la possibilité d'être à la tête d'une jolie petite affaire et qui lui permettrait peut-être un jour d'offrir à sa fille les études à Oxford dont il rêvait pour elle. Il rentra chez lui à pied à la tombée du jour. Frédéric Delahaye lui remit ses clés et le camion disparut au bout de la rue.

Il avait tenu parole. Les déménageurs avaient installé le canapé et la table basse au rez-de-chaussée, les literies et les tables de nuit dans les deux petites chambres en haut. Les penderies étaient rangées, la vaisselle avait trouvé sa place dans la kitchenette aménagée sous l'escalier. Il avait fallu bien du talent, l'endroit n'était vraiment pas grand et chaque centimètre carré était désormais occupé.

Avant de s'effondrer sur son lit, Mathias arrangea la chambre de sa fille, presque à l'identique de celle qu'elle occupait à Paris pendant les vacances scolaires.

*

De l'autre côté du mur, Antoine refermait la porte de la chambre de Louis. L'histoire du soir avait eu raison des mille questions que son petit garçon ne manquait jamais de lui poser avant d'aller se coucher. Si le père se réjouissait de voir son enfant s'endormir, le conteur se demandait, en descendant l'escalier sur la pointe des pieds, à quel moment son fils avait décroché du récit. La question était importante, car c'était là qu'il devrait reprendre le cours de l'histoire. Assis à la table de la salle à manger, Antoine déplia le plan de l'ancienne grange à carrioles, et en modifia les tracés. Tard dans la nuit, après avoir rangé sa cuisine, il laissa un message à McKenzie, pour lui donner rendez-vous sur le chantier le lendemain à dix heures.

*

Le chef d'agence était à l'heure. Antoine soumit le nouveau plan à McKenzie.

– Oublions deux secondes vos problèmes de

fournisseurs et dites-moi ce que vous en pensez vraiment, dit Antoine.

Le verdict de son collaborateur fut immédiat. Transformer ce lieu en un seul et grand espace à vivre retarderait les travaux de trois mois. Il faudrait redemander les permis nécessaires, réviser tous les devis et le loyer pour amortir les travaux d'une telle surface serait horriblement cher.

– Qu'est-ce que vous entendez par horriblement ? demanda Antoine.

McKenzie lui murmura un chiffre qui le fit sursauter.

Antoine arracha le calque sur lequel il avait modifié le projet d'origine et le jeta dans une poubelle du chantier.

– Je vous ramène au bureau ? demanda-t-il à son chef d'agence.

– J'ai beaucoup à faire ici, je vous rejoindrai en fin de matinée. Alors, deux ou quatre appartements ?

– Quatre ! répondit Antoine en quittant les lieux.

L'Austin Healey disparut au bout de l'impasse. Le temps était clément et Antoine décida de traverser Hyde Park. À la sortie du parc, il laissa pour la troisième fois le feu virer au rouge. La file de voitures qui s'étirait derrière l'Austin ne cessait de s'allonger. Un policier à cheval remontait au pas l'allée cavalière qui bordait la route. Il s'arrêta à la hauteur du cabriolet et regarda Antoine toujours absorbé dans ses pensées.

– Belle journée, n'est-ce pas ? demanda le policier.

– Magnifique ! répondit Antoine en regardant le ciel.

Le policier pointa du doigt le feu qui repassait à l'orange et demanda à Antoine « Est-ce que, par le plus grand des hasards, l'une de ces couleurs vous inspirerait quelque chose ? » Antoine jeta un coup d'œil dans son rétroviseur et découvrit, effrayé, l'embouteillage qu'il venait de provoquer. Il s'excusa, enclencha aussitôt une vitesse et démarra sous l'œil amusé du cavalier qui dut mettre pied à terre pour réguler le flot de circulation.

– Mais qu'est-ce qui m'a pris de lui demander de venir s'installer ici ? bougonna Antoine en remontant Queen's Gate.

Il se rangea devant la boutique de Sophie. La jeune fleuriste avait une allure de biologiste dans sa blouse blanche. Elle profitait du beau temps pour arranger sa devanture. Les gerbes de lys, pivoines, roses blanches et rouges disposées dans des seaux étaient alignées sur le trottoir, rivalisant de beauté.

– Tu es contrarié ? demanda-t-elle en le voyant.

– Tu as eu du monde ce matin ?

– Je t'ai posé une question !

– Non, je ne suis pas du tout contrarié ! répondit Antoine, ronchon.

Sophie lui tourna le dos et entra dans son magasin, Antoine la suivit.

– Tu sais Antoine, dit-elle en passant derrière le comptoir, si ça t'ennuie d'écrire ces lettres, je me débrouillerai autrement.

– Mais non, ça n'a rien à voir avec ça. C'est Mathias qui me préoccupe, il en a marre de vivre seul !

– Il ne va plus être seul puisqu'il va vivre avec Emily.

– Il veut que nous habitions ensemble.

– Tu plaisantes ?

– Il dit que ce serait formidable pour les enfants.

Sophie se retourna pour se dérober au regard d'Antoine et fila vers l'arrière-boutique. Elle avait un des plus jolis rires du monde et l'un des plus communicatifs.

– Ah oui, c'est très normal pour vos enfants d'avoir deux pères, dit-elle en séchant ses larmes.

– Tu ne vas pas me faire l'apologie de la normalité, il y a trois mois tu me parlais de te faire faire un môme par un inconnu !

Le visage de Sophie changea instantanément.

– Merci de me rappeler cet intense moment de solitude.

Antoine s'approcha d'elle et lui prit la main.

– Ce qui n'est pas normal, c'est que, dans une ville de sept millions et demi d'habitants, des gens comme Mathias et toi soient toujours célibataires.

– Mathias vient à peine d'arriver en ville... et toi, tu n'es pas célibataire peut-être ?

– Moi on s'en fiche, murmura Antoine. Je ne m'étais pas rendu compte qu'il était seul à ce point-là.

– On est tous seuls Antoine, ici, à Paris, ou ailleurs. On peut essayer de fuir la solitude, déménager, faire tout pour rencontrer des gens, cela ne change rien. À la fin de la journée, chacun rentre chez soi. Ceux qui vivent en couple ne se rendent pas compte de leur chance. Ils ont oublié les soirées devant un plateau-repas, l'angoisse du week-end qui arrive, le dimanche à espérer que le téléphone sonne. Nous sommes des millions comme ça dans toutes les capitales du monde. La seule bonne nouvelle c'est qu'il n'y a pas de quoi se sentir si différents des autres.

Antoine passa la main dans les cheveux de sa meilleure amie. Elle esquiva son geste.

– Va travailler je te dis, j'ai plein de choses à faire.

– Tu viendras ce soir ?

– Je n'ai pas envie, répondit Sophie.

– J'organise ce dîner pour Mathias, Valentine s'en va à la fin de la semaine, tu dois venir, je ne veux pas être seul à table avec eux deux. Et puis je te préparerai ton plat préféré.

Sophie sourit à Antoine.

– Des coquillettes au jambon ?

– Huit heures et demie !

– Les enfants dîneront avec nous ?

– Je compte sur toi, répondit Antoine en s'éloignant.

*

Assis derrière le comptoir de sa librairie, Mathias lisait le courrier du jour. Quelques factures, un prospectus et une lettre de l'école qui l'informait de la date de la prochaine réunion de parents d'élèves. Un pli était adressé à Mr Glover, Mathias récupéra le petit bout de papier au fond du tiroir de la caisse enregistreuse, et recopia sur l'enveloppe l'adresse de son propriétaire dans le Kent. Il se promit d'aller la poster à l'heure du déjeuner.

Il appela Yvonne pour réserver son couvert. « Ne me dérange pas pour rien, lui répondit-elle, le troisième tabouret du comptoir est désormais le tien. »

La clochette de la porte retentit. Une ravissante jeune femme venait d'entrer dans sa librairie. Mathias abandonna son courrier.

– Vous avez la presse française ? demanda-t-elle.

Mathias indiqua le présentoir près de l'entrée. La jeune femme prit un exemplaire de chaque quotidien et avança vers la caisse.

– Vous avez le mal du pays ? demanda Mathias.

– Non, pas encore, répondit la jeune femme, amusée.

Elle chercha de la monnaie dans sa poche et le complimenta sur sa librairie qu'elle trouvait adorable. Mathias la remercia et lui prit les journaux des mains. Audrey regardait autour d'elle. En haut d'une bibliothèque, un livre retint son attention. Elle se hissa sur la pointe des pieds.

– C'est le Lagarde et Michard littérature du XVIIIe siècle que je vois là-haut ?

Mathias s'approcha des étagères et acquiesça d'un signe de tête.

– Je peux vous l'acheter ?

– J'ai un exemplaire en bien meilleur état, juste devant vous, affirma Mathias en sortant un livre des rayonnages.

Audrey étudia l'ouvrage que lui tendait Mathias et le lui rendit aussitôt.

– Celui-là est sur le XXe siècle !

– C'est vrai, mais il est presque neuf. Trois siècles de différence, il est normal que cela se ressente. Regardez vous-même, pas une pliure, pas la moindre petite tache.

Elle rit de bon cœur et désigna le livre tout en haut de la bibliothèque.

– Vous me donnez mon livre ?

– Je peux vous le faire porter si vous voulez, c'est très lourd, répondit Mathias.

Audrey le regarda, interloquée.

– Je vais au Lycée français, juste au bout de la rue, je préfère l'emporter.

– Comme vous voudrez, répondit Mathias, résigné.

Il prit la vieille échelle en bois, la fit coulisser sur son rail de cuivre jusqu'à la positionner au droit du rayon qui contenait le Lagarde et Michard.

Il inspira profondément, posa son pied sur le premier barreau, ferma les yeux et grimpa en enchaînant les gestes du mieux qu'il le pouvait. Arrivé à bonne hauteur, sa main chercha à tâtons. Ne trouvant rien, Mathias entrouvrit les yeux, repéra la couverture, se saisit du livre et se retrouva incapable de redescendre. Son cœur battait à tout rompre. Il s'accrocha de toutes ses forces à l'échelle, totalement paralysé.

– Ça va ?

La voix d'Audrey arrivait étouffée à ses oreilles.

– Non, murmura-t-il.

– Vous avez besoin d'aide ?

Son « oui » était si faible qu'il en était à peine audible. Audrey grimpa et le rejoignit. Elle récupéra délicatement le livre et le jeta à terre. Puis, posant ses mains sur les siennes, elle le guida en le réconfortant. Avec beaucoup de patience, elle réussit à le faire descendre de trois barreaux. Le protégeant de son corps, elle finit par le convaincre que le sol n'était plus très loin. Il chuchota qu'il lui fallait encore un peu de temps. Quand Antoine entra dans la librairie, Mathias enlacé à Audrey n'était plus qu'à un échelon du sol.

Elle relâcha son étreinte. À la recherche d'un semblant de dignité, Mathias ramassa le livre, le mit dans un sac en papier, et le lui tendit. Il refusa qu'elle le paie, c'était un plaisir de le lui offrir. Elle le remercia, et quitta la librairie sous l'œil intrigué d'Antoine.

– Je peux savoir ce que tu faisais exactement ?

– Mon métier !

Antoine le dévisagea, perplexe.

– Je peux t'aider ? demanda Mathias.

– Nous avions rendez-vous pour déjeuner.

Mathias remarqua les journaux près de la caisse. Il les ramassa aussitôt, pria Antoine de l'attendre un instant et se précipita sur le trottoir. Courant à perdre haleine, il remonta Bute Street, tourna dans Harrington Road, et réussit à rattraper Audrey au rond-point qui bordait le complexe scolaire. Essoufflé, il lui tendit la presse qu'elle avait oubliée.

– Il ne fallait pas, dit Audrey en le remerciant.

– Je me suis ridiculisé, n'est-ce pas ?

– Non, pas le moins du monde ; ça se soigne le vertige, ajouta-t-elle en franchissant la grille du lycée.

Mathias la regarda traverser la cour ; en repartant vers la librairie, il se retourna et la vit qui s'éloignait vers le préau. Quelques secondes plus tard, Audrey se retourna à son tour et le vit disparaître au coin de la rue.

– Tu as un sens aigu du commerce, dit Antoine en l'accueillant.

– Elle m'a demandé un Lagarde et Michard, elle allait au lycée, donc c'est une enseignante, alors ne me reproche pas de me donner à fond pour l'éducation de nos enfants.

– Enseignante ou pas, elle n'a même pas payé ses journaux !

– On va déjeuner ? dit Mathias en ouvrant la porte à Antoine.

*

Sophie entra dans le restaurant et rejoignit Antoine et Mathias. Yvonne leur apporta d'autorité un plat de gratin.

– C'est plein à craquer chez toi, dit Mathias, ça marche les affaires !

Antoine lui asséna un coup de pied sous la table. Yvonne repartit sans dire un mot.

– Qu'est-ce qu'il y a, j'ai encore dit quelque chose qu'il ne fallait pas ?

– Elle a beaucoup de mal à s'en sortir. Le soir, il n'y a presque personne, dit Sophie en servant Antoine.

– Le décor est un peu vieillot, elle devrait faire des travaux.

– Tu es devenu expert en décoration ? demanda Antoine.

– Je dis ça pour aider. Avoue que le cadre ne date pas d'hier !

– Et toi tu dates de quand ? rétorqua Antoine en haussant les épaules.

– Vous êtes vraiment deux sales gosses.

– Tu pourrais t'occuper de la rénovation, c'est ton métier, non ? reprit Mathias.

– Yvonne n'en a pas les moyens, elle déteste les crédits, ancienne école oblige, répondit Sophie. Elle n'a pas tort, si seulement je pouvais me débarrasser des miens !

– Alors, on ne fait rien ? insista Mathias.

– Si tu mangeais et que tu te taisais cinq minutes ? dit Antoine.

*

De retour au bureau, Antoine s'attela à récupérer le retard accumulé dans la semaine. L'arrivée de Mathias avait quelque peu perturbé le cours de ses journées. L'après-midi passa, le soleil déclinait déjà derrière les grandes fenêtres, Antoine regarda sa montre. Le temps d'aller chercher son fils à l'école, de faire quelques courses et il rentra préparer le dîner.

Louis mit le couvert et s'installa dans le coin bureau pour faire ses devoirs, pendant qu'Antoine s'activait en cuisine en écoutant d'une oreille distraite le reportage que diffusait TV5 Europe sur la télévision du salon. Si Antoine avait levé les yeux, il aurait probablement reconnu la jeune femme rencontrée quelques heures plus tôt dans la librairie de Mathias.

Valentine arriva la première en compagnie de sa fille, Sophie sonna quelques minutes plus tard, et Mathias, en bon voisin, arriva le dernier. Ils prirent place autour de la table, sauf Antoine qui ne quittait pas ses casseroles. Vêtu d'un tablier, il sortit un plat brûlant du four et le posa sur le plan de travail. Sophie se leva pour venir l'aider, Antoine lui tendit deux assiettes.

– Les côtelettes haricots verts pour Emily, l'assiette de purée pour Louis ! Tes coquillettes sont prêtes dans deux minutes et le hachis parmentier de Valentine arrive.

– Et pour la 7, ce sera quoi ? demanda-t-elle, amusée.

– La même chose que pour Louis, répondit Antoine, concentré.

– Tu comptes dîner avec nous ? questionna Sophie en rejoignant la table.

– Oui, oui, promit Antoine.

Sophie le regarda quelques instants, mais Antoine la rappela à l'ordre, la purée de Louis allait refroidir. Il se résigna à abandonner ses quartiers, le temps d'apporter les plats de Mathias et de

Valentine. Il les posa devant chacun et attendit leurs réactions. Valentine s'extasia devant son assiette.

– Tu n'en auras pas d'aussi bon, quand tu seras rentrée à Paris, dit-il en repartant vers la cuisine.

Antoine apporta aussitôt les coquillettes de Sophie et attendit qu'elle les eût goûtées pour retourner derrière ses fourneaux.

– Viens t'asseoir, Antoine, supplia-t-elle.

– J'arrive, répondit-il, une éponge à la main.

Les mets d'Antoine enchantaient la tablée mais son assiette était toujours intacte. Rangeant au fur à et mesure, il participait à peine aux conversations qui animaient la soirée. Les enfants bayant aux corneilles, Sophie s'éclipsa le temps de monter les coucher. Louis s'était endormi dans les bras de sa marraine, avant même qu'elle ne l'eût bordé. Elle repartit sur la pointe des pieds et revint sur ses pas, bien incapable de refréner l'envie d'une nouvelle série de baisers. Dans son sommeil, le petit garçon entrouvrit les yeux, balbutiant un mot qui devait ressembler à « Darfour ». Sophie répondit « Dors mon amour » et sortit en laissant la porte entrouverte.

De retour dans le salon elle jeta un regard discret à Antoine, qui essuyait la vaisselle, laissant Valentine et Mathias discuter.

Sophie hésita à reprendre sa place, mais Antoine avança vers la table pour déposer un grand bol de mousse au chocolat.

– Tu me donneras ta recette un jour ? demanda Valentine.

– Un jour ! répondit Antoine en repartant aussitôt.

La soirée s'acheva, Antoine proposa de garder Emily à dormir. Il accompagnerait demain les enfants à l'école. Valentine accepta volontiers, il était inutile de réveiller sa fille. Il était minuit, bien trop tard pour qu'Yvonne leur fasse la surprise d'une visite, tout le monde s'en alla.

Antoine ouvrit le réfrigérateur, prit un morceau de fromage sur une assiette, son pendant de pain, et s'installa à la table pour dîner enfin. Des pas résonnaient sur le perron.

– Je crois que j'ai oublié mon portable ici, dit Sophie en entrant.

– Je l'ai posé sur le comptoir de la cuisine, répondit Antoine.

Sophie trouva son téléphone, le rangea dans sa poche. Elle regarda attentivement l'éponge sur l'égouttoir de l'évier, hésita un instant, et la prit dans sa main.

– Qu'est-ce que tu as ? demanda Antoine. Tu es bizarre.

– Tu sais combien de temps tu as passé avec ça, ce soir ? dit Sophie d'une voix pâle en agitant l'éponge.

Antoine fronça les sourcils.

– Tu t'inquiétais de la solitude de Mathias, reprit-elle, mais la tienne, tu y penses parfois ?

Elle lui lança l'éponge qui atterrit au beau milieu de la table, et quitta la maison.

*

Sophie s'en était allée depuis plus d'une heure. Antoine tournait toujours en rond dans son salon. Il s'approcha du mur de l'autre côté duquel vivait Mathias. Il gratta à la cloison, mais aucun bruit ne revint en écho, son meilleur ami devait dormir depuis longtemps.

*

Un jour, Emily confierait à son journal intime que l'influence de Sophie sur son père avait été déterminante. Louis ajouterait dans la marge qu'il était tout à fait d'accord avec elle.

V

Valentine enroula le drap autour de sa taille et s'assit à califourchon sur Mathias.

– Tu as des cigarettes ?

– Je ne fume plus.

– Moi si, dit-elle, en fouillant dans son sac laissé au pied du lit.

Elle avança à la fenêtre, la flamme du briquet éclaira son visage. Mathias ne la quittait pas des yeux. Il aimait le mouvement de ses lèvres quand elle fumait, le tourbillon des volutes de fumée.

– Qu'est-ce que tu regardes ? demanda-t-elle, le visage collé au carreau.

– Toi.

– J'ai changé ?

– Non.

– C'est terrible ce qu'Emily va me manquer.

Il se leva pour la rejoindre. Valentine posa sa main sur la joue de Mathias, caressant sa barbe naissante.

– Reste ! murmura-t-il.

Elle aspira une bouffée de sa cigarette, le tabac incandescent grésilla.

– Tu m'en veux toujours ?

– Arrête !

– Oublie ce que je viens de dire.

– Oublie ce que je viens de dire, efface ce que j'ai fait, c'est quoi pour toi la vie, un dessin au crayon ?

– Avec des crayons de couleur, ce ne serait pas si mal que ça ?

– Grandis, mon vieux !

– Si j'avais grandi, tu ne serais jamais tombée amoureuse de moi.

– Si tu avais grandi après, nous serions toujours ensemble.

– Reste, Valentine, donne-nous une seconde chance.

– C'est notre punition à tous les deux, je peux parfois être encore ta maîtresse, mais plus ta femme.

Mathias prit le paquet de cigarettes, il hésita et le laissa tomber.

– N'allume pas la lumière, souffla Valentine.

Elle ouvrit la fenêtre et inspira l'air frais de la nuit.

– Je prends le train demain, murmura-t-elle.

– Tu avais dit dimanche, quelqu'un t'attend à Paris ?

– Qu'est-ce que ça change ?

– Je le connais ?

– Arrête de nous faire du mal, Mathias.

– Là, c'est plutôt toi qui m'en fais.

– Alors maintenant tu comprends ce que j'ai ressenti ; et encore, à l'époque nous n'étions pas séparés.

– Qu'est-ce qu'il fait dans la vie ?

– Qu'est-ce que ça peut faire ?

– Et quand tu couches avec lui, c'est bien aussi ?

Valentine ne répondit pas, elle lança la cigarette dans la rue et referma la fenêtre.

– Pardonne-moi, murmura Mathias.

– Je vais m'habiller et je rentre.

On tambourina à la porte, ils sursautèrent tous les deux.

– Qui est-ce ? demanda Valentine.

Mathias regarda l'heure au réveil posé sur la table de nuit.

– Aucune idée, reste là, je descends voir, je remonterai tes affaires.

Il passa une serviette autour de sa taille et sortit de la chambre. Les coups sur la porte d'entrée redoublaient d'intensité.

– J'arrive ! hurla-t-il en descendant l'escalier.

Antoine, bras croisés, fixait son ami d'un air déterminé.

– Alors écoute-moi bien, il y a un truc auquel je ne dérogerai jamais : pas de baby-sitter à la maison ! Nous nous occupons nous-mêmes des enfants.

– De quoi tu parles ?

– Tu veux toujours que nous partagions le même toit ?

– Oui, mais peut-être pas à cette heure-là ?

– Ça veut dire quoi « pas à cette heure-là » ? Tu veux faire un temps partiel ?

– Je veux dire que nous pourrions en reparler plus tard !

– Non, non, on en parle tout de suite ! Il va falloir qu'on instaure des règles et que l'on s'y tienne.

– On en parle tout de suite, mais demain !

– Ne commence pas !

– Bon, Antoine, d'accord pour toutes les règles que tu veux.

– Comment ça tu es d'accord pour toutes les règles que je veux ? Alors si je te dis que c'est toi qui promènes le chien tous les soirs, tu es aussi d'accord ?

– Ah ben non, pas tous les soirs !

– Alors tu vois que tu n'es pas d'accord pour tout !

– Antoine... on n'a pas de chien !

– Ne commence pas à m'embrouiller !

Valentine, enveloppée dans le drap, se pencha à la balustrade de l'escalier.

– Tout va bien ? demanda-t-elle, inquiète.

Antoine leva les yeux et la rassura d'un signe de tête, elle retourna dans la chambre.

– Ah oui, tu es vraiment très seul à ce que je vois, marmonna Antoine en repartant.

Mathias referma la porte de la maison. À peine fit-il un pas vers le salon qu'Antoine frappait à nouveau. Mathias ouvrit.

– Elle reste ?

– Non, elle part demain.

– Alors maintenant que tu as repris une petite dose, ne viens surtout pas pleurnicher pendant six mois parce qu'elle te manque.

Antoine descendit les marches du perron et les remonta pour entrer chez lui, la lumière du porche s'éteignit.

Mathias récupéra les affaires de Valentine et alla la rejoindre dans la chambre.

– Qu'est-ce qu'il voulait ? demanda-t-elle.

– Rien, je t'expliquerai.

*

Le matin, la pluie avait renoué avec le printemps londonien. Mathias était déjà assis au comptoir du bar d'Yvonne. Valentine venait d'entrer, elle avait les cheveux trempés.

– Je vais emmener Emily déjeuner, mon train part ce soir.

– Tu me l'as déjà dit hier.

– Tu vas t'en sortir ?

– Le lundi elle a anglais, le mardi judo, le mercredi je l'emmène au cinéma, le jeudi c'est guitare et le vendredi...

Valentine n'écoutait plus. Par la vitrine, elle avait aperçu Antoine, sur le trottoir d'en face, qui entrait dans ses bureaux.

– Qu'est-ce qu'il te voulait au milieu de la nuit ?

– Tu prends un café ?

Mathias lui expliqua son projet d'emménagement commun, détaillant tous les avantages qu'il y voyait. Louis et Emily s'entendaient comme frère et sœur, la vie sous un même toit serait plus facile à organiser, surtout pour lui. Yvonne, effondrée, préféra les laisser seuls. Valentine rit plusieurs fois et abandonna son tabouret.

– Tu ne dis rien ?

– Qu'est-ce que tu veux que je te dise ? Si vous êtes sûrs d'être heureux !

Valentine alla chercher Yvonne dans la cuisine et la prit dans ses bras.

– Je reviendrai te voir bientôt.

– C'est ce qu'on dit quand on part, répondit Yvonne.

De retour dans la salle, Valentine embrassa Mathias, et sortit du restaurant.

*

Antoine avait attendu que Valentine ait tourné au coin de la rue. Il quitta son poste d'observation à la fenêtre de son bureau, dévala les escaliers, traversa la rue et déboula chez Yvonne. Une tasse de café l'attendait déjà sur le comptoir.

– Comment ça s'est passé ? demanda-t-il à Mathias.

– Très bien.

– J'ai envoyé un mail cette nuit à la mère de Louis.

– Tu as eu une réponse ?

– Ce matin en arrivant au bureau.

– Alors ?

– Karine m'a demandé si, à la prochaine rentrée des classes, Louis devrait mettre ton nom dans la case « conjoint » sur sa fiche scolaire.

Yvonne récupéra les deux tasses sur le comptoir.

– Et aux enfants, vous leur en avez parlé ?

*

La transformation des *mews* était économiquement impossible, mais Antoine expliqua à Mathias, croquis à l'appui, l'idée qu'il avait eue pendant la nuit.

La cloison qui divisait leur maison ne soutenait aucune structure porteuse. Il suffisait de l'abattre pour redonner son aspect original à la demeure et créer un grand espace commun au rez-de-chaussée. Quelques reprises au niveau des parquets et des plafonds seraient nécessaires, mais les travaux ne devraient pas prendre plus d'une semaine.

Deux escaliers accéderaient aux chambres, ce qui, après tout, offrirait à chacun la sensation d'avoir son « chez-soi » à l'étage. McKenzie se rendrait sur place pour valider le projet. Antoine repartit vers ses bureaux et Mathias vers sa librairie.

*

Valentine alla chercher Emily à l'école. Elle avait décidé d'emmener sa fille déjeuner chez Mediterraneo, une des meilleures tables italiennes de la ville. Un bus à impériale les conduisait sur Kensington Park Road.

Les rues de Notting Hill étaient baignées de soleil. Elles s'installèrent en terrasse, Valentine commanda deux pizzas. Elles se promirent de se téléphoner tous les soirs pour faire le point sur leurs journées respectives et d'échanger des tonnes d'e-mails.

Valentine commençait un nouveau travail, elle ne pourrait pas prendre de vacances à Pâques, mais cet été elles feraient un grand voyage, rien qu'entre filles. Emily rassura sa maman : tout se passerait bien, elle veillerait sur son père, vérifierait avant d'aller se coucher que la porte d'entrée était bien fermée et que tout était éteint dans la maison. Elle promit de mettre sa ceinture de sécurité en toutes circonstances, même dans les taxis, de se couvrir les matins où la température serait fraîche, de ne pas passer son temps à traîner à la librairie, de ne pas abandonner la guitare, tout du moins pas avant la rentrée prochaine, et finalement... finalement, quand Valentine la redéposa à l'école, elle-même tint sa promesse. Elle ne pleura pas, tout du moins jusqu'à ce qu'Emily fût rentrée dans sa classe. Un Eurostar la ramena le soir même à Paris. Gare du Nord, un taxi l'entraîna vers le petit studio de fonction qu'elle occuperait dans le IXe arrondissement.

*

McKenzie pratiqua deux trous dans le mur de séparation et fut ravi de confirmer à Mathias et à Antoine qu'il n'était pas porteur.

– Il m'énerve quand il fait ça ! râla Antoine en allant chercher un verre d'eau dans la cuisine.

– Qu'est-ce qu'il a fait ? demanda Mathias, perplexe, en suivant son ami.

– Son numéro avec sa perceuse, pour vérifier ce que j'avais dit ! Je sais encore reconnaître un mur porteur, merde à la fin, je suis architecte autant que lui, non ?

– Sûrement, répondit Mathias d'une petite voix.

– Tu n'as pas l'air convaincu ?

– Je suis moins convaincu par ton âge mental. Pourquoi me dis-tu ça à moi ? Dis-le-lui directement !

Antoine retourna vers son chef d'agence d'un pas déterminé. McKenzie rangea ses lunettes dans la poche haute de son veston et ne laissa pas le loisir à Antoine de parler le premier.

– Je pense que tout pourrait être fini dans trois mois et je vous promets que la maison aura retrouvé son aspect d'origine. Nous pouvons même réaliser un moulage des corniches... pour les raccords.

– Trois mois ? Vous comptez démolir cette cloison avec une cuillère à café ? demanda Mathias dont l'intérêt pour la conversation venait de redoubler.

McKenzie expliqua que dans ce quartier tout chantier était soumis à des autorisations préalables. Les démarches prendraient huit semaines, au terme desquelles l'agence pourrait demander aux services du stationnement d'autoriser une benne à venir ôter les gravats. La démolition, elle, ne prendrait que deux ou trois jours.

– Et si on se passe d'autorisation ? suggéra Mathias à l'oreille de McKenzie.

Le chef d'agence ne prit même pas la peine de lui répondre. Il récupéra sa veste et promit à Antoine de préparer les demandes de permis dès ce week-end.

Antoine regarda sa montre. Sophie avait accepté de fermer sa boutique pour aller chercher les enfants à l'école et il fallait la libérer de sa garde. Les deux amis arrivèrent au magasin avec une demi-heure de retard. Assise en tailleur à même le sol, Emily aidait Sophie à effeuiller des roses, pendant que Louis triait, derrière le comptoir, les liens de raphia par ordre de taille. Pour se faire pardonner, les deux pères la convièrent à dîner. Sophie accepta à la seule condition qu'ils aillent chez Yvonne. Comme ça, Antoine dînerait peut-être en même temps qu'eux. Il ne fit aucun commentaire.

Au milieu du repas, Yvonne les rejoignit à table.

– Je serai fermée demain, dit-elle en se servant un verre de vin.

– Un samedi ? questionna Antoine.

– J'ai besoin de repos...

Mathias se rongeait les ongles, Antoine lui asséna une pichenette sur la main.

– Tu vas arrêter ça !

– De quoi tu parles ? demanda innocemment Antoine.

– Tu sais très bien de quoi je parle !

– Et dire que vous allez vivre ensemble ! reprit Yvonne, un sourire au coin des lèvres.

– Nous allons abattre une cloison, il n'y a pas de quoi en faire toute une histoire.

*

Ce samedi matin, Antoine emmena les enfants au Chelsea Farmers Market. Se promenant dans les allées de la pépinière, Emily choisit deux rosiers pour les planter avec Sophie dans le jardin. Le temps virait à l'orage, décision fut prise de se rendre à la Tour de Londres. Louis les guida pendant toute la visite du musée des Horreurs, se faisant un devoir de rassurer son père à l'entrée de chaque salle. Il n'y avait vraiment aucune raison de s'inquiéter, les personnages étaient en cire.

Mathias, lui, profitait de sa matinée pour préparer ses commandes. Il consultait la liste des livres vendus au cours de cette première semaine, satisfait du résultat. Alors qu'il cochait dans la marge de son cahier les titres des ouvrages à réassortir, la mine de son crayon s'arrêta devant la ligne où figurait un exemplaire d'un Lagarde et Michard, XVIIIe siècle. Ses yeux se détournèrent du cahier et son regard alla se poser sur la vieille échelle accrochée à son rail de cuivre

*

Sophie étouffa un cri. La coupure s'étendait sur toute la longueur de sa phalange. Le sécateur avait ripé sur la tige. Elle alla se réfugier dans l'arrière-boutique. La brûlure qu'infligea l'alcool à 90 degrés fut saisissante. Elle inspira profondément, aspergea à nouveau la blessure, et attendit quelques instants pour recouvrer ses esprits. La porte du magasin s'ouvrait, elle attrapa une boîte de pansements sur l'étagère de l'armoire à pharmacie, repoussa la vitre et retourna s'occuper de sa clientèle.

*

Yvonne referma la porte de l'armoire de toilette au-dessus du lavabo. Elle passa un peu de blush sur ses joues, remit de l'ordre dans ses cheveux, et décida qu'un foulard s'imposait. Elle traversa la chambre, récupéra son sac à main, mit ses lunettes de soleil et descendit le petit escalier qui conduisait au restaurant. Le rideau de fer était descendu, elle entrouvrit la porte qui donnait sur la cour, vérifia que la voie était libre et longea les vitrines de Bute Street, se gardant bien de s'attarder devant celle de Sophie. Elle monta dans l'autobus qui filait sur Old Brompton Road, acheta un ticket auprès du contrôleur et monta s'installer à l'étage. Si la circulation était fluide, elle serait à l'heure.

L'autobus à impériale la déposa devant les

grilles du cimetière d'Old Brompton. Le lieu était empreint de magie. Le week-end, les enfants sillonnaient à bicyclette les travées verdoyantes, croisant des joggeurs. Sur les pierres tombales, vieilles de plusieurs siècles, des écureuils attendaient sans crainte du promeneur. Perchés sur leurs pattes arrière, les petits rongeurs attrapaient les noisettes offertes et les grignotaient au plus grand plaisir des couples d'amoureux allongés sous les arbres. Yvonne remonta l'allée centrale jusqu'à la porte qui donnait sur Fulham Road. C'était son chemin préféré pour se rendre au stade. Le Stamford Bridge Stadium se remplissait déjà. Comme chaque samedi, les cris qui s'élèveraient des gradins viendraient égayer pendant quelques heures la vie paisible du cimetière. Yvonne prit son billet au fond de son sac et ajusta son foulard et ses lunettes de soleil.

*

Sur Portobello Road, une jeune journaliste buvait un thé à la terrasse de la brasserie Electric, en compagnie de son cameraman. Le matin même, dans la maison louée à Brick Lane par la chaîne de télévision qui l'employait, elle avait visionné tous les enregistrements réalisés pendant la semaine. Le travail accompli était satisfaisant. À ce rythme, Audrey aurait bientôt fini son reportage et pourrait rentrer à Paris s'occuper du montage. Elle régla la note que lui présentait le serveur et abandonna son équipier, décidée à profiter du reste de l'après-midi pour faire les boutiques ; le quartier n'en manquait pas. En se levant, elle céda le passage à un homme et à deux enfants affamés et fourbus après une matinée bien remplie.

*

Les supporters de Manchester United se levèrent tous en même temps. Le ballon avait rebondi sur la cage des buts de l'équipe de Chelsea. Yvonne se rassit en tapant dans ses mains.

– Non mais quelle occasion ratée ! C'est une honte !

L'homme assis à ses côtés sourit.

– Crois-moi, du temps de Cantona cela ne se serait pas passé comme ça, enchaîna-t-elle furieuse. Tu ne vas quand même pas me dire qu'avec un peu plus de concentration, ils n'auraient pas pu marquer, ces imbéciles ?

– Je ne dirai rien, reprit l'homme d'une voix tendre.

– De toute façon, tu ne comprends rien au football.

– J'aime le cricket.

Yvonne posa sa tête sur son épaule.

– Tu ne comprends rien au football.. mais j'aime quand même être avec toi.

– Te rends-tu compte ? Si l'on apprenait dans ton quartier que tu es pour Manchester United ? chuchota l'homme à son oreille.

– Pourquoi crois-tu que je prenne autant de précautions quand je viens ici !

L'homme regardait Yvonne, elle avait les yeux rivés sur la pelouse. Il feuilleta le dépliant posé sur ses genoux.

– C'est la fin de la saison, non ?

Yvonne ne répondit pas, trop absorbée par le match.

– Alors, j'ai peut-être une chance que tu me rejoignes le week-end prochain ? ajouta-t-il.

– On verra, dit-elle en suivant l'attaquant de Chelsea qui avançait dangereusement sur le terrain.

Elle posa un doigt sur la bouche de son compagnon et ajouta :

– Je ne peux pas faire deux choses à la fois et si quelqu'un ne se décide pas à barrer la route à cette andouille, ma soirée est foutue et la tienne aussi !

John Glover prit la main d'Yvonne et caressa les taches brunes que la vie y avait dessinées. Yvonne haussa les épaules.

– Elles étaient belles mes mains, quand j'étais jeune.

Yvonne se leva d'un bond, le visage crispé, retenant son souffle. Le ballon fut dévié in extremis et renvoyé à l'autre bout du terrain. Elle souffla et se rassit.

– Tu m'as manqué cette semaine, tu sais, dit-elle, radoucie.

– Alors viens le week-end prochain !

– C'est toi qui as pris ta retraite, pas moi !

L'arbitre venait de siffler la mi-temps. Ils se levèrent pour aller chercher des rafraîchissements à la buvette. En montant les marches des gradins, John lui demanda des nouvelles de sa librairie.

– C'est sa première semaine, ton Popinot s'adapte, si c'est ce que tu veux savoir, répondit Yvonne.

– C'est exactement ce que je voulais savoir, répéta John.

*

Rentrés de bonne heure, les enfants jouaient dans leur chambre en attendant un goûter digne de ce nom. Antoine, vêtu d'un tablier à carreaux, appuyé au comptoir de sa cuisine, lisait attentivement une nouvelle recette de crêpes. On sonna à la porte. Mathias attendait sur le perron, droit comme un piquet. Intrigué par son accoutrement, Antoine le regarda fixement.

– Je peux savoir pourquoi tu portes des lunettes de ski ? demanda-t-il.

Mathias le poussa pour entrer. De plus en plus

perplexe, Antoine ne le quittait pas des yeux. Mathias laissa choir à ses pieds une bâche pliée.

– Où est ta tondeuse à gazon ? questionna-t-il.

– Qu'est-ce que tu veux faire avec une tondeuse dans mon salon ?

– Ce que tu peux poser comme questions, c'est épuisant !

Mathias traversa la pièce et ressortit dans le jardin à l'arrière de la maison, Antoine lui emboîta le pas. Mathias ouvrit la porte de la petite remise, sortit la tondeuse et, au prix de mille efforts, la hissa sur deux billots de bois abandonnés. Il vérifia que les roues ne touchaient plus le sol et s'assura de l'équilibre de l'ensemble. Après avoir mis la poignée de l'embrayage au point mort, il tira sur le cordon du démarreur.

Le moteur à deux temps se mit à tourner dans un vrombissement assourdissant.

– J'appelle un médecin, hurla Antoine.

Mathias repartit en sens inverse, traversa la maison, déplia la bâche et retourna chez lui. Antoine resta seul, les bras ballants au milieu de son salon, se demandant quelle mouche avait pu piquer son ami. Un coup terrible fit trembler le mur de séparation. Au second coup de masse, un trou de dimension très honorable y laissa apparaître le visage réjoui de Mathias.

– *Welcome home !* s'exclama Mathias rayonnant en agrandissant encore l'ouverture dans la cloison.

– Tu es complètement fou, hurla Antoine, les voisins vont nous dénoncer !

– Avec le bruit qu'il y a dans le jardin, ça m'étonnerait ! Aide-moi au lieu de râler. À deux, on peut finir avant la tombée de la nuit !

– Et après ? hurla Antoine en regardant les gravats qui s'entassaient sur son parquet.

– Après, on mettra le mur dans des sacs-poubelle, on les planquera dans ta remise, et on les écoulera en quelques semaines.

Un autre pan de la cloison venait de s'effondrer ; et pendant que Mathias poursuivait son œuvre, Antoine réfléchissait déjà aux finitions qui seraient nécessaires pour que son salon retrouve un jour un semblant de normalité.

Dans la chambre à l'étage, Emily et Louis avaient allumé la télévision, convaincus que les informations ne tarderaient pas à relater le séisme qui frappait le quartier de South Kensington. La nuit tombée, déçus que la Terre n'ait pas vraiment tremblé, mais fiers d'avoir été mis dans la confidence, ravis aussi de veiller si tard, ils aidèrent à remplir les sacs de gravats qu'Antoine portait au fond du jardin. Le lendemain, McKenzie fut appelé en urgence. Au ton d'Antoine, il avait compris la gravité de la situation. Devoir oblige, il accepta de les retrouver, même un dimanche, et arriva avec la camionnette du bureau.

À la fin du week-end, en dépit des quelques raccords de peinture qui restaient à faire au plafond,

Mathias et Antoine venaient officiellement d'emménager ensemble. Toute la bande fut conviée à fêter l'événement et quand McKenzie apprit qu'Yvonne avait accepté de ressortir de chez elle pour l'occasion, il décida de rester avec eux.

La première discussion entre amis porta sur la décoration de la maison. Les meubles d'Antoine et de Mathias cohabitaient étrangement dans la même pièce. Au dire de Mathias, le rez-de-chaussée était d'une sobriété qui frisait le monacal. Bien au contraire arguait Antoine, le lieu était très accueillant. Tout le monde aida à transporter les meubles. Un guéridon appartenant à Mathias trouva sa place entre deux fauteuils club qui, eux, appartenaient à Antoine. Après un vote remporté à cinq voix contre une (Mathias ayant été le seul à voter pour et Antoine ayant eu l'élégance de s'abstenir), un tapis d'origine persane selon Mathias, d'origine plutôt douteuse selon Antoine, fut roulé, ligoté et rangé dans l'appentis du jardin.

Pour assurer la paix du ménage, McKenzie prit le commandement de la suite des opérations, seule Yvonne avait un droit de veto sur ses injonctions. Non qu'elle en ait décidé ainsi, mais dès qu'elle émettait un avis, les joues du chef d'agence avaient une tendance certaine à virer au pourpre, et son vocabulaire à se réduire à « Vous avez tout à fait raison, Yvonne ».

À la fin de la soirée, le rez-de-chaussée avait été entièrement réorganisé. Ne restait plus qu'à régler la question de l'étage. Mathias trouvait sa chambre moins belle que celle de son meilleur ami. Antoine ne voyait pas en quoi, mais il promit de s'en occuper au plus vite.

VI

À l'euphorie du dimanche succédait la première semaine de vie commune. Elle débuta naturellement par un petit déjeuner à l'anglaise préparé par Antoine. Avant que toute la famille descende, il glissa discrètement un mot sous la tasse de Mathias, essuya ses mains sur son tablier, et cria à qui voudrait bien l'entendre que les œufs allaient refroidir.

– Pourquoi tu parles si fort ?

Antoine sursauta, il n'avait pas entendu Mathias arriver.

– Je n'ai jamais vu quelqu'un d'aussi concentré sur la cuisson de deux toasts.

– La prochaine fois tu les feras griller toi-même ! répondit Antoine en lui tendant son assiette.

Mathias se leva pour se servir une tasse de café et aperçut le mot laissé par Antoine.

– Qu'est-ce que c'est ? demanda-t-il.

– Tu liras tout à l'heure, assieds-toi et mange pendant que c'est chaud.

Les enfants arrivèrent en trombe et mirent un terme à leur conversation. Emily désigna la pendule d'un doigt autoritaire, ils allaient être en retard à l'école.

La bouche pleine, Mathias se leva d'un bond, enfila son pardessus, prit sa fille par la main et l'entraîna vers la porte. Emily eut à peine le temps d'attraper la barre de céréales qu'Antoine lui lançait depuis la cuisine, qu'elle se retrouva, cartable au dos, courant sur le trottoir de Clareville Grove.

Alors qu'ils traversaient Old Brompton Road, Mathias lut le mot qu'il avait emporté et s'arrêta net de marcher. Il prit aussitôt son portable et composa le numéro de la maison.

– C'est quoi exactement cette histoire de rentrer au plus tard à minuit ?

– Donc je recommence, règle n° 1, pas de baby-sitter ; règle n° 2, pas de femme à la maison et règle n° 3, on peut dire minuit et demi si tu préfères mais dernier carat !

– J'ai une tête de Cendrillon ?

– Les escaliers craquent, et je n'ai pas envie que tu nous réveilles tous les soirs.

– J'enlèverai mes chaussures.

– De toute façon, j'aimerais mieux que tu les enlèves en entrant.

Et Antoine raccrocha.

– Qu'est-ce qu'il voulait ? demanda Emily en le tirant vigoureusement par le bras.

– Rien, maugréa Mathias. Et pour toi, ça s'annonce comment la vie de couple ? demanda-t-il à sa fille en traversant la rue.

*

Le lundi, Mathias alla chercher les enfants à l'école. Le mardi, ce fut au tour d'Antoine. Le mercredi, à l'heure du déjeuner, Mathias ferma la librairie pour se joindre, en tant que parent accompagnateur, à la classe d'Emily qui visitait le musée d'Histoire naturelle. La petite fille dut se faire aider de deux amies pour le faire sortir de la salle où étaient exposées les reproductions en taille réelle des animaux de l'ère jurassique. Son père refusait de bouger tant que le Tyrannosaurus mécanisé n'aurait pas lâché le Trachodon qu'il secouait dans sa gueule. Bien que la maîtresse d'école s'y opposât fermement, Mathias insista jusqu'à obtenir gain de cause pour que chaque enfant puisse essayer au moins une fois avec lui le simulateur de tremblement de terre. Un peu plus tard, sachant que Mrs Wallace refuserait aussi qu'ils assistent à la naissance de l'univers, projetée sur la voûte du planétarium à douze heures quinze, il se débrouilla pour la semer vers douze heures onze au moment où elle s'était absentée pour aller aux toilettes. Quand le chef de la sécurité lui demanda comment elle avait pu égarer vingt-quatre enfants d'un coup, Mrs Wallace comprit soudain où se trouvaient ses élèves. En sortant du musée, Mathias offrit une tournée générale de gaufres, pour se faire pardonner. La maîtresse de sa fille accepta d'en goûter une, et Mathias insista pour qu'elle en prenne une seconde, nappée de crème de marrons, cette fois-ci.

Le jeudi, Antoine était en charge des courses, Mathias s'en occupa le vendredi. Au supermarché, les vendeurs ne comprirent pas un mot de ce qu'il s'évertuait à leur demander, il alla chercher de l'aide auprès d'une caissière qui se révéla être espagnole, une cliente voulut lui porter assistance, elle devait être suédoise ou danoise, Mathias ne le sut jamais, et cela ne changeait rien à son problème. Au bout du rouleau et de l'allée des surgelés, il prit son portable, appela Sophie devant les rayons pairs et Yvonne devant les impairs. Finalement, il décida que le mot « côtelettes » griffonné sur la liste pouvait très bien se lire « poulet », après tout Antoine n'avait qu'à mieux écrire.

Le samedi fut pluvieux, tout le monde resta à la maison, studieux. Dimanche soir, un immense fou rire éclata dans le salon où Mathias et les enfants jouaient. Antoine leva la tête de ses esquisses et vit le visage épanoui de son meilleur ami et, à ce moment-là, il pensa que le bonheur s'était installé dans leur vie.

*

Lundi matin, Audrey se présenta devant les grilles du Lycée français. Pendant qu'elle s'entretenait avec le proviseur, son cameraman filmait la cour de récréation.

– C'est derrière cette fenêtre que le général de Gaulle a lancé l'appel du 18 Juin, dit M. Bécherand, en pointant la façade blanche du bâtiment principal.

Le lycée français Charles-de-Gaulle dispensait un enseignement renommé à plus de deux mille élèves, depuis l'école primaire jusqu'au baccalauréat. Le proviseur lui fit visiter quelques salles de classe et l'invita, si elle le souhaitait, à participer à la réunion des maîtres d'école qui se tiendrait l'après-midi même. Audrey accepta avec enthousiasme. Dans le cadre de son reportage, le témoignage des enseignants serait des plus précieux. Elle demanda à interviewer quelques professeurs, M. Bécherand lui répondit qu'elle n'aurait qu'à s'entendre directement avec chacun d'entre eux.

*

Comme tous les matins, Bute Street était en pleine agitation. Les camionnettes de livraison se succédaient, approvisionnant les nombreux commerces de la rue. À la terrasse du Coffee Shop, qui jouxtait la librairie, Mathias sirotait un cappuccino en lisant son journal, détonnant un peu au milieu de toutes les mamans qui se retrouvaient là, après avoir déposé leurs enfants à l'école. De l'autre côté de la rue, Antoine, lui, était à son bureau. Il ne lui restait plus que quelques heures pour compléter une étude qu'il présenterait en fin d'après-midi à l'un des plus gros clients de l'agence, de plus il avait promis à Sophie de lui rédiger une nouvelle lettre.

Après une matinée sans relâche, et l'après-midi était déjà entamée, il invita son chef d'agence à faire une pause-déjeuner bien méritée. Ils traversèrent la rue pour aller chez Yvonne.

Le répit fut de courte durée. Les clients étaient attendus dans l'heure et les plans n'étaient toujours pas imprimés. À la dernière bouchée avalée, McKenzie s'éclipsa.

Sur le pas de la porte il susurra un « Au revoir Yvonne » auquel elle répondit, les yeux plongés dans son livre de comptes, par un « Oui, oui c'est ça, au revoir McKenzie ».

– Tu ne veux pas lui demander de me lâcher un peu, à ton chef d'agence ?

– Il est amoureux de toi. Qu'est-ce que j'y peux ?

– Tu as vu mon âge ?

– Oui, mais il est britannique.

– Ça n'excuse pas tout.

Elle referma son registre et soupira.

– J'ouvre un bon bordeaux, tu veux un verre ?

– Non, mais je veux bien que tu viennes le boire avec moi.

– Je préfère rester ici, c'est plus convenable pour les clients.

Le regard d'Antoine parcourut la salle déserte ; vaincue, Yvonne déboucha la bouteille et le rejoignit son verre à la main.

– Qu'est-ce qui ne va pas ? lui demanda-t-il.

– Je ne vais pas pouvoir continuer longtemps comme ça, je suis trop fatiguée.

– Prends quelqu'un pour t'aider.

– Je ne fais pas assez de couverts, si j'embauche, je mets la clé sous la porte, et je peux te dire qu'elle n'est déjà pas loin du paillasson.

– On devrait rajeunir ta salle.

– C'est la patronne qu'il faudrait rajeunir, soupira Yvonne, et puis avec quel argent ?

Antoine sortit un stylomine de la poche de sa veste et commença à crayonner une esquisse sur la nappe en papier.

– Regarde, j'y pense depuis longtemps, je crois qu'on peut trouver une solution.

Yvonne fit glisser ses lunettes sur le bout de son nez et ses yeux s'éclairèrent d'un sourire plein de tendresse.

– Tu penses depuis longtemps à ma salle de restaurant ?

Antoine décrocha le téléphone sur le comptoir

et appela McKenzie pour lui demander de commencer la réunion sans lui. Il aurait un peu de retard. Il raccrocha et retourna vers Yvonne.

– Bon, je peux t'expliquer maintenant ?

*

Profitant d'un moment de calme dans l'après-midi, Sophie était venue rendre visite à Mathias pour lui apporter un bouquet de roses de jardin.

– Une petite touche de féminité ne fera pas de mal, lui dit-elle en posant le vase près de la caisse.

– Pourquoi, tu trouves que c'est trop masculin ici ?

Le téléphone sonnait. Mathias s'excusa auprès de Sophie et décrocha.

– Bien sûr que je peux aller à la réunion de parents d'élèves. Oui, j'attends que tu rentres pour me coucher. C'est toi qui vas chercher les enfants alors ? Oui, moi aussi je t'embrasse !

Mathias reposa le combiné sur son socle, Sophie le regarda attentivement et repartit travailler.

– Oublie tout ce que je viens de dire ! ajouta-t-elle, en riant.

Elle referma la porte de la librairie.

*

Mathias arriva en retard. À sa décharge, la librairie n'avait pas désempli. Quand il entra dans l'école, la cour de récréation était déserte. Trois maîtresses qui s'entretenaient sous le préau venaient de regagner leurs salles respectives. Mathias longea le mur et se hissa sur la pointe des pieds pour regarder par une fenêtre. Le spectacle était assez étrange. Derrière les pupitres, des adultes avaient remplacé les écoliers. Au premier rang, une maman levait la main pour poser une question, un père agitait la sienne pour que la maîtresse le voie. Décidément, les premiers de la classe le resteraient toute leur vie.

Mathias n'avait aucune idée de l'endroit où se rendre ; s'il manquait à sa promesse de remplacer Antoine à la réunion de parents d'élèves de Louis, il en entendrait parler pendant des mois. À son grand soulagement, une jeune femme traversait la cour. Mathias courut vers elle.

– Mademoiselle, les CM2 A, s'il vous plaît ? demanda-t-il, pressé.

– Vous arrivez trop tard, la réunion vient de se terminer, j'en sors à l'instant.

Reconnaissant soudain son interlocutrice, Mathias se félicita de la chance qui s'offrait à lui. Prise de court, Audrey serra la main qu'il lui tendait.

– Vous avez aimé le livre ?

– Le Lagarde et Michard ?

– J'ai besoin que vous me rendiez un immense

service. Je suis CM2 B, mais le père de Louis a été retenu à son bureau, alors il m'avait demandé de...

Audrey avait un charme indiscutable et Mathias quelques difficultés à maîtriser son propos.

– La classe, bon niveau ? murmura-t-il.

– Oui, je crois...

Mais la conversation fut interrompue par la cloche de l'école qui venait de retentir. Les enfants avaient déjà envahi la cour. Audrey dit à Mathias qu'elle avait eu plaisir à le revoir. Elle s'éloignait quand un attroupement se forma au pied d'un platane. Ils levèrent tous les deux la tête, un enfant avait grimpé dans un arbre et se trouvait maintenant coincé sur l'une des plus hautes branches. Le petit garçon était en équilibre précaire, Mathias se précipita et, sans hésiter, il s'accrocha au tronc et disparut dans les feuillages.

Audrey entendit la voix du libraire qui se voulait rassurante.

– C'est bon, je le tiens !

Le visage blême, cramponné en haut de l'arbre, Mathias fixait le gamin assis sur une branche en face de lui.

– Bon, eh bien, maintenant on est comme deux cons, dit-il au petit garçon.

– Je vais me faire engueuler ? demanda l'enfant.

– Tu ne l'auras pas volé si tu veux mon avis.

Quelques secondes plus tard, les feuilles se

mirent à froufrouter et un surveillant apparut en haut d'une échelle.

– Comment t'appelles-tu ? demanda l'homme.

– Mathias !

– Je demandais ça au petit...

L'enfant se prénommait Victor. Le surveillant le prit sous son bras.

– Alors écoute-moi bien Victor, il y a quarante-sept barreaux, on les compte ensemble et tu ne regardes pas en bas, d'accord ?

Mathias les vit tous deux disparaître dans la frondaison. Les voix s'estompèrent. Seul, tétanisé, il fixa l'horizon.

Quand le surveillant l'invita à descendre, Mathias le remercia sincèrement. Quitte à être monté aussi haut, il allait profiter un peu de la vue. Il demanda néanmoins à ce dernier s'il ne voyait pas d'inconvénient à lui laisser l'échelle.

*

La réunion venait de s'achever. McKenzie raccompagna les clients jusqu'au palier. Antoine traversa l'agence et ouvrit la porte de son bureau. Il y retrouva Emily et Louis qui l'attendaient sur le canapé du hall, leur calvaire s'achevait enfin. Le moment était venu de rentrer à la maison. Ce soir, Cluedo et pommes frites compenseraient l'heure perdue. Emily accepta le marché et rangea ses affaires dans son cartable, Louis courait déjà vers les ascenseurs, slalomant entre les tables à dessin. Le petit garçon appuya sur tous les boutons de la cabine et après une visite inopinée des sous-sols, ils débouchèrent enfin dans le hall de l'immeuble.

Derrière sa vitrine, Sophie les regardait remonter Bute Street, les deux enfants tiraient sur les pans de la veste d'Antoine. Il lui envoya un baiser depuis le trottoir d'en face.

– Où est papa ? demanda Emily en voyant la librairie fermée.

– À ma réunion de parents d'élèves, répondit Louis en haussant les épaules.

*

Le visage d'Audrey apparut dans le feuillage.

– On recommence comme la dernière fois ? dit-elle à Mathias d'une voix apaisante.

– On est beaucoup plus haut, non ?

– La méthode est la même, un pied après l'autre et vous ne regardez jamais en bas, promis ?

À cet instant de sa vie, Mathias aurait promis la lune à qui l'aurait voulue. Et Audrey ajouta :

– La prochaine fois que vous voudrez que l'on se voie, ce n'est pas la peine de vous donner tout ce mal.

Ils firent une pause au vingtième échelon, puis une autre au dixième. Quand ses pieds touchèrent enfin le sol, la cour était dépeuplée. Il était presque vingt heures.

Audrey proposa à Mathias de l'accompagner jusqu'au rond-point. Le gardien referma la grille derrière eux.

– Cette fois, je me suis vraiment ridiculisé, n'est-ce pas ?

– Mais non, vous avez été courageux...

– Quand j'avais cinq ans, j'ai glissé d'un toit.

– C'est vrai ? demanda Audrey.

– Non... ce n'est pas vrai.

Ses joues reprenaient des couleurs. Elle le fixa longuement, sans rien dire.

– Je ne sais même pas comment vous remercier.

– Vous venez de le faire, répondit-elle.

Le vent la faisait frissonner.

– Rentrez, vous allez attraper froid, murmura Mathias.

– Vous aussi vous allez attraper froid, répondit-elle.

Elle s'éloignait, Mathias aurait voulu que le temps s'arrête. Au milieu de ce trottoir désert, sans qu'il sache pourquoi, elle lui manquait déjà. Quand il l'appela, elle avait fait douze pas, elle ne le lui avouerait jamais, mais elle avait compté chacun d'entre eux.

– Je crois que j'ai une édition XIXe du Lagarde et Michard !

Audrey se retourna.

– Et moi, je crois que j'ai faim, répondit-elle.

Ils prétendaient être affamés, pourtant, quand Yvonne débarrassa leur table, elle s'inquiéta de voir leurs assiettes à peine entamées. Scrutant depuis son comptoir le regard que Mathias posait sur les lèvres d'Audrey, elle comprit que sa cuisine n'était pas en cause. Tout au long de la soirée, ils se confièrent leurs passions respectives, celle d'Audrey pour la photographie, celle de Mathias pour les vieux manuscrits. L'an dernier, il avait fait l'acquisition d'une lettre rédigée de la main de Saint-Exupéry. Ce n'était qu'un petit billet griffonné par le pilote au départ d'un vol, mais pour le collectionneur qu'il était, le tenir entre ses mains procurait un plaisir indescriptible. Il avoua que parfois le soir, dans sa solitude parisienne, il sortait la note de son enveloppe, dépliait le papier avec une infinie précaution, puis il fermait les yeux, et l'imagination le transportait sur la piste d'un terrain d'Afrique. Il entendait la voix du mécanicien crier « Contact », se hissant à la pale de l'hélice pour lancer le moteur. Les pistons se mettaient à vrombir, et il lui suffisait de pencher la tête en arrière pour sentir les vents de sable griffer ses joues. Audrey comprit ce que Mathias ressentait. En plongeant dans de vieilles photographies, il lui arrivait de se retrouver dans les années 1920, marchant dans les ruelles de Chicago. Au fond d'un bar, elle prenait un alcool en compagnie d'un jeune trompettiste, musicien de génie, que ses copains appelaient Satchmo.

Et quand la nuit était calme, elle écoutait un disque et Satchmo l'emmenait se promener sur les lignes de quelques partitions. D'autres soirs, d'autres photographies l'entraînaient dans la fièvre des clubs de jazz ; elle dansait sur des ragtimes endiablés, se cachait quand la police y faisait des descentes.

Penchée des heures sur une photo prise par William Claxton, elle avait retrouvé l'histoire d'un musicien si beau, si passionné qu'elle s'en était amourachée. Sentant un peu de jalousie dans la voix de Mathias, elle ajouta que Chet Baker était mort en tombant du deuxième étage de sa chambre d'hôtel à Amsterdam, en 1988, à l'âge de cinquante-neuf ans.

Yvonne toussota depuis son comptoir, le restaurant fermait déjà. La salle était vide. Mathias régla la note et tous deux se retrouvèrent dans Bute Street. La vitrine derrière eux venait de s'éteindre. Il eut envie de marcher le long du fleuve. Il était tard, elle devait le quitter. Demain, une grosse journée de travail l'attendait. Ils s'aperçurent tous deux qu'au cours de la soirée, ils n'avaient parlé ni de leur vie, ni de leur passé, pas plus que de leur métier. Mais ils avaient partagé quelques rêves et des moments d'imaginaire ; après tout, c'était une belle conversation pour une première fois. Ils échangèrent leurs numéros de téléphone. En la raccompagnant jusqu'à South Kensington, Mathias fit les louanges du métier d'enseignante, dédier sa vie aux enfants témoignait d'une générosité incroyable ;

pour la réunion de parents d'élèves, il se débrouillerait. Il n'aurait qu'à inventer quand Antoine l'interrogerait. Audrey ne comprenait pas du tout de quoi il parlait, mais le moment était doux, et elle acquiesça. Il lui tendit une main maladroite, elle posa un baiser sur sa bouche ; un taxi l'emmenait déjà vers le quartier de Brick Lane. Le cœur léger, Mathias remonta Old Brompton.

Quand il entra dans Clareville Grove, il aurait juré que les arbres qui s'inclinaient au vent le saluaient. Aussi idiot que cela paraisse, fragile et heureux à la fois, il leur retourna un signe de tête. Il monta les marches du perron à pas de loup, la clé tourna lentement dans la serrure, la porte grinça à peine, et il entra dans le salon.

L'écran de l'ordinateur illuminait le bureau où travaillait Antoine. Mathias enleva sa gabardine avec mille précautions. Chaussures à la main, il avançait vers l'escalier quand la voix de son colocataire le fit sursauter.

– Tu as vu l'heure ?

Antoine le tançait du regard. Mathias fit demi-tour et avança jusqu'au bureau. Il prit la bouteille d'eau minérale qui s'y trouvait, la but d'un trait et la reposa en forçant un bâillement.

– Bon, j'y vais, dit-il en étirant ses bras. Je suis crevé comme tout.

– Tu vas où exactement ? demanda Antoine.

– Ben chez moi, répondit Mathias en lui montrant l'étage.

Il renfila son imperméable et se dirigea vers l'escalier, et à nouveau, Antoine l'interpella.

– Comment ça s'est passé ?

– Bien, enfin je crois, répondit-il avec l'air de quelqu'un qui ne savait pas du tout de quoi on lui parlait.

– Tu as vu Mme Morel ?

Le visage tendu, Mathias referma le col de sa gabardine.

– Comment le sais-tu ?

– Tu as bien été à la réunion de parents d'élèves, oui ou non ?

– Évidemment ! répondit-il avec assurance.

– Donc tu as vu Mme Morel ?

– Mais bien sûr que je l'ai vue Mme... Morel !

– Parfait ! Et puisque tu te posais la question, je le sais puisque c'est moi qui t'ai demandé d'aller la voir, reprit Antoine d'une voix volontairement posée.

– Voilà ! C'est exactement ça, c'est toi qui me l'as demandé ! s'exclama Mathias, soulagé d'apercevoir un semblant de lumière au bout d'un long tunnel obscur.

Antoine se leva et fit les cent pas dans son bureau ; les mains croisées derrière le dos lui donnaient un air professoral qui n'était pas sans intimider son ami.

– Donc, tu as vu la maîtresse de mon fils, ce qui est bien ; maintenant concentrons-nous, essaie de faire un dernier petit effort... pourrais-je avoir un compte-rendu de la réunion de parents d'élèves ?

– Ah... Tu m'attendais pour ça ? demanda Mathias, d'un air innocent.

Au regard que venait de lui lancer Antoine, Mathias comprit que sa marge d'improvisation se réduisait de seconde en seconde, Antoine ne garderait pas longtemps son calme, l'attaque était la seule défense possible.

– Mais dis donc j'y suis allé en mission commandée, ne monte pas sur tes grands chevaux comme ça ! Qu'est-ce que tu veux que je te dise ?

– Ce que la maîtresse t'a raconté serait un bon début, voire même une bonne fin... à l'heure qu'il est.

– Il est parfait ! Ton fils est absolument parfait, dans toutes les matières. Sa maîtresse a même eu un peu peur au début de l'année qu'il soit surdoué. C'est flatteur pour les parents quoique très dur à gérer. Mais je te rassure, Louis est juste un excellent élève. Voilà, je t'ai tout dit, tu en sais autant que moi. J'étais tellement fier que je lui ai même laissé croire que j'étais son oncle. Tu es content ?

– Aux anges ! dit Antoine en se rasseyant, furieux.

– Tu es incroyable ! Je te dis que ton fils est au top de sa carrière d'écolier et toi tu fais la gueule, dis donc tu n'es pas facile à satisfaire, mon vieux.

Antoine ouvrit un tiroir pour y prendre une feuille de papier. Il l'agita au bout de ses doigts.

– Je suis fou de bonheur ! En tant que père d'un enfant qui n'a pas la moyenne en histoire-géo, à peine un 11 en français et tout juste un 10 en calcul, je suis vraiment surpris et flatté du commentaire de sa maîtresse d'école.

Antoine posa le bulletin scolaire de Louis sur le bureau et le fit glisser dans la direction de Mathias, qui, dubitatif, s'approcha, le lut et le reposa aussitôt.

– Ben, c'est une erreur administrative, il y en a plein avec les grands je ne vois pas pourquoi les petits y échapperaient ! commenta-t-il avec une mauvaise foi qui frisait l'indécence. Bon, je vais me coucher, je te sens tendu et je n'aime pas du tout quand tu es tendu. Dors bien !

Et cette fois, Mathias se dirigea d'un pas décidé vers l'escalier. Antoine le rappela pour la troisième fois. Il leva les yeux au ciel et se retourna de mauvaise grâce.

– Quoi encore ?

– Comment s'appelle-t-elle ?

– Qui ?

– C'est toi qui vas me le dire... Celle qui t'a fait rater la réunion de parents d'élèves, par exemple. Elle est jolie au moins ?

– Très ! finit par avouer Mathias, embarrassé.

– C'est déjà ça ! Quel est son nom ? insista Antoine.

– Audrey.

– Joli aussi... Audrey comment ?

– Morel..., souffla Mathias d'une voix à peine audible.

Antoine tendit l'oreille, avec l'infime espoir de ne pas avoir bien entendu le nom que Mathias venait de prononcer. L'inquiétude se lisait déjà sur ses traits.

– Morel ? Un peu comme dans Mme Morel ?

– Un tout petit peu..., dit Mathias cette fois terriblement embarrassé.

Antoine se leva et regarda son ami, saluant sarcastiquement l'exploit.

– Quand je te demande d'aller à une réunion de parents d'élèves, tu prends cela vraiment très au sérieux !

– Bon, je le savais, je n'aurais pas dû t'en parler ! dit Mathias en s'éloignant.

– Pardon ? hurla Antoine, parce que là tu m'en parles ? Ôte-moi d'un doute, dans la liste des conneries à ne jamais faire, tu crois que tu vas encore en trouver une ou tu penses les avoir toutes épuisées ?

– Écoute Antoine, n'exagérons rien, je suis rentré tout seul et même avant minuit !

– Parce que, en plus, tu te félicites de ne pas avoir ramené l'institutrice de mon fils à la maison ? Formidable ! Merci, comme ça il ne la verra pas un tout petit peu à poil quand il prendra son petit déjeuner.

Ne trouvant d'autre issue que la fuite, Mathias monta à l'étage. Sur chacune des marches, ses pas semblaient scander les réprimandes que lui faisait Antoine.

– Tu es pathétique ! cria-t-il encore dans son dos.

Mathias leva la main en signe de reddition.

– Bon arrête, ça va, je vais trouver une solution !

Quand Mathias entra dans sa chambre, il entendit Antoine au rez-de-chaussée qui l'accusait, en plus, d'avoir très mauvais goût. Il referma la porte, s'allongea sur son lit et soupira en déboutonnant le col de sa gabardine.

Dans son bureau, Antoine enfonça une touche sur le clavier de son ordinateur. Sur l'écran, une Formule 1 percuta le rail de sécurité de plein fouet.

À trois heures du matin, Mathias faisait toujours les cent pas dans sa chambre. À quatre heures, en caleçon, il s'assit derrière le secrétaire disposé près de la fenêtre et commença à mâchonner son stylo. Un peu plus tard, il rédigea les premiers mots d'une lettre à l'intention de Mme Morel. À six heures, la corbeille accueillait le onzième brouillon que Mathias venait d'y jeter. À sept heures, les cheveux ébouriffés, il relut une dernière fois son texte et le glissa dans une enveloppe. Les marches de l'escalier craquaient, Emily et Louis descendaient dans la cuisine. L'oreille collée à la porte, il guetta les bruits du petit déjeuner, et quand il entendit Antoine appeler les enfants pour le départ à l'école, il enfila un peignoir de bain à la hâte et se précipita au rez-de-chaussée. Mathias rattrapa Louis sur le perron. Il lui remit la missive mais, avant qu'il n'ait eu le temps de lui expliquer quoi que ce soit, Antoine saisit la lettre et demanda à Emily et à Louis d'aller l'attendre un peu plus loin sur le trottoir.

– Qu'est-ce que c'est ? demanda-t-il à Mathias en agitant l'enveloppe.

– Un mot de rupture, c'est bien ce que tu voulais, non ?

– Parce que tu ne peux pas faire tes commissions toi-même ? Tu as besoin de mêler nos enfants à ça ? chuchota Antoine en tirant Mathias un peu plus à l'écart.

– Je pensais que c'était mieux ainsi, balbutia ce dernier.

– Et lâche, en plus ! s'esclaffa Antoine, avant de rejoindre les enfants.

En montant dans la voiture, il rangea quand même le mot dans le cartable de son fils. Le cabriolet s'éloigna, Mathias referma la porte de la maison et monta se préparer. En entrant dans son bain, il affichait un drôle de sourire.

*

La porte du magasin venait de s'ouvrir. Depuis son arrière-boutique, Sophie reconnut les pas d'Antoine.

– Je t'emmène prendre un café ? dit-il.

– Oh, toi, tu as ta mine des mauvais jours, répondit-elle en essuyant le revers de ses mains sur sa blouse.

– Qu'est-ce que tu t'es fait ? demanda Antoine en regardant la gaze tachée de sang noir sur le doigt de Sophie.

– Rien, une coupure mais ça ne cicatrise pas, c'est impossible avec toute cette eau.

Antoine lui prit la main, ôta le sparadrap et fit une grimace. Ne laissant pas à Sophie le temps de discuter, il l'entraîna vers l'armoire à pharmacie, nettoya la plaie et refit un pansement.

– Si ce n'est pas guéri dans deux jours, je t'emmène voir un médecin, grommela-t-il.

– Bon, on va prendre ce café, répondit Sophie en agitant la poupée qu'elle avait maintenant au bout de l'index, et puis tu me raconteras ce qui te tracasse ?

Elle ferma le verrou, mit la clé dans sa poche et entraîna son ami par le bras.

*

Un client attendait, impatient, devant la librairie. Mathias remontait Bute Street à pied, Antoine et Sophie marchaient à sa rencontre ; son meilleur ami ne lui adressa pas le moindre regard, et entra dans le bistrot d'Yvonne.

*

– Qu'est-ce qui s'est passé entre vous deux ? demanda Sophie en reposant sa tasse de café crème.

– Tu as une moustache !

– Je te remercie, c'est gentil !

Antoine prit sa serviette et essuya les lèvres de Sophie.

– On s'est un peu engueulés ce matin.

– La vie de couple, mon vieux, ça ne peut pas être parfait tous les jours !

– Tu te moques de moi ? demanda Antoine en regardant Sophie qui avait du mal à contenir son rire.

– Quel était le sujet de votre dispute ?

– Rien, laisse tomber.

– C'est toi qui devrais laisser tomber, si tu voyais la tête que tu fais... Tu ne veux vraiment pas me dire de quoi il s'agit ? Un conseil de fille ça peut toujours aider, non ?

Antoine regarda son amie et se laissa gagner par le sourire qu'elle affichait maintenant sans gêne. Il fouilla les poches de sa veste et lui tendit une enveloppe.

– Tiens, j'espère qu'elle te plaira.

– Elles me plaisent toujours.

– Je ne fais que retranscrire ce que tu me

demandes d'écrire, reprit Antoine en relisant son texte.

– Oui, mais tu le fais avec tes mots et, grâce à toi, les miens prennent un sens que je n'arrive pas à leur donner.

– Tu es sûre que ce type te mérite vraiment ? Parce que je peux te dire une chose, et ce n'est pas parce que je les écris moi, mais si je recevais des lettres comme ça, quelles que soient mes obligations personnelles ou professionnelles, je peux te jurer que je serais déjà venu t'enlever.

Le regard de Sophie se détourna.

– Ce n'est pas ce que je voulais dire, reprit Antoine désolé, en la prenant dans ses bras.

– Tu vois, tu devrais faire attention à ce que tu dis de temps en temps. Je ne sais pas quel est le sujet de votre brouille, mais c'est forcément une perte de temps, alors prends ton téléphone et appelle-le.

Antoine reposa sa tasse de café.

– Pourquoi est-ce que c'est moi qui devrais faire le premier pas ? bougonna-t-il.

– Parce que si vous vous posez la même question tous les deux, vous allez vous gâcher la journée pour rien.

– Peut-être, mais là, c'est lui qui est en tort.

– Qu'est-ce qu'il a bien pu faire de si grave ?

– J'ai le droit de te dire qu'il a fait une connerie mais ce n'est pas pour autant que je vais le balancer.

– Deux mômes !... Et pas un pour racheter l'autre ! Il s'est excusé ?

– D'une certaine façon, oui..., répondit Antoine, repensant au petit mot que Mathias avait confié à Louis.

Sophie décrocha le téléphone sur le comptoir et le fit glisser sur la table.

– Appelle-le !

Antoine reposa le combiné sur son socle.

– Je vais plutôt passer le voir, dit-il en se levant.

Il régla les cafés, tous deux ressortirent dans Bute Street. Sophie refusa de regagner son magasin avant d'avoir vu Antoine franchir la porte de la librairie.

– Qu'est-ce que je peux faire pour toi ? demanda Mathias en levant les yeux de sa lecture.

– Rien, je passais comme ça, voir si tout allait bien.

– Tout va bien, je te remercie, dit-il en tournant une page de son livre.

– Tu as du monde ?

– Pas un chat, pourquoi ?

– Je m'ennuie, chuchota Antoine.

Antoine retourna le petit panneau suspendu à la porte vitrée, côté « Fermé ».

– Viens, je t'emmène faire un tour.

– Je croyais que tu croulais sous le travail ?

– Arrête de discuter tout le temps !

Antoine sortit de la libraire, il s'installa à bord de sa voiture garée devant la vitrine et klaxonna deux fois. Mathias reposa son livre en râlant et le rejoignit dans la rue.

– Où va-t-on ? demanda-t-il en grimpant à bord du cabriolet.

– Faire la librairie buissonnière !

L'Austin Healey remontait Queen's Gate, elle traversa Hyde Park et fila vers Notting Hill. Mathias trouva une place à l'entrée du marché de Portobello. Les trottoirs étaient envahis par les étals de brocanteurs. Ils descendirent la rue, s'arrêtant à chaque stand. Chez un fripier, Mathias essaya une veste à grosses rayures et la casquette aux motifs assortis, il se retourna pour demander son avis à Antoine. Celui-ci s'était déjà éloigné, bien trop gêné pour rester à côté de lui. Mathias reposa le vêtement sur son cintre et déclara à la vendeuse qu'Antoine n'avait aucun goût. Ils s'installèrent à la terrasse de la brasserie Electric. Deux jolies jeunes femmes descendaient la rue en tenue d'été. Leurs regards se croisèrent, elles leur sourirent tout en passant leur chemin.

– J'ai oublié, dit Antoine.

– Si c'est ton portefeuille, ne t'inquiète pas je t'invite, dit Mathias en prenant l'addition dans la coupelle.

– Ça fait six ans que je vis dans ce costume de papa poule, et je me rends compte que je ne sais même plus comment on aborde une femme. Un jour mon fils me demandera de lui apprendre à draguer et je ne saurai pas lui répondre. J'ai besoin de toi, il faudrait que tu me réapprennes tout depuis le début.

Mathias but son jus de tomate d'un trait et reposa le verre sur la table.

– Il faudrait savoir ce que tu veux, tu refuses qu'une femme entre dans notre maison !

– Ça n'a rien à voir, je te parlais de séduction, bon laisse tomber !

– Toute la vérité ? Moi aussi j'ai oublié, mon vieux.

– Dans le fond, je crois que je n'ai jamais su ! soupira Antoine.

– Avec Karine tu as bien su, non ?

– Karine m'a fait un fils et ensuite elle est partie s'occuper des enfants des autres. Comme réussite sentimentale, il y a mieux, non ? Allez viens, allons travailler.

Ils quittèrent la terrasse et remontèrent la rue, marchant côte à côte.

– Ça t'embête si j'essaie à nouveau cette veste, et cette fois tu me donnes vraiment ton avis !

– Si tu me jures de la porter devant nos enfants, c'est même moi qui te l'offre !

De retour dans South Kensington, Antoine rangea l'Austin Healey devant son bureau. Il coupa le contact et attendit quelques instants pour sortir de la voiture.

– Je suis désolé pour hier soir, je suis peut-être allé un peu trop loin.

– Non, non, rassure-toi, je comprends ta réaction, dit Mathias d'une voix pincée.

– Tu n'es pas sincère, là !

– Ben non, je ne suis pas sincère !

– C'est bien ce que je pensais, tu m'en veux encore !

– Bon, écoute Antoine, si tu as quelque chose à dire sur ce sujet, dis-le, là j'ai vraiment du travail !

– Moi aussi, reprit Antoine en sortant du cabriolet.

Et alors qu'il entrait dans ses bureaux, il entendit la voix de Mathias dans son dos.

– Merci d'être passé, ça me touche beaucoup.

– Je n'aime pas quand on s'engueule, tu sais, répondit Antoine en se retournant.

– Moi non plus.

– N'en parlons plus alors, c'est derrière nous.

– Oui, c'est derrière nous, reprit Mathias.

– Tu rentres tard ce soir ?

– Pourquoi ?

– J'ai promis à McKenzie de l'emmener dîner chez Yvonne... pour le remercier d'être venu nous aider à la maison, alors si tu pouvais garder les enfants, ce serait bien.

De retour dans sa librairie, Mathias décrocha le téléphone et appela Sophie.

*

Le téléphone sonnait. Sophie s'excusa auprès de sa cliente.

– Bien sûr que je peux, dit Sophie.

– Ça ne te dérange pas ? insista Mathias à l'autre bout du fil.

– Je ne te cache pas que je n'aime pas l'idée de mentir à Antoine.

– Je ne te demande pas de lui mentir, mais juste de ne rien lui dire.

Pour Sophie, la frontière entre mensonge et omission était bien mince, mais elle accepta quand même de rendre le service que Mathias lui demandait. Elle fermerait son magasin un peu plus tôt et le rejoindrait comme promis vers sept heures. Mathias raccrocha.

VII

Yvonne profitait du calme de l'après-midi pour faire un peu de rangement dans sa réserve au sous-sol. Elle regarda la caisse devant elle, le château-labegorce-zédé était son vin préféré et elle conservait précieusement les trop rares bouteilles qu'elle possédait pour de grandes occasions. Mais de grandes occasions, elle n'en avait pas eu à célébrer depuis de longues années. Elle passa la main sur la fine couche de poussière qui recouvrait le bois, se remémorant avec émotion ce soir de mai où Manchester United avait remporté la coupe d'Angleterre. La douleur la saisit à la base du sein, sans prévenir. Yvonne se plia en deux à la recherche de l'air qui lui manquait soudain. Elle s'appuya à l'échelle qui grimpait vers la salle et chercha ses médicaments dans la poche de son tablier. Ses doigts engourdis avaient du mal à retenir le flacon. Avec difficulté, elle réussit à faire sauter le capuchon, versa trois comprimés dans le creux de sa main et les lança au fond de sa gorge, penchant la tête en arrière pour mieux déglutir.

Épuisée de souffrance, elle s'assit à même le sol et attendit que la chimie opère. Si Dieu ne voulait pas d'elle aujourd'hui, se dit-elle, son cœur s'apaiserait dans quelques minutes et tout irait bien ; elle avait encore tellement de choses à faire. Elle se promit d'accepter la prochaine invitation de John dans le Kent, enfin, s'il la renouvelait, elle avait dit non tant de fois. En dépit de sa pudeur, en dépit de ses refus, cet homme lui manquait. C'était fou d'ailleurs à quel point il lui manquait. Fallait-il donc que les gens s'éloignent pour que l'on se rende compte de la place qu'ils prenaient dans nos vies ? Chaque midi, John s'installait dans la salle, avait-il remarqué que son assiette était différente de celle des autres clients ?

Il devait bien l'avoir deviné, John était un homme discret, aussi pudique qu'elle, mais il était intuitif. Yvonne se réjouissait que Mathias ait repris sa librairie. Quand John lui avait annoncé qu'il allait partir à la retraite, c'était elle qui avait parlé d'un successeur, pour que le travail de toute une vie ne disparaisse pas. Et puis, elle avait vu là une occasion parfaite pour Mathias de retrouver les siens ; alors, elle avait suggéré l'idée à Antoine, pour qu'elle fasse son chemin, pour qu'il se l'approprie, jusqu'à croire qu'elle venait de lui. Quand Valentine lui avait annoncé son envie de rentrer à Paris, elle en avait imaginé tout de suite les conséquences pour Emily.

Elle détestait l'ingérence, mais, cette fois, elle avait bien fait de se mêler un tout petit peu de la destinée de ceux qu'elle aimait. Il n'empêche que sans John rien n'était plus pareil. Un jour, c'était certain, elle lui parlerait.

Elle leva la tête. L'ampoule accrochée au plafond se mit à tourner, entraînant chaque objet de la pièce, comme dans un ballet. Les murs ondulaient, une force terrible pesait sur elle, la poussant en arrière. L'échelle lui échappait, elle inspira profondément et ferma les yeux avant que son corps ne bascule sur le côté. Sa tête se posa lentement sur la terre meuble. Elle entendit les battements de son cœur résonner dans ses tympans, et puis plus rien.

Elle portait une petite jupe à fleurs et un chemisier en coton. C'était le jour de ses sept ans, son père la tenait par la main. Pour lui faire plaisir, il avait acheté deux tickets au guichet de la grande roue en bois et quand le garde-corps s'était abaissé sur leur nacelle, elle s'était sentie plus heureuse que jamais. Tout en haut, son père avait tendu son doigt au loin. Ses mains étaient magnifiques. Caressant les toits de la ville d'un seul geste, il lui avait dit des mots magiques : « *Désormais la vie t'appartient, rien ne te sera impossible, si tu le désires vraiment.* » Elle était sa fierté, sa raison de vivre, la plus belle chose qu'il avait faite de sa vie d'homme. Et il lui fit promettre de ne pas le répéter à sa mère qui en serait peut-être un peu jalouse. Elle avait ri, car elle savait que son père aimait sa maman tout autant qu'elle. Au printemps suivant, par un matin d'hiver, elle avait couru derrière lui dans la rue. Deux hommes en costume sombre étaient venus le chercher à la maison. Ce n'est que le jour de ses dix ans que sa mère lui avait avoué la vérité. Son père n'était pas parti en voyage d'affaires. Il avait été arrêté par la milice française et il n'était jamais revenu.

Pendant les années d'Occupation, dans la soupente qui lui servait de chambre, la petite fille imaginait que son papa s'était évadé. Pendant que les sales types avaient le dos tourné, il avait défait ses liens, brisé la chaise sur laquelle on le torturait. Réunissant ses forces, il avait fui par les souterrains du commissariat et s'était éclipsé par une porte laissée ouverte. Après avoir rejoint la Résistance, il avait gagné l'Angleterre. Et pendant qu'elle et sa mère se débrouillaient comme elles le pouvaient dans cette France triste, il travaillait auprès d'un général qui n'avait pas renoncé. Et tous les matins en se levant, elle imaginait son père rêvant de l'appeler. Mais dans le réduit où elle se cachait avec sa mère, il n'y avait pas de téléphone.

L'année de ses vingt ans, un officier de police vint sonner à sa porte. À cette époque, Yvonne vivait dans un studio au-dessus de la laverie qui l'employait. Les restes de son père avaient été retrouvés dans une fosse au milieu de la forêt de Rambouillet. Le jeune homme était sincèrement confus d'être porteur d'une si triste nouvelle, et plus encore de ce que le rapport d'autopsie confirme que les balles qui avaient servi à lui faire exploser le crâne sortaient du canon d'un pistolet français. Yvonne, souriante, l'avait rassuré. Il s'était trompé, son père était probablement mort puisqu'elle n'avait pas de nouvelles de lui depuis la fin de la guerre, mais il était enterré quelque part en Angleterre. Arrêté par la milice, il avait réussi à s'échapper, il avait rejoint Londres. Le policier prit son courage à deux mains. On avait retrouvé des papiers dans la poche du mort, et ceux-ci attestaient sans aucun doute de son identité.

Yvonne prit le portefeuille que l'inspecteur lui tendait. Elle ouvrit la carte jaunie, tachée de sang, caressa la photo, sans jamais se départir de son sourire. Et, refermant la porte, elle se contenta de dire d'une voix douce que son père avait dû les abandonner au cours de son évasion. Quelqu'un les avait dérobés, c'était aussi simple que cela.

Elle attendit le soir pour déplier la lettre cachée sous le rabat de cuir. Elle la lut, fit rouler dans ses doigts la petite clé d'une consigne que son père y avait jointe.

À la mort de son premier mari, Yvonne revendit la laverie qu'elle avait rachetée au prix d'heures de travail hebdomadaires qu'aucun membre de la section syndicale à laquelle elle appartenait n'aurait crues possibles. Elle embarqua à Calais sur un ferry qui traversait la Manche et arriva à Londres par une après-midi d'été, avec une valise pour tout bagage.

Elle se rendit devant la façade blanche d'un grand bâtiment dans le quartier de South Kensington. Agenouillée au pied d'un arbre qui ombrageait un rond-point, elle creusa un trou dans la terre avec ses mains. Elle y déposa une carte d'identité jaunie, tachée de sang séché, et murmura « On y est arrivés ».

Quand un policier lui demanda ce qu'elle faisait, elle se redressa et répondit en pleurant :

– Je suis venue rapporter ses papiers à mon père. Nous ne nous étions pas vus depuis la guerre.

Yvonne reprenait connaissance, elle se releva lentement. Son cœur avait retrouvé un rythme normal. Elle monta l'échelle de meunier et, en arrivant dans la salle, décida de changer de tablier. Alors qu'elle le nouait dans son dos, une jeune femme entra et vint s'installer au comptoir. Elle commanda un alcool, le plus fort qui soit. Yvonne inspecta son allure, lui servit un verre d'eau minérale et vint s'asseoir à côté d'elle.

Enya avait émigré l'an dernier. Elle avait trouvé un travail dans un bar de Soho. La vie ici était si chère qu'elle avait dû partager un studio avec trois étudiants qui, comme elle, faisaient de petits boulots par-ci, par-là. Enya n'étudiait plus depuis longtemps.

Le restaurateur sud-africain qui l'employait ayant eu le mal du pays, il avait fermé boutique. Depuis, un travail dans une boulangerie le matin, un poste à la caisse d'un fast-food à l'heure du déjeuner et des distributions de prospectus en fin de journée lui avaient permis de vivre. Sans papiers, son lot était la précarité. En deux semaines, elle venait de perdre tous ses emplois. Elle demanda à Yvonne si elle n'avait rien pour elle, elle servait bien en salle et n'avait pas peur du travail.

– Et c'est en commandant à boire au comptoir que tu fais tes démarches pour trouver un job de serveuse ? demanda la patronne.

Yvonne n'avait pas les moyens d'embaucher qui que ce soit, mais elle promit à la jeune fille d'interroger les commerçants du quartier. Si quelque chose se présentait, elle le lui ferait savoir. Enya n'aurait qu'à repasser de temps en temps. Voulant compléter la liste de ses qualités, Enya ajouta qu'elle avait aussi travaillé dans une laverie. Yvonne se retourna pour la regarder. Elle resta silencieuse quelques secondes et annonça à Enya que, jusqu'à des temps meilleurs, elle pouvait venir prendre ici un repas de temps en temps ; il n'y aurait pas d'addition, à condition qu'elle ne le dise à personne. La jeune femme ne savait comment la remercier, Yvonne lui dit de ne surtout pas le faire et elle retourna à ses fourneaux.

*

En début de soirée, Antoine était attablé dans la salle en compagnie de McKenzie qui ne cessait de dévorer Yvonne des yeux. Il prit son portable pour envoyer un texto à Mathias : *Merci de t'occuper des enfants. Est-ce que tout va bien ?*

Il reçut aussitôt une réponse . *Tout est OK. Enfants ont dîné, brossage de dents en cours, au lit dans 10 minutes.*

Quelques instants plus tard, Antoine reçut un second message : *Travaille aussi tard que tu veux, m'occupe de tout.*

La lumière venait de s'éteindre dans la salle de cinéma de Fulham et le film commençait. Mathias coupa son portable, et plongea la main dans le sachet de pop-corn qu'Audrey lui tendait.

*

Sophie ouvrit la porte du réfrigérateur pour en examiner le contenu. Sur la clayette du haut, elle trouva des tomates bien rouges, alignées en ordre si parfait qu'elles ressemblaient à un bataillon de soldats d'une armée de l'Empire. Des tranches de viandes froides empilées parfaitement dans un papier cellophane côtoyaient un plateau de fromages, un bocal de cornichons et un ramequin de mayonnaise.

Les enfants dormaient à l'étage. Chacun avait eu droit à son histoire et à son câlin.

À onze heures, la clé tourna dans la serrure, Sophie se retourna pour voir Mathias sur le pas de la porte, un sourire béat au milieu du visage.

– Tu t'en tires bien, Antoine n'est pas encore là, dit Sophie en l'accueillant.

Mathias déposa son portefeuille dans le vide-poches à l'entrée de la maison. Il alla s'asseoir auprès d'elle, l'embrassa sur la joue et lui demanda comment s'était passée la soirée.

– Extinction des feux avec une demi-heure de retard sur l'horaire habituel mais c'est le droit des baby-sitters incognito. Louis a un truc qui cloche, il était très contrarié, mais je n'ai rien pu savoir.

– Je vais m'en occuper, dit Mathias.

Sophie récupéra son écharpe accrochée au portemanteau. Elle l'enroula autour de son cou et désigna la cuisine.

– J'ai préparé une assiette pour Antoine, je le connais, il va rentrer le ventre vide.

Mathias s'en approcha et croqua un cornichon. Sophie lui tapa sur la main.

– Pour Antoine j'ai dit ! Tu n'as pas dîné ?

– Pas eu le temps, répondit Mathias, je suis rentré en courant juste après le cinéma, je ne savais pas que le film durait aussi longtemps.

– Ça valait le coup, j'espère ? dit Sophie d'un ton narquois.

Mathias regarda l'assiette de viandes froides.

– Il y en a qui ont de la chance !

– Tu as faim ?

– Non, file, je préfère que tu sois partie avant qu'il arrive, sinon il va se douter de quelque chose.

Mathias souleva la cloche à fromages, prit

un morceau de gruyère et le mangea sans grand appétit.

– Tu as visité l'étage ? Antoine a tout refait de mon côté. Comment trouves-tu la nouvelle décoration ? demanda-t-il la bouche pleine.

– Symétrique ! répondit Sophie.

– Qu'est-ce que ça veut dire, symétrique ?

– Ça veut dire que vos chambres sont pareilles, même les lampes de chevet sont identiques, c'est ridicule.

– Je ne vois pas ce qu'il y a de ridicule ! rétorqua Mathias, vexé.

– Ce serait bien que quelque part, dans cette maison, « chez toi » veuille dire « chez toi » et pas « j'habite chez un copain » !

Sophie mit son manteau et sortit dans la rue. La fraîcheur de la nuit la saisit aussitôt, elle frissonna et se mit en marche. Le vent soufflait dans Old Brompton Road. Un renard – la ville en compte beaucoup – l'accompagna sur quelques mètres, à l'abri des grilles du parc d'Onslow Gardens. Dans Bute Street, Sophie vit l'Austin Healey d'Antoine, garée devant ses bureaux. Sa main effleura la carrosserie, elle releva la tête et regarda quelques instants les fenêtres éclairées. Elle resserra son écharpe et continua son chemin.

En entrant dans le studio qu'elle occupait à quelques rues de là, elle n'alluma pas la lumière. Son jean glissa le long de ses jambes, elle le laissa roulé en boule à même le sol, jeta son pull au loin et se faufila aussitôt sous ses draps ; les feuilles du platane qu'elle voyait par la petite lucarne au-dessus de son lit avaient pris une couleur argentée sous la clarté de la lune. Elle se tourna sur le côté, serrant son oreiller contre elle, et attendit que vienne le sommeil.

*

Mathias grimpa les marches et colla son oreille à la porte de la chambre de Louis.

– Tu dors ? chuchota-t-il.

– Oui ! répondit le petit garçon.

Mathias tourna la poignée, un rai de lumière s'élargit jusqu'au lit. Il entra sur la pointe des pieds et s'allongea à côté de lui.

– Tu veux bien qu'on en parle ? demanda-t-il.

Louis ne répondit pas. Mathias tenta de soulever un pan de la couette, mais l'enfant enfoui au-dessous la retenait fermement.

– T'es pas toujours drôle, tu sais, parfois t'es même un peu lourd !

– Il faut que tu m'en dises un peu plus, mon vieux, reprit Mathias d'une voix douce.

– J'ai pris une punition à cause de toi.

– Qu'est-ce que j'ai fait ?

– À ton avis ?

– C'est à cause du petit mot pour Mme Morel ?

– T'as écrit à beaucoup d'autres maîtresses ? Je

peux savoir pourquoi tu dis à la mienne que sa bouche te rend fou ?

– Elle te l'a répété ? C'est moche !

– C'est elle qui est moche !

– Ah non, tu ne peux pas dire ça ! s'insurgea Mathias.

– Ah bon ! Elle est pas moche Séverine la pingouine ?

– Mais c'est qui cette Séverine ? demanda Mathias, inquiet.

– T'es amnésique de la mémoire ou quoi ? reprit Louis furieux en sortant la tête des draps. C'est *ma maîtresse* ! hurla-t-il.

– Mais non... elle s'appelle Audrey, répliqua Mathias convaincu.

– Tu permets quand même que je sache un peu mieux que toi comment elle s'appelle, ma maîtresse.

Mathias était mortifié, quant à Louis, il s'interrogeait sur l'identité de cette fameuse Audrey.

Son parrain décrivit alors avec moult détails la jeune femme au timbre de voix si joliment éraillé. Louis le regarda, effondré.

– C'est plutôt toi qui dérailles, parce que elle c'est la journaliste qui fait un reportage sur l'école.

Et comme Louis ne disait plus rien, Mathias ajouta :

– Ah merde !

– Ouais, et c'est toi qui nous as mis dedans, je te ferai remarquer ! ajouta Louis.

Mathias se proposa de recopier lui-même les cent lignes de « Je ne remettrai plus jamais de mots grossiers à ma maîtresse », il falsifierait la signature d'Antoine au bas de la punition, en échange de quoi Louis garderait cet incident sous silence. Après réflexion, le petit garçon trouva que le marché n'était pas assez avantageux. Mais si son parrain ajoutait les deux derniers albums de « Calvin et Hobbes », il serait éventuellement disposé à reconsidérer son offre. L'accord fut conclu à onze heures trente-cinq et Mathias quitta la chambre.

Il eut juste le temps de se glisser sous ses draps. Antoine venait de rentrer et montait l'escalier. Apercevant la lumière qui filtrait sous la porte, il frappa et entra aussitôt.

– Merci pour le plateau, dit Antoine, visiblement touché.

– Je t'en prie, répondit Mathias en bâillant.

– Il ne fallait pas te donner tout ce mal, je t'avais dit que je dînais avec McKenzie.

– J'avais oublié.

– Ça va ? demanda Antoine en scrutant son ami.

– Formidable !

– Tu as l'air bizarre ?

– Épuisé, c'est tout. Je luttais contre le sommeil en t'attendant.

Antoine lui demanda si tout s'était bien passé avec les enfants.

Mathias lui dit que Sophie était venue lui rendre visite, ils avaient passé la soirée ensemble.

– Ah oui ? demanda Antoine.

– Ça ne t'embête pas ?

– Non, pourquoi ça m'embêterait ?

– Je ne sais pas, tu as l'air bizarre.

– Donc tout s'est bien passé ? insista Antoine.

Mathias lui suggéra de parler moins fort, les enfants dormaient. Antoine lui souhaita bonne nuit et repartit. Trente secondes plus tard, il rouvrit la porte et conseilla à son ami d'enlever son imperméable avant de dormir, il ne pleuvrait plus ce soir. À l'air étonné de Mathias, il ajouta que son col dépassait du drap et referma la porte sans autre commentaire.

VIII

Antoine entra dans le restaurant, un grand carton à dessins sous le bras. McKenzie le suivait, traînant un chevalet en bois qu'il installa au milieu de la salle.

Yvonne fut conviée à s'asseoir à une table pour découvrir le projet de rénovation de la salle et du bar. Le chef d'agence installa les esquisses sur le chevalet et Antoine commença de les détailler.

Heureux d'avoir enfin trouvé le moyen de capter l'attention d'Yvonne, McKenzie faisait défiler les planches, courant s'asseoir à côté d'elle dès que l'occasion s'offrait, pour lui présenter tantôt les catalogues de luminaires, tantôt les éventails de gammes de couleurs.

Yvonne était émerveillée et bien qu'Antoine se soit gardé de lui présenter tout devis, elle devinait déjà l'entreprise bien au-delà de ses moyens. Quand la présentation fut achevée, elle les remercia du travail accompli et demanda à l'ineffable McKenzie de la laisser seule en compagnie d'Antoine. Elle avait besoin de lui parler en tête à tête. McKenzie, dont le sens des réalités échappait souvent à ses proches, en conclut qu'Yvonne, bouleversée par sa créativité, voulait certainement s'entretenir avec son patron du trouble qui la gagnait à son sujet.

Sachant qu'elle partageait avec Antoine une complicité indéfectible et dépourvue de toute ambiguïté, il reprit le chevalet, le carton à dessins et repartit, non sans se cogner à l'angle du comptoir une première fois et au chambranle de la porte une seconde. Le calme revenu dans la salle, Yvonne posa ses mains sur celles d'Antoine. McKenzie épiait la scène derrière la vitrine, hissé sur la pointe des pieds, il s'agenouilla brusquement en remarquant l'émotion dans le regard d'Yvonne... L'affaire était en bonne voie !

– C'est merveilleux ce que vous avez accompli, je ne sais même pas quoi te dire.

– Il suffit que tu m'indiques le week-end qui te conviendrait, répondit Antoine. Je me suis arrangé pour que tu n'aies pas à fermer le restaurant en semaine. Les ouvriers prendront possession des lieux un samedi matin et tout sera fini le dimanche soir.

– Mon Antoine, je n'ai pas le premier sou pour payer ne serait-ce que la peinture d'un mur, dit-elle, la voix fragile.

Antoine changea de chaise pour venir s'asseoir

plus près d'elle. Il lui expliqua que les sous-sols de ses bureaux étaient encombrés de pots de peinture et d'accessoires récupérés sur les chantiers. McKenzie avait conçu le projet de rénovation du restaurant à partir de ce stock qui les encombrait. C'était d'ailleurs ce qui donnerait un petit côté baroque mais terriblement à la mode à son établissement. Et quand il ajouta qu'elle ne se rendait pas compte du service qu'elle lui rendrait en le débarrassant de tout ce fatras, les yeux d'Yvonne s'embuèrent. Antoine la prit dans ses bras.

– Arrête Yvonne, tu vas me faire pleurer moi aussi ; et puis l'argent n'a rien à voir là-dedans, c'est juste du bonheur, pour toi et puis surtout pour nous tous. Les premiers à profiter de ta nouvelle décoration, c'est nous qui déjeunons ici tous les jours.

Elle sécha ses joues et le réprimanda de la faire pleurer comme une jeune fille.

– Tu vas me dire aussi que les appliques rutilantes que m'a montrées McKenzie sur son catalogue tout neuf sont des matériaux de récupération.

– Ce sont des échantillons que les fournisseurs nous offrent ! répondit Antoine.

– Qu'est-ce que tu mens mal !

Yvonne promit d'y réfléchir, Antoine insista, il avait déjà réfléchi pour elle. Il commencerait les travaux dans quelques semaines.

– Antoine, pourquoi fais-tu tout ça ?

– Parce que ça me fait plaisir.

Yvonne le regardait au fond des yeux, elle soupira.

– Tu n'en as pas marre de t'occuper de tout le monde ? Quand vas-tu enfin te décider à décrocher le tonnelet que tu as sous le cou ?

– Quand j'aurai fini de le boire.

Yvonne se pencha et prit ses mains dans les siennes.

– Qu'est-ce que tu crois, mon Antoine, que les gens t'apprécient parce que tu leur rends service ? Je ne vais pas moins t'aimer parce que tu me feras payer mes travaux.

– J'en connais qui vont à l'autre bout du monde pour faire le bien ; moi, j'essaie de faire comme je peux auprès des gens que j'aime.

– Tu es un type bien, Antoine, arrête de te punir parce que Karine est partie.

Yvonne se leva.

– Alors, si je dis oui à ton projet, je veux un devis ! C'est clair ?

En sortant sur le trottoir pour vider un seau d'eau dans le caniveau, Sophie s'étonna de voir McKenzie agenouillé devant la vitrine du restaurant d'Yvonne, et lui demanda s'il avait besoin d'aide. Le chef d'agence sursauta et la rassura aussitôt, son lacet avait un peu de mou, mais il venait de rectifier la chose. Sophie avisa la paire de vieux mocassins qu'il portait aux pieds, haussa les épaules et fit demi-tour.

McKenzie entra dans la salle. Il avait un petit doute sur les appliques qu'il avait présentées à Yvonne et cela le préoccupait beaucoup. Elle leva les yeux au ciel et retourna dans sa cuisine.

*

L'homme avait les ongles noirs, et son haleine empestait l'huile rance des *fish and chips* dont il se gavait à longueur de journée. Derrière le comptoir de cet hôtel sordide, le regard libidineux, il reluquait la deuxième page du *Sun*. Une pin-up anonyme s'y exposait comme chaque jour, presque nue, dans une position sans équivoque.

Enya poussa la porte et avança jusqu'à lui. Il ne leva pas les yeux de sa lecture et se contenta de demander, d'une voix vulgaire, pour combien d'heures elle souhaitait disposer d'une chambre. La jeune fille demanda le prix des locations à la semaine, elle n'avait pas beaucoup d'argent mais elle promettait de payer son dû chaque jour. L'homme reposa son journal et la regarda. Elle avait belle allure. Lèvres pincées, il expliqua que son établissement n'offrait pas ce genre de prestation, mais il pouvait la dépanner... d'une façon ou d'une autre, il y avait toujours moyen de s'arranger. Quand il posa sa main sur son cou, elle le gifla.

Enya marchait, les épaules lourdes, haïssant cette ville où tout lui manquait. Ce matin, son logeur l'avait chassée, elle n'avait pas acquitté son loyer depuis un mois.

Les soirs de solitude, et ils étaient nombreux, Enya se remémorait la texture d'un sable chaud et fin qui glissait entre ses doigts quand elle était enfant.

Drôle de destin que celui d'Enya ; toute son adolescence, elle, qui avait manqué de tout, avait rêvé de connaître ne serait-ce qu'un seul jour, une seule fois, le sens du mot « trop » et aujourd'hui, c'en était trop.

Elle avança au bord du trottoir et regarda le bus à impériale qui remontait l'avenue à grande vitesse ; la chaussée était humide, il suffisait de faire un pas, un tout petit pas. Elle inspira profondément et se lança en avant.

Une main solide l'agrippa par l'épaule et la fit vaciller en arrière. L'homme qui la tenait dans ses bras avait l'allure d'un gentleman. Enya tremblait de tout son corps, comme au temps des grandes fièvres. Il ôta son manteau et lui en recouvrit les épaules. Le bus marqua l'arrêt, le chauffeur n'avait rien vu. L'homme grimpa à bord avec elle. Ils traversèrent la ville, sans rien se dire. Il l'invita à partager un thé et un repas. Assis près d'une cheminée dans un vieux pub anglais, il prit tout le temps d'écouter son histoire.

Quand ils se séparèrent, il ne la laissa pas le remercier ; il était d'usage dans cette ville de veiller aux piétons qui traversaient la rue. Le sens de la circulation différait du reste de l'Europe et bien des accidents étaient évités avec un peu de citoyenneté. Enya avait retrouvé le sourire. Elle lui demanda son nom, il répondit qu'elle trouverait sa carte dans la poche du manteau qu'il lui laissait bien volontiers. Elle refusa, mais il jura que c'était lui rendre un immense service. À son tour de lui faire une confidence. Il détestait ce pardessus, sa compagne l'adorait, alors l'avoir bêtement oublié sur un portemanteau... elle lui pardonnerait bien vite. Il lui fit promettre de garder le secret. L'homme s'éclipsa aussi discrètement qu'il était apparu. Un peu plus tard, lorsqu'elle mit ses mains dans les poches du manteau, elle ne trouva pas de carte de visite, mais quelques billets qui lui permettraient de dormir au chaud, le temps de trouver une solution pour s'en sortir.

*

Mathias raccompagnait un client, il courut vers son comptoir pour décrocher le téléphone.

– French Bookshop, j'écoute ?

Mathias demanda à son interlocuteur de bien vouloir parler plus lentement, il avait un mal fou à le comprendre. L'homme s'en agaça un peu et répéta en articulant du mieux qu'il le pouvait. Il voulait commander dix-sept collections complètes de l'encyclopédie Larousse. Son souhait était d'offrir le même cadeau à chacun de ses petits-enfants pour qu'ils apprennent le français.

Mathias le félicita. C'était une belle et généreuse idée. Son client demanda s'il pouvait passer commande, il posterait son règlement l'après-midi même. Mathias, fou de joie, prit un stylo et un bloc de papier et commença à inscrire les coordonnées de celui qui serait sans aucun doute son plus gros client de l'année. Et il fallait que cette vente fût importante pour qu'il s'acharne à décrypter un charabia aussi incompréhensible. Mathias comprenait au mieux une phrase sur deux prononcées par son interlocuteur, incapable d'identifier cet accent si étrange.

– Et où souhaitez-vous que l'on vous livre les collections ? demanda-t-il d'une voix empruntée qui honorait un client d'une telle importance.

– Dans ton cul ! répondit Antoine hilare.

Plié en deux à la fenêtre de son bureau Antoine avait bien du mal à cacher à ses collaborateurs les spasmes de rire qui le secouaient et les larmes qui coulaient sur ses joues. Toute son équipe le regardait. De l'autre côté de la rue, accroupi derrière son comptoir, Mathias, gagné par le même fou rire, essayait de retrouver un peu d'air.

– On emmène les enfants au restaurant ce soir ? demanda Antoine en hoquetant.

Mathias se redressa et essuya ses yeux.

– J'ai un travail de dingue, je comptais rentrer tard.

– Arrête, je te vois depuis mon bureau, il n'y a pas un chat dans la librairie. Bon, je vais chercher les enfants à l'école, ce soir je fais des quenelles et ensuite on regarde un film.

La porte de la librairie s'ouvrit, Mathias reconnut aussitôt Mr Glover. Il posa le combiné et alla l'accueillir. Son propriétaire regarda autour de lui. Les rayonnages étaient parfaitement agencés, le bois de la vieille échelle était ciré.

– Bravo Popinot, dit-il en le saluant. Je ne faisais que passer, je ne veux en aucun cas vous déranger, vous êtes ici chez vous maintenant. J'étais en ville pour régler quelques affaires courantes. Je me suis laissé surprendre par une bouffée de nostalgie, alors je suis venu vous rendre visite.

– Monsieur Glover, insista Mathias, arrêtez de m'appeler Popinot !

Le vieux libraire regarda le porte-parapluie près de l'entrée, désespérément vide. D'un geste parfaitement maîtrisé, il y lança le sien.

– Je vous l'offre. Belle journée, Popinot.

Mr Glover quitta la librairie. Il avait vu juste, le soleil venait de percer les nuages et les trottoirs moirés de Bute Street luisaient sous ses rayons, c'était une belle journée.

Mathias entendit la voix d'Antoine qui hurlait dans le combiné. Il reprit l'appareil.

– Va pour tes quenelles, je m'arrangerai. Tu iras chercher les enfants, je vous rejoindrai à la maison.

Mathias raccrocha, regarda sa montre et décrocha à nouveau pour composer le numéro d'une journaliste qui devait déjà l'attendre.

*

Audrey patientait devant la porte principale du Royal Albert Hall. Ce soir, on y donnait un concert de gospel. Elle avait pu obtenir deux billets, les places étaient situées dans l'arène, l'endroit le plus prisé du grand hémicycle. Sous son imperméable serré à la taille, elle portait une robe noire, décolletée, simple et élégante.

*

Antoine passait devant la vitrine accompagné des deux enfants. Mathias fit semblant de se replonger dans son livre de comptes, attendit qu'ils aient remonté la rue, avança jusqu'au pas de la porte pour vérifier que la voie était libre, et retourna le panonceau. Il ferma à clé et courut dans la direction opposée. Il sauta dans un taxi arrêté devant l'entrée du métro de South Kensington et tendit le papier sur lequel il avait griffonné l'adresse de son rendez-vous. Il appela Audrey en vain, son portable ne répondait pas.

La circulation était si dense sur Kensington

High Street que les voitures y roulaient au pas depuis Queen's Gate. Le chauffeur de taxi informa poliment son passager qu'un concert devait avoir lieu au Royal Albert Hall, c'était certainement ce qui causait un tel embouteillage. Mathias lui répondit qu'il s'en doutait un peu puisque, précisément, il s'y rendait. Ne tenant plus en place, Mathias acquitta le montant de la course et décida de faire le reste du chemin à pied. Il se mit à courir aussi vite qu'il le pouvait et arriva essoufflé devant l'entrée principale. Le hall du grand théâtre était désert. Seuls quelques agents de contrôle s'y attardaient encore. L'un d'eux l'informa que le spectacle avait commencé. À grand renfort de gestes, Mathias tenta de lui expliquer que la personne qui l'accompagnait était dans la salle. En vain. On ne pouvait pas le laisser entrer sans ticket.

Une vendeuse de programmes qui parlait français vint à son secours. Enya assurait un remplacement. Elle lui dit que le rideau retombait en principe aux alentours de minuit. Il lui acheta un programme et la remercia.

Impuissant, Mathias décida de rentrer. Dans la rue, il reconnut le taxi qui l'avait déposé, leva la main, mais la voiture poursuivit sa route. Il laissa un message sur le portable d'Audrey, balbutiant quelques mots d'excuse maladroits, et perdit le peu de sang-froid qui lui restait quand la pluie se remit à tomber. Trempé, en retard, il arriva chez lui.

Emily se leva du canapé pour venir embrasser son père.

– Tu peux enlever ton imperméable, tu ruisselles sur le parquet ! dit Antoine depuis la cuisine.

– Bonsoir, répondit Mathias maussade.

Il prit un torchon et essuya ses cheveux. Antoine haussa les yeux au ciel. Peu enclin à une scène de ménage, Mathias alla rejoindre les enfants.

– On passe à table ! dit Antoine.

Tout le monde s'installa autour du dîner. Mathias regarda la casserole de riz blanc.

– On n'avait pas dit des quenelles ?

– Si, à huit heures et quart on avait dit des quenelles, mais à neuf heures et quart, elles sont brûlées.

Louis se pencha à son oreille pour lui demander s'il ne pouvait pas arriver plus souvent en retard quand son père faisait des quenelles, il avait horreur de ça. Mathias se mordit la langue pour ne pas rire.

– Qu'est-ce qu'il y a d'autre dans le frigo ?

– Un saumon entier, mais il faut le faire cuire.

Mathias ouvrit le réfrigérateur en sifflotant.

– Tu as des sacs de congélation ?

Perplexe, Antoine désigna l'étagère au-dessus de lui. Mathias posa le saumon sur le plan de travail, l'assaisonna, le fit glisser dans le sachet en plastique et referma la fermeture à glissière. Il ouvrit le lave-vaisselle, plaça le poisson ainsi emballé au milieu du panier à verres et claqua la porte. Il fit tourner la molette et alla se laver les mains à l'évier.

– Cycle court, c'est prêt dans dix minutes !

Et dix minutes plus tard, sous les yeux ébahis d'Antoine, il rouvrit le lave-vaisselle et sortit, d'un nuage de vapeur, un saumon parfaitement cuit.

TV5 Europe rediffusait *La Grande Vadrouille*, Mathias tourna sa chaise pour améliorer son angle de vision. Antoine prit la télécommande et éteignit l'écran.

– On ne regarde pas la télé à table, sinon on ne se parle plus !

Mathias croisa les bras et fixa son ami du regard.

– Je t'écoute !

Un silence s'installa pendant quelques minutes. Avec un air de contentement qu'il ne tenta pas de dissimuler, Mathias reprit le boîtier de la commande et ralluma l'écran. Le dîner terminé, tout le monde s'installa dans le canapé, tout le monde sauf Antoine... qui rangeait la cuisine.

– Tu couches les enfants ? demanda-t-il en essuyant un plat.

– On regarde la fin et on monte, répondit Mathias.

– J'ai vu ce film cent trente-deux fois, il y en a encore pour une heure, il est tard, tu n'avais qu'à rentrer plus tôt. Tu fais comme tu veux, mais Louis va au lit.

Emily, qui faisait souvent preuve d'une maturité

plus perceptible que les deux grands qui se chicanaient depuis le début de la soirée, décida que l'atmosphère ambiante justifiait pleinement qu'elle monte se coucher en même temps que Louis. Solidarité oblige, elle prit son copain par la main et grimpa l'escalier.

– Tu es vraiment chiant ! dit Mathias en les regardant disparaître dans leurs chambres.

Il monta à son tour, laissant Antoine en plan.

Mathias redescendit dix minutes plus tard.

– Les dents sont brossées, les mains sont lavées, je n'ai pas fait les oreilles, mais on attendra la révision des 15 000 !

Antoine vint vers lui.

– C'est important que nous parlions d'une même voix devant les enfants, dit-il d'un ton conciliant.

Mathias ne répondit pas, il prit un cigare dans la poche de sa veste et alluma un briquet.

– Qu'est-ce que tu fais ? demanda Antoine.

– Monte Cristo Spécial n° 2, désolé j'en ai qu'un.

Antoine le lui ôta des lèvres.

– Règle n° 4, tu ne fumes pas dans la maison ! dit Antoine en reniflant la cape.

Mathias reprit le cigare des mains d'Antoine et sortit, exaspéré, dans le jardin. Antoine prit la direction opposée et alla s'asseoir derrière son bureau, il alluma son ordinateur, soupira, et rejoignit Mathias. Quand il s'assit sur le petit banc à côté de lui, Mathias faillit lui dire qu'il comprenait pourquoi la mère de Louis était partie vivre aussi loin qu'en Afrique, mais l'amitié qui liait les deux hommes les protégeait l'un l'autre des coups bas.

– Tu as raison, je crois que je suis chiant, dit Antoine. Mais c'est plus fort que moi.

– Tu m'as demandé de te réapprendre à vivre, tu te souviens ? Alors commence par te détendre. Tu donnes trop d'importance aux choses qui n'en ont pas. Qu'est-ce que ça pouvait bien faire que Louis veille ce soir ?

– Demain à l'école, il aurait été crevé !

– Et alors ? Tu ne crois pas que de temps en temps le souvenir d'une belle soirée d'enfance vaut tous les cours d'histoire du monde ?

Antoine regarda Mathias, l'air entendu. Il lui prit le cigare des mains, l'alluma et tira une longue bouffée.

– Tu as les clés de ta voiture ? demanda Mathias.

– Pourquoi ?

– Elle est mal garée, tu vas prendre un P.V.

– Je pars très tôt demain.

– Donne-les-moi, dit Mathias en tendant la main, je vais trouver une bonne place.

– Puisque je te dis que ça ne craint rien la nuit...

– Et moi je te dis que tu as dépassé ton quota de « non » pour la soirée.

Antoine tendit le trousseau à son ami. Mathias lui tapota l'épaule et s'en alla.

Dès qu'il fut seul, Antoine tira une nouvelle bouffée, le bout rougeoyant s'éteignit, une averse aussi violente que subite venait de s'abattre.

*

Les rangées de fauteuils se vidaient déjà. Audrey remonta l'allée principale et se présenta à l'officier de sécurité qui gardait l'accès aux coulisses. Elle présenta sa carte de presse, l'homme vérifia son identité sur un registre, elle était attendue, il s'effaça pour la laisser passer.

*

Les essuie-glaces de l'Austin Healey chassaient la pluie fine. Se remémorant le parcours emprunté par le taxi, Mathias remonta Queen's Gate, suivant les autres automobiles pour ne pas se tromper de sens de circulation. Il se rangea le long du trottoir du Royal Albert Hall et gravit les marches en courant.

*

Antoine se pencha à la fenêtre. Dans la rue, il y avait deux places de stationnement inoccupées, l'une devant la maison, l'autre un peu plus loin. Incrédule, il éteignit la lumière et alla se coucher.

*

Les alentours du théâtre étaient déserts, la foule s'était dispersée. Un couple confirma à Mathias que le spectacle était fini depuis une demi-heure. Il retourna vers l'Austin Healey et découvrit une contravention collée sur la vitre. Il entendit la voix d'Audrey et se retourna.

Elle était sublime dans sa robe de soirée, l'homme qui l'accompagnait avait la cinquantaine et belle allure. Elle présenta Alfred à Mathias et lui dit que tous deux seraient ravis qu'il se joigne à leur souper. Ils iraient à la brasserie Aubaine qui servait tard le soir. Et comme Audrey avait envie de marcher, elle suggéra à Mathias de les devancer en voiture, les tables du dernier service étaient très courtisées, il fallait faire la queue. Chacun son tour ! Elle l'avait fait au guichet pour récupérer les billets...

À la fin de la soirée, Mathias en savait probablement plus sur les gospels et sur la carrière d'Alfred que son impresario. Le chanteur remercia Mathias de l'avoir invité. C'était un minimum, répondit Audrey à sa place, il avait pris un tel plaisir pendant le concert... Alfred les salua, il devait les quitter, demain il chantait à Dublin.

Mathias attendit que le taxi ait tourné au coin de la rue. Il regarda Audrey qui restait silencieuse.

– Je suis fatiguée, Mathias, je dois encore traverser tout Londres. Merci pour ce dîner.

– Je peux au moins te déposer ?

– À Brick Lane... en voiture ?

Et pendant tout le trajet, la conversation se limita aux indications que lui donnait Audrey. À bord du vieux coupé, leurs silences étaient émaillés de « droite », « gauche », « tout droit », et parfois de « tu roules du mauvais côté ». Il la déposa devant une petite maison toute en briques rouges.

– Je suis vraiment désolé pour tout à l'heure, je me suis laissé piéger dans un embouteillage, dit Mathias en coupant le contact.

– Je ne t'ai fait aucun reproche, dit Audrey.

– De toute façon ce soir, un de plus ou un de moins..., reprit Mathias en souriant. Tu m'as à peine adressé la parole pendant tout le repas, la vie de ce ténor narcissique aurait été celle de Moïse, tu n'aurais pas été plus passionnée par ce qu'il racontait, tu buvais ses paroles. Quant à moi, j'ai eu l'impression d'avoir quatorze ans et d'être au piquet toute la soirée.

– Mais tu es jaloux ? dit Audrey, amusée.

Ils se regardèrent fixement, leurs visages se rapprochaient peu à peu et, quand l'esquisse d'un baiser leur vint aux lèvres, elle inclina la tête et la posa sur l'épaule de Mathias. Il caressa sa joue et la serra dans ses bras.

– Tu vas retrouver ton chemin ? demanda-t-elle à voix feutrée.

– Promets-moi que tu viendras me chercher à la fourrière avant qu'ils me piquent.

– File, je t'appellerai demain.

– Je ne peux pas filer, tu es encore dans la voiture, répondit Mathias en retenant la main d'Audrey dans la sienne.

Elle ouvrit la portière et s'éloigna toute en sourire. Sa silhouette disparut dans le jardin qui bordait la maison. Mathias reprit le chemin du centre-ville, la pluie tombait à nouveau. Après avoir traversé Londres d'est en ouest, du nord au sud, il se retrouva par deux fois devant Piccadilly Circus, fit demi-tour devant Marble Arch, et se demanda un peu plus tard pourquoi il était de nouveau en train de longer la Tamise. À deux heures et demie passées, il finit par promettre vingt livres sterling à un chauffeur de taxi si ce dernier acceptait de lui ouvrir la route jusqu'à South Kensington. Sous bonne escorte, il arriva enfin à destination, vers trois heures du matin.

IX

La table du petit déjeuner était déjà garnie de céréales et de pots de confiture. Imitant les attitudes de son père, Louis lisait le journal pendant qu'Emily révisait sa leçon d'histoire. Ce matin elle avait un contrôle. Elle leva les yeux de son livre et vit Louis qui avait mis sur son nez les lunettes qu'utilisait parfois Mathias. D'une pichenette, elle lui envoya une boulette de pain. Une porte s'ouvrait à l'étage. Emily sauta de sa chaise, ouvrit le réfrigérateur et prit la bouteille de jus d'orange. Elle servit un grand verre qu'elle posa devant le couvert d'Antoine, aussitôt fait, elle attrapa la cafetière et remplit la tasse. Louis abandonna son magazine pour venir lui prêter main-forte, il glissa deux tranches de pain dans le toaster, appuya sur le bouton et tous deux retournèrent s'asseoir comme si de rien n'était.

Antoine descendait l'escalier, le visage encore ensommeillé ; il regarda autour de lui et remercia les enfants d'avoir préparé le petit déjeuner.

– C'est pas nous, dit Emily, c'est papa, il est remonté se doucher.

Épaté, Antoine récupéra les toasts et s'installa à sa place. Mathias descendit dix minutes plus tard, il conseilla à Emily de se dépêcher. La petite fille embrassa Antoine et récupéra son cartable dans l'entrée.

– Tu veux que j'emmène Louis ? demanda Mathias.

– Si tu veux, je n'ai pas la moindre idée du pays où est garée ma voiture !

Mathias fouilla la poche de sa veste, posa les clés et une contredanse sur la table.

– Désolé, hier je suis arrivé trop tard, tu avais déjà pris une prune !

Il fit signe à Louis de se dépêcher, et sortit en compagnie des enfants. Antoine récupéra l'amende et l'étudia attentivement. L'infraction pour stationnement sur une zone d'accès aux pompiers avait été commise sur Kensington High Street à zéro heure vingt-cinq.

Il se leva pour se resservir une tasse de café, regarda l'heure à la montre du four et monta en courant se préparer.

*

– Pas trop le trac pour ton contrôle ? demanda Mathias à sa fille en entrant dans la cour.

– Elle ou toi ? intervint Louis d'un air malicieux.

Emily rassura son père d'un signe de tête. Elle s'arrêta sur la ligne qui délimitait au sol le terrain de basket. Le trait rouge ne représentait plus la zone des paniers mais la frontière à partir de laquelle son père devait lui rendre sa liberté. Ses camarades de classe l'attendaient sous le préau. Mathias aperçut la vraie Mme Morel adossée contre un arbre.

– On a bien fait de réviser ce week-end, tu me prends la pole position, dit Mathias en se voulant encourageant.

Emily se campa devant son père.

– C'est pas une course de Formule 1, papa !

– Je sais... mais on vise un petit podium quand même ?

La petite fille s'éloigna en compagnie de Louis, laissant son père seul au milieu de la cour. Il la regarda disparaître derrière la porte de la salle de classe et repartit, inquiet.

Quand il entra dans Bute Street, il aperçut Antoine installé à la terrasse du Coffee Shop, il alla s'asseoir à côté de lui.

– Tu crois qu'elle doit se présenter aux élections de chef de classe ? questionna Mathias en goûtant le cappuccino d'Antoine.

– Ça dépend si tu comptes l'inscrire sur la liste du conseil municipal, je ne suis pas pour le cumul des mandats.

– Vous ne voulez pas attendre les vacances pour

vous engueuler, dit Sophie de bon cœur, en les rejoignant.

– Mais personne ne s'engueule, reprit aussitôt Antoine.

La vie s'éveillait dans Bute Street, et tous trois en profitaient pleinement, agrémentant leur petit déjeuner de commentaires moqueurs sur les passants, et les vacheries allaient bon train.

Sophie devait les abandonner, deux clientes attendaient devant la porte de sa boutique.

– Moi aussi je vais y aller, il est temps que j'ouvre la librairie, dit Mathias en se levant. Ne touche pas à cette addition, c'est moi qui t'invite.

– Tu as quelqu'un d'autre ? demanda Antoine.

– Tu peux préciser ce que tu veux dire exactement par « quelqu'un d'autre » ? Parce que là, je te jure que tu m'inquiètes !

Antoine prit l'addition des mains de Mathias et la remplaça par la contravention qu'il lui avait remise dans la cuisine.

– Rien, oublie tout, c'était ridicule, dit Antoine d'une voix triste.

– Hier soir, j'avais besoin de prendre l'air, l'atmosphère dans la maison était un peu lourde. Qu'est-ce qui ne va pas, Antoine ? Tu fais une tête de cent pieds de long depuis hier.

– J'ai reçu un mail de Karine, elle ne peut pas prendre son fils pendant les vacances de Pâques. Le pire, c'est qu'elle veut que j'explique à Louis pourquoi elle n'a pas le choix, et moi, je ne sais même pas comment lui annoncer la nouvelle.

– À elle, qu'est-ce que tu as dit ?

– Karine sauve le monde, que veux-tu que je lui dise ? Louis va être effondré, et c'est à moi de me débrouiller avec ça, continua Antoine, la voix tremblante.

Mathias se rassit auprès d'Antoine. Il posa son bras sur l'épaule de son ami et le serra contre lui.

– J'ai une idée, dit-il. Et si pendant les vacances de Pâques, nous emmenions les enfants chasser les fantômes en Écosse ? J'ai lu tout un article sur un périple organisé, avec visite des vieux châteaux hantés.

– Tu ne crois pas qu'ils sont encore un peu jeunes, ils risquent d'avoir peur, non ?

– C'est toi qui vas avoir la trouille de ta vie.

– Et tu pourrais te libérer, avec ta librairie ?

– La clientèle se fait rare pendant les congés scolaires, je fermerai cinq jours, ce ne sera pas la fin du monde.

– Qu'est-ce que tu en sais pour ta clientèle, tu n'as jamais été là à cette période de l'année ?

– Je le sais, c'est tout. Je m'occupe des billets et des réservations d'hôtel. Et puis ce soir, ce sera toi qui annonceras la nouvelle aux enfants.

Il regarda Antoine, le temps de s'assurer que son ami avait retrouvé le sourire.

– Ah ! j'oubliais un détail important. Si nous croisons vraiment un fantôme, c'est toi qui t'en occupes, mon anglais n'est pas encore au point ! À tout à l'heure !

Mathias reposa le P.V. sur la table et repartit pour de bon cette fois vers sa librairie.

*

Quand Antoine révéla au cours du dîner, sous le regard complice de Mathias, la destination qu'ils avaient choisie pour leurs vacances, Emily et Louis furent si heureux qu'ils commencèrent d'établir aussitôt l'inventaire des équipements à emporter afin d'affronter tous les dangers possibles. L'apogée de ce moment de bonheur eut lieu quand Antoine posa devant eux deux appareils photo jetables, équipés chacun d'un flash spécial pour éclairer les suaires.

Les enfants couchés, Antoine entra dans la chambre de son fils et alla s'allonger sur le lit à côté de lui.

Antoine était très embêté, il fallait qu'il partage avec Louis un problème qui le préoccupait : sa maman ne pourrait pas venir avec eux en Écosse. Il avait juré de ne rien dire, mais tant pis : la vérité, c'est qu'elle avait une peur bleue des fantômes. Ce ne serait pas très gentil de lui imposer un tel voyage. Louis réfléchit à la question un instant et accorda que ce ne serait effectivement pas très gentil. Alors ensemble, ils se promirent, pour se faire pardonner de l'abandonner cette fois-ci, que Louis passerait tout le mois d'août avec elle au bord de la mer. Antoine raconta l'histoire du soir et quand la respiration paisible du petit garçon donna toute raison de croire qu'il avait trouvé le sommeil, son papa ressortit sur la pointe des pieds.

Alors qu'Antoine refermait doucement la porte, il entendit son fils lui demander d'une voix à peine audible si, au mois d'août, sa maman reviendrait vraiment d'Afrique.

*

La semaine de Mathias et d'Antoine passa à toute vitesse, celle des deux enfants qui décomptaient les jours les séparant encore des châteaux écossais, beaucoup plus lentement. La vie dans la maison avait désormais inventé ses repères. Et même si Mathias sortait souvent le soir, pour prendre l'air dans le jardin, son téléphone portable collé à l'oreille, Antoine se gardait bien de lui poser la moindre question.

Le samedi fut une vraie journée de printemps, et tous décidèrent de partir en balade autour du lac de Hyde Park. Sophie, qui les avait rejoints, essaya sans succès d'apprivoiser un héron. Au grand bonheur des enfants, le volatile s'éloignait d'elle dès qu'elle s'en approchait et revenait dès qu'elle s'en éloignait.

Pendant qu'Emily distribuait sans compter son paquet de biscuits, émiettés pour la bonne cause, aux oies du Canada, Louis avait pour mission de sauver les canards mandarins d'une indigestion certaine, en courant derrière eux. Et tout au long de la promenade, Sophie et Antoine marchaient côte à côte, Mathias les suivait quelques pas derrière.

– Alors, l'homme aux lettres, où en est-il de ses sentiments ? demanda Antoine.

– C'est compliqué, répondit Sophie.

– Tu connais des histoires d'amour simples, toi ?... Tu peux me l'avouer, tu sais, tu es ma meilleure amie, je ne te jugerai pas. Il est marié ?

– Divorcé !

– Alors qu'est-ce qui le retient ?

– Ses souvenirs, j'imagine.

– C'est une lâcheté parmi d'autres. Un pas en arrière, un pas en avant, on confond excuses et prétextes et on se donne de bonnes raisons de s'interdire de vivre le présent.

– Venant de toi, rétorqua Sophie, c'est un avis un peu sévère, tu ne crois pas ?

– Je te trouve injuste. J'exerce un métier que j'aime, j'élève mon fils, le départ de sa mère remonte à cinq ans, j'estime avoir fait ce qu'il fallait pour tourner le dos au passé.

– En vivant avec ton meilleur ami ou en étant amoureux d'une éponge ? reprit Sophie en riant.

– Arrête avec ça, n'en fais pas une légende.

– Tu es mon meilleur ami, alors j'ai le droit de

tout te dire. Regarde-moi droit dans les yeux et ose me dire que tu peux dormir tranquille sans que ta cuisine soit rangée ?

Antoine ébouriffa les cheveux de Sophie.

– Tu es une vraie garce !

– Non, mais toi tu es un vrai maniaque !

Mathias ralentit le pas. Estimant qu'il était à bonne distance, il cacha son portable au creux de sa main et composa un message qu'il envoya aussitôt.

Sophie s'accrocha au bras d'Antoine.

– Je nous donne trente secondes avant que Mathias rapplique.

– Qu'est-ce que tu racontes, il est jaloux ?

– De notre amitié ? Bien sûr, reprit Sophie, tu ne l'avais pas remarqué ? Quand il était à Paris et qu'il m'appelait le soir pour prendre de mes nouvelles...

– Il t'appelait le soir pour prendre de tes nouvelles ? demanda Antoine en lui coupant la parole.

– Oui, deux, trois fois par semaine, je te disais donc que quand il me téléphonait pour prendre de mes nouvelles...

– Il t'appelait vraiment tous les deux jours ? l'interrompit à nouveau Antoine.

– Je peux terminer ma phrase ?

Antoine acquiesça d'un hochement de tête. Sophie reprit.

– Si je lui disais que je ne pouvais pas lui parler parce que j'étais déjà en ligne avec toi, il rappelait toutes les dix minutes pour savoir si nous avions raccroché.

– Mais c'est absurde, tu es certaine de ce que tu dis ?

– Tu ne me crois pas ? Si je pose ma tête sur ton épaule, je te parie qu'il nous rejoint dans moins de deux secondes.

– Mais enfin c'est ridicule, chuchota Antoine, pourquoi serait-il jaloux de notre amitié ?

– Parce que en amitié aussi on peut être exclusif, et tu as tout à fait raison, c'est complètement ridicule.

Antoine gratta la terre du bout de sa chaussure.

– Tu crois qu'il voit quelqu'un à Londres ? demanda-t-il.

– Tu veux dire un psy ?

– Non... une femme !

– Il ne m'a rien dit !

– Il ne t'a rien dit ou tu ne veux pas m'avouer qu'il t'a dit quelque chose ?

– De toute façon, s'il avait rencontré quelqu'un ce serait une bonne nouvelle, non ?

– Bien sûr ! Je serais fou de joie pour lui, conclut Antoine.

Sophie le regarda, consternée. Ils s'arrêtèrent devant un petit kiosque ambulant. Louis et Emily optèrent pour des glaces, Antoine pour une crêpe et Sophie commanda une gaufre. Antoine chercha Mathias, qui marchait quelques pas plus loin, les yeux rivés à l'écran de son téléphone.

– Pose ta tête sur mon épaule pour voir, dit-il à Sophie en se retournant.

Elle sourit et fit ce qu'Antoine lui avait demandé.

Mathias se campa devant eux.

– Bon, eh bien puisque je vois que tout le monde se fiche complètement que je sois là ou pas, je vais vous laisser tous les deux ! Si les enfants vous gênent, n'hésitez pas à les jeter dans le lac. Je pars travailler, au moins ça me donnera l'impression d'exister !

– Tu vas travailler un samedi après-midi ? Ta librairie est fermée, reprit Antoine.

– Il y a une vente aux enchères de vieux livres, je l'ai lu dans le journal ce matin.

– Tu fais dans le commerce de livres anciens maintenant ?

– Bon, écoute-moi Antoine, si un jour Christie's met en vente des vieilles équerres ou des vieux compas, je te ferai un dessin ! Et si par le plus grand des hasards vous vous rendiez compte que je n'étais pas à table ce soir, c'est que je serais certainement resté à la nocturne.

Mathias embrassa sa fille, fit un signe à Louis et s'éclipsa sans même saluer Sophie.

– On avait parié quelque chose ? demanda-t-elle, triomphante.

*

Mathias traversa le parc en courant. Il en sortit par Hyde Park Corner, héla un taxi et prononça son adresse de destination dans un anglais qui témoignait de ses efforts. La relève de la garde avait lieu dans la cour de Buckingham Palace. Comme chaque week-end, la circulation aux alentours du palais était perturbée par les nombreux passants qui guettaient le défilé des soldats de la reine.

Une colonne de cavaliers remontait Birdcage Walk au pas. Impatient, Mathias, bras à la fenêtre, tapa de la main sur la portière.

– C'est un taxi, monsieur, pas un cheval, dit le chauffeur en jetant un regard noir dans son rétroviseur.

Au loin, les hauts-reliefs du Parlement se découpaient dans le ciel. À en juger par la longueur de la file de voitures qui s'étirait jusqu'au pont de Westminster, il n'arriverait jamais à temps. Quand Audrey avait répondu à son message, l'invitant à la rejoindre au pied de Big Ben, elle avait précisé qu'elle l'attendrait une demi-heure, pas plus.

– C'est le seul chemin ? supplia Mathias.

– C'est de loin le plus joli, répondit le conducteur en montrant du doigt les allées fleuries de St James Park.

Puisqu'on parlait de fleurs, Mathias confia qu'il avait un rendez-vous amoureux, que chaque seconde comptait, s'il arrivait en retard tout serait perdu pour lui.

Le chauffeur fit aussitôt demi-tour. Se faufilant à travers les petites ruelles du quartier des ministères, le taxi arriva à bon port. Big Ben sonnait trois heures, Mathias n'avait que cinq minutes de retard. Il remercia le chauffeur d'un généreux pourboire, et descendit quatre à quatre les marches qui menaient vers le quai. Audrey l'attendait sur un banc, elle se leva et lui sauta dans les bras. Un couple de passants sourit en les voyant s'enlacer.

– Tu ne devais pas passer la journée avec tes amis ?

– Si, mais je n'en pouvais plus, je voulais te voir, j'ai eu quinze ans toute l'après-midi.

– C'est un âge qui ne te va pas mal, dit-elle en l'embrassant.

– Et toi, tu ne devais pas travailler, aujourd'hui ?

– Si, malheureusement... Nous n'avons qu'une petite demi-heure à nous.

Puisqu'elle était à Londres, la chaîne de télévision qui l'employait lui demandait de réaliser un deuxième reportage sur les principaux centres d'intérêt touristiques de la ville.

– Mon cameraman est parti en urgence sur le futur site des Jeux olympiques et je dois me débrouiller toute seule. J'ai au moins dix plans à filmer, je ne sais même pas par où commencer et tout doit être envoyé à Paris lundi matin.

Mathias lui chuchota à l'oreille l'idée géniale

qu'il venait d'avoir. Il ramassa la caméra à ses pieds et prit Audrey par la main.

– Tu me jures que tu sais vraiment cadrer ?

– Si tu voyais les films que je fais pendant les vacances, tu resterais bouche bée.

– Et tu connais suffisamment la ville ?

– Depuis le temps que j'y vis !

Convaincu qu'il pourrait en partie compter sur la compétence des *black cabs* londoniens, Mathias ne craignait pas d'endosser, pour le reste de l'après-midi, le rôle de guide-reporter-cameraman.

Proximité oblige, il fallait commencer par filmer les majestueuses courbes de la Tamise et les perspectives colorées des ponts qui la surplombaient. Il était fascinant de voir combien, le long du fleuve, les immenses bâtiments, fruits de l'architecture moderne, avaient su parfaitement intégrer le paysage urbain. Bien plus que toutes ses cadettes européennes, Londres avait retrouvé une indiscutable jeunesse en moins de deux décennies. Audrey souhaitait faire quelques plans du palais de la reine, mais Mathias insista pour qu'elle se fie à son expérience : le samedi, les abords de Buckingham étaient impraticables. Non loin d'eux, quelques touristes français hésitaient entre se rendre à la nouvelle Tate Gallery ou visiter les abords de la centrale électrique de Battersea, dont les quatre cheminées figuraient sur la pochette emblématique d'un album des Pink Floyd.

Le plus âgé d'entre eux ouvrit son guide pour

détailler à haute voix tous les attraits qu'offrait le site. Mathias tendit l'oreille et se rapprocha discrètement du groupe. Pendant qu'Audrey s'était mise à l'écart, pour s'entretenir au téléphone avec son producteur, les touristes s'inquiétèrent sérieusement de la présence de cet homme étrange qui se collait à eux. La peur des pickpockets les fit s'éloigner au moment même où Audrey rangeait son portable dans sa poche.

– J'ai une question importante à te poser pour notre avenir, annonça Mathias. Tu aimes les Pink Floyd ?

– Oui, répondit Audrey. En quoi est-ce important pour notre avenir ?

Mathias reprit la caméra et l'informa que leur prochaine étape se situait un peu plus en amont du fleuve.

Rendus au pied de l'édifice, répétant mot pour mot ce qu'il avait entendu, Mathias dit à Audrey que Sir Gilbert Scot, l'architecte qui avait conçu ce bâtiment, était aussi le designer des fameuses cabines téléphoniques rouges.

Caméra à l'épaule, Mathias expliqua que la construction de la Power Station de Battersea avait débuté en 1929 pour s'achever dix années plus tard. Audrey était impressionnée par les connaissances de Mathias, il lui promit qu'elle aimerait encore plus la nouvelle destination qu'il avait choisie.

En traversant l'esplanade, il salua le groupe de touristes français qui marchaient dans sa direction et fit un clin d'œil appuyé au plus âgé d'entre eux. Quelques instants plus tard, un taxi les emmenait vers la Tate Modern.

Mathias avait fait un très bon choix, c'était la cinquième fois qu'Audrey visitait le musée qui abritait la plus grande collection d'art moderne en Grande-Bretagne et elle ne s'en lasserait jamais. Elle en connaissait presque tous les recoins. À l'entrée, le gardien les pria de déposer leur équipement vidéo au vestiaire. Renonçant pour quelques instants à son reportage, Audrey prit Mathias par la main et l'entraîna vers les étages. Un escalier mécanique les emmenait vers l'espace où était exposée une rétrospective de l'œuvre du photographe canadien Jeff Wall. Audrey se rendit directement dans la salle n° 7 et s'arrêta devant un tirage de près de trois mètres sur quatre.

– Regarde, dit-elle à Mathias, émerveillée.

Sur la photographie monumentale, un homme regardait virevolter au-dessus de sa tête des feuilles de papier arrachées par le vent aux mains d'un marcheur. Les pages d'un manuscrit perdu dessinaient la courbe d'une envolée d'oiseaux.

Audrey vit une émotion dans les yeux de Mathias, heureuse de pouvoir partager avec lui cet instant. Pourtant ce n'était pas la photographie qui le touchait, mais elle, la regardant.

Elle s'était promis de ne pas s'attarder mais quand ils ressortirent du musée, le jour touchait presque à sa fin. Ils poursuivirent leur chemin, marchant main dans la main le long du fleuve en direction de la tour Oxo.

*

– Tu restes dîner ? demanda Antoine à la porte de la maison.

– Je suis fatiguée, il est tard, répondit Sophie.

– Toi aussi, tu dois aller à une vente aux enchères de fleurs séchées...

– Si c'est un moyen de ne pas subir ta mauvaise humeur, je peux même aller rouvrir ma boutique et faire une nocturne.

Antoine baissa les yeux et entra dans le salon.

– Qu'est-ce que tu as ? Tu n'as pas desserré les dents depuis que nous avons quitté le parc.

– Je peux te demander un service ? chuchota Antoine. Tu veux bien ne pas me laisser seul avec les enfants ce soir ?

Sophie fut surprise par la tristesse qu'elle lisait dans ses yeux.

– À une seule condition, dit-elle, tu ne mets pas les pieds dans ta cuisine et tu me laisses vous emmener tous au restaurant.

– On va chez Yvonne ?

– Certainement pas ! Tu vas un peu sortir de ta routine, je connais un endroit dans Chinatown, un boui-boui à la déco infâme, mais qui prépare le meilleur canard laqué du monde.

– Et c'est propre ton boui-boui ?

Sophie ne répondit même pas, elle appela les enfants et les informa que le programme barbant de la soirée venait d'être radicalement changé à son initiative. Elle n'avait pas terminé sa phrase que Louis et Emily avaient déjà repris leur place à l'arrière de l'Austin Healey.

En redescendant les marches du perron, elle marmonna en imitant Antoine « Et c'est propre ton boui-boui ? ».

La voiture filait sur Old Brompton, Antoine appuya brusquement sur le frein.

– On aurait dû laisser un mot à Mathias pour lui dire où on était, il n'a pas dit que c'était certain pour sa nocturne.

– C'est drôle, chuchota Sophie, quand tu as parlé de ton projet de le faire venir à Londres, tu avais peur qu'il te colle. Tu crois que tu vas réussir à passer toute une soirée sans lui ?

– Ça, on en doute un peu, répondirent en chœur Louis et Emily.

*

L'esplanade qui entourait le complexe Oxo s'étendait jusqu'à la rivière. De part et d'autre de la grande tour en verre une ribambelle de petits commerces et d'ateliers présentaient dans leurs vitrines leurs dernières collections de tissus, céramiques, meubles et accessoires de décoration. Tournant le dos à Audrey, Mathias prit son portable entre ses doigts et tapota machinalement le clavier.

– Mathias, je t'en supplie, prends cette caméra et filme-moi, la nuit va bientôt tomber.

Il laissa glisser le téléphone dans sa poche et se retourna vers elle, souriant du mieux qu'il le pouvait.

– Ça va ? dit-elle.

– Oui, oui, tout va bien. Alors où en étions-nous ?

– Tu fais le point sur la rive opposée et dès que je commence à parler tu resserres le cadre sur moi. Fais bien attention à me prendre en pied avant de revenir sur le visage.

Mathias appuya sur le bouton d'enregistrement. Le moteur de la caméra tournait déjà. Audrey déroulait son texte, sa voix avait changé et son phrasé adoptait ce rythme saccadé que semblait imposer la télévision à ceux et celles qui s'y exprimaient. Elle s'interrompit soudainement.

– Tu es sûr que tu sais filmer ?

– Évidemment que je sais ! répondit Mathias en écartant le viseur de son œil, pourquoi tu me demandes ça ?

– Parce que tu es en train de zoomer en actionnant la rondelle du pare-soleil.

Mathias regarda l'objectif et remit la caméra à l'épaule.

– Bon, reste sur moi, on reprend à la dernière phrase.

Mais, cette fois, ce fut Mathias qui interrompit la prise.

– C'est ton écharpe qui me gêne, avec le vent, elle remonte sur ton visage.

Il s'approcha d'Audrey, renoua l'étoffe autour de son cou, l'embrassa et retourna à sa place. Audrey leva la tête, la lumière du soir avait pris une couleur orangée, plus à l'ouest le ciel virait au rouge.

– Laisse tomber, c'est trop tard, dit-elle d'une voix désolée.

– Mais je te vois encore très bien dans l'objectif !

Audrey marcha vers lui et le débarrassa des équipements qui l'encombraient.

– Peut-être, mais devant ta télévision tu verras juste une grosse tache sombre.

Elle l'entraîna vers un banc, près de la berge. Audrey rangeait son matériel, elle se redressa et s'excusa auprès de Mathias.

– Tu as été un guide parfait, dit-elle.

– Merci pour lui, répondit laconiquement Mathias.

– Ça va ?

– Oui, répondit-il à demi-mot.

Elle posa sa tête sur son épaule et tous deux

regardèrent, silencieux, passer un bateau qui remontait lentement le fleuve.

– Tu sais, moi aussi j'y pense, murmura Mathias.

– Et à quoi tu penses ?

Ils se tenaient la main, leurs doigts jouaient ensemble.

– Et moi aussi j'ai la trouille, reprit Mathias, mais ce n'est pas grave d'avoir la trouille. Cette nuit, nous dormirons ensemble et ce sera un fiasco ; au moins, maintenant, on sait que l'autre le sait ; d'ailleurs maintenant que je sais que tu le sais...

Pour le faire taire, Audrey posa ses lèvres sur les siennes.

– Je crois que j'ai faim, dit-elle en se levant.

Elle s'accrocha à son bras et le guida vers la tour. Au dernier étage, les larges baies vitrées d'un restaurant offraient une vue imprenable sur la ville...

Audrey appuya sur un bouton et la cabine s'éleva. L'ascenseur en verre grimpait dans une cage transparente. Elle lui montra la grande roue au loin ; à cette distance, on avait presque l'impression d'être plus haut qu'elle. Et quand Audrey se retourna, elle découvrit le visage de Mathias, plus pâle qu'un linceul.

– Ça va ? demanda-t-elle, inquiète.

– Pas du tout ! répondit Mathias d'une voix à peine audible.

Tétanisé, il posa la caméra et se laissa glisser le long de la paroi. Avant qu'il ne s'évanouisse, Audrey se plaqua à lui, serrant sa tête sur son épaule pour l'empêcher de voir le vide. Elle l'entoura de ses bras protecteurs.

La clochette retentit et les portes s'ouvrirent sur le dernier étage, face à la réception du restaurant. Un majordome élégant regarda, fort étonné, ce couple emporté dans un baiser si passionné et si tendre à la fois, qu'il promettait à lui seul de bien jolis lendemains. Le maître d'hôtel sourcilla, la cloche tinta et la cabine redescendit. Quelques instants plus tard, un taxi filait vers Brick Lane, emportant à son bord deux amants, toujours enlacés.

*

Le drap la couvrait jusqu'aux hanches. Mathias jouait avec sa chevelure. Elle avait posé la tête sur son torse.

– Tu as des cigarettes ? demanda Audrey.

– Je ne fume pas.

Elle se pencha, l'embrassa dans la nuque et ouvrit le tiroir de la table de nuit. Plongeant la main, elle attrapa du bout des doigts un vieux paquet froissé et un briquet.

– J'étais sûre qu'il clopait, ce menteur.

– Qui est le menteur ?

– Un copain photographe à qui la chaîne loue

cet appartement. Il est parti six mois faire un reportage en Asie.

– Et quand il n'est pas en Asie, tu le vois souvent, ce copain ?

– C'est un copain, Mathias ! dit-elle en quittant le lit.

Audrey se leva. Sa longue silhouette avança jusqu'à la fenêtre. Elle porta la cigarette à ses lèvres et la flamme du briquet vacilla.

– Qu'est-ce que tu regardes ? demanda-t-elle le visage collé au carreau.

– Les volutes de fumée.

– Pourquoi ?

– Pour rien, répondit Mathias.

Audrey retourna vers le lit, elle s'allongea contre Mathias et caressa du pouce le contour de ses lèvres.

– Il y a une larme au bord de ta paupière, dit-elle en la cueillant du bout de la langue.

– Tu es tellement belle, murmura Mathias.

*

Antoine frissonnait, il tira la couverture à lui, découvrant aussitôt ses pieds. Il ouvrit les yeux, grelottant. Le salon était dans la pénombre ; Sophie n'était plus là. Il emporta le plaid ; en arrivant sur le palier, il entrouvrit la porte de Mathias et vit que le lit n'était pas défait. Il entra dans la chambre de son fils, se glissa sous la couette et posa sa tête sur l'oreiller. Louis se retourna et, sans ouvrir les yeux, entoura son papa de ses bras ; la nuit passa.

*

Le jour illuminait la chambre. Mathias plissa les yeux et s'étira. Sa main chercha à tâtons dans le lit. Il découvrit un petit mot, laissé sur la taie d'oreiller, se redressa et déplia la feuille de papier.

Je suis partie chercher des cassettes neuves, tu dormais comme un ange. Je reviens aussi vite que je le peux. Tendrement, Audrey.

P.S. : Le lit n'est qu'à cinquante centimètres du sol, l'affaire est sûre !

Il reposa le petit mot sur la table de chevet et bâilla longuement. Après avoir récupéré son jean abandonné au pied du lit, il trouva sa chemise dans l'entrée, son caleçon sur une chaise non loin de là et se mit à la recherche du reste de ses affaires. Dans la salle de bains, il regarda, suspicieux, le mikado de brosses à dents qui s'entrecroisaient dans un verre. Il prit le dentifrice, laissa rouler dans le lavabo la première noisette de pâte qui sortait du tube et étala la suivante au bout de son index.

Il fouilla partout dans la cuisine, mais ne trouva que deux boîtes de thé à moitié vides dans un placard, un vieux paquet de biscottes sur un recoin d'étagère, une plaquette de beurre salé sur une clayette du réfrigérateur et ses chaussettes sous la table.

Pressé de rejoindre un endroit où on lui servirait un petit déjeuner digne de ce nom, il finit de s'habiller à la hâte.

Audrey avait laissé un trousseau de clés en évidence sur le guéridon.

À en juger par leur taille, toutes n'entraient pas dans la serrure de cet appartement. Elles devaient ouvrir le studio qu'Audrey habitait à Paris et qu'elle lui avait décrit cette nuit.

Il laissa glisser entre ses doigts les cordelettes du pompon accroché à l'anneau. Et en le regardant, il se mit à penser à la chance qu'avait l'objet. Il l'imaginait dans la main d'Audrey, restant toujours près d'elle dans son sac, toutes les fois où elle jouait avec, conversant au téléphone, écoutant les confidences qu'elle faisait à une amie. Quand il prit conscience qu'il était en train d'envier le pompon d'un porte-clés, il se ressaisit. Il était vraiment temps d'aller manger quelque chose.

*

Les trottoirs étaient bordés de petites maisons en briques rouges. Mains dans les poches et sifflotant, Mathias se mit en marche vers le carrefour qui se trouvait un peu plus haut dans la rue.

Quelques bifurcations plus tard, il se réjouit d'avoir enfin trouvé son bonheur.

Comme tous les dimanches matin, le marché de Spitalfields était en pleine activité ; les étals abondaient de fruits secs et d'épices venus de toutes les provinces de l'Inde. Un peu plus loin, des marchands d'étoffes exposaient leurs tissus importés de Madras, du Cachemire ou du Pashmina. Mathias s'assit à la terrasse du premier café qu'il trouva et accueillit à bras ouverts le serveur qui se présentait à lui.

Le garçon, originaire de la région de Calcutta, identifia aussitôt l'accent de Mathias et lui dit à quel point il aimait la France. Tout au long de ses études, il avait choisi le français comme première langue étrangère, avant même l'anglais. Il poursuivait un cycle universitaire d'économie internationale à la British School Academy. Il aurait aimé étudier à Paris, mais la vie n'offrait pas toujours tous les choix. Mathias le félicita pour son vocabulaire qu'il trouvait remarquable. Profitant de la chance qu'il avait de pouvoir s'exprimer enfin sans difficulté, il commanda un petit déjeuner complet et un journal si, par chance, il y en avait un qui traînait près de la caisse.

Le garçon se courba pour le remercier de cette commande qui l'honorait et s'éclipsa. L'appétit aiguisé, Mathias se frotta les mains, heureux de tous ces moments imprévus que la vie lui offrait, heureux d'être assis à cette terrasse ensoleillée, heureux à la pensée de retrouver bientôt Audrey, et finalement, même s'il n'en avait pas conscience, heureux d'être heureux.

Il faudrait prévenir Antoine qu'il ne rentrerait pas avant la fin de l'après-midi, et tout en réfléchissant à l'excuse qui justifierait son absence, il fouilla dans sa poche à la recherche de son téléphone. Il avait dû le laisser dans sa veste. Il la visualisait d'ailleurs parfaitement bien, roulée en boule sur le canapé de l'appartement d'Audrey. Il lui enverrait un message plus tard, le serveur revenait déjà, portant à l'épaule un immense plateau. Il déposa sur sa table toute une série de mets ainsi qu'un exemplaire daté de la veille du *Calcutta Express* et un autre daté de l'avant-veille du *Times of India* ; les quotidiens étaient imprimés en bengali et en hindi.

– Qu'est-ce que c'est ? demanda Mathias affolé en montrant du doigt la soupe de lentilles qui fumait devant lui.

– Du dhal, répondit le serveur, et du halwa suri, c'est très bon ! Le verre de yaourt salé c'est du lassi, ajouta-t-il. Un vrai petit déjeuner complet... indien. Vous allez vous régaler.

Et le serveur retourna en salle, ravi d'avoir satisfait son client.

*

Elles avaient eu la même idée sans se consulter, la journée était radieuse, elle attirerait de nombreux touristes sur Bute Street. Pendant que l'une ouvrait la terrasse de son restaurant, l'autre arrangeait sa devanture.

– Toi aussi tu travailles le dimanche ? dit Yvonne en interpellant Sophie.

– J'aime encore mieux être ici que de traîner à la maison !

– Je me suis dit exactement la même chose.

Yvonne s'approcha d'elle.

– Qu'est-ce que c'est que cette mine chiffon ? dit-elle en passant la main sur la joue de Sophie.

– Mauvaise nuit, la lune devait être pleine.

– À moins qu'elle n'ait décidé d'être pleine deux fois de suite dans la semaine, ta lune, il faudra que tu trouves une autre explication.

– Alors disons que j'ai mal dormi.

– Tu ne vois pas les garçons aujourd'hui ?

– Ils sont en famille.

Sophie souleva un grand vase, Yvonne l'aida à le porter à l'intérieur de la boutique. Le récipient rangé en bonne place, elle la prit par le bras et l'entraîna au-dehors.

– Allez, laisse tes fleurs un instant, elles ne se faneront pas, viens prendre un café à ma terrasse, j'ai l'impression que nous avons des choses à nous dire toi et moi.

– Je taille ce rosier et je te rejoins tout de suite, répondit Sophie qui avait retrouvé le sourire.

*

Le sécateur sectionna la tige. John Glover regarda attentivement la fleur. La corolle avait presque la taille de celle d'une pivoine, les pétales qui la composaient étaient délicieusement fripés, donnant à sa rose l'aspect sauvage dont il avait rêvé. Il fallait le reconnaître, le résultat du greffon réalisé dans sa serre l'an dernier dépassait toutes ses espérances. Quand il présenterait cette rose la saison prochaine à la grande exposition florale de Chelsea, il remporterait probablement le prix d'excellence. Pour John Glover, cette fleur n'était pas qu'une simple rose, elle était devenue le plus étrange paradoxe auquel il avait été confronté. Chez cet homme, issu d'une grande famille anglaise, l'humilité était presque une religion. Nanti par un père mort honorablement pendant la guerre, il avait délégué la gestion de son patrimoine. Et jamais l'un des clients de la petite librairie où il avait travaillé pendant des années, ni aucun de ses voisins, n'aurait pu imaginer que cet homme solitaire, qui vivait alors dans la plus petite partie d'une maison dont il était propriétaire, était aussi fortuné.

Combien de pavillons d'hôpitaux auraient pu voir son nom gravé sur leur frontispice, combien de fondations auraient pu l'honorer, s'il n'avait imposé comme seule condition à sa générosité, qu'elle restât pour toujours anonyme. Et pourtant, à l'âge de soixante-dix ans, face à une simple fleur, il ne pouvait résister à la tentation de la baptiser de son nom.

La rose à la robe pâle s'appellerait Glover. La seule excuse qu'il se trouvait était qu'il n'avait pas de descendance. C'était finalement la seule façon qu'il avait trouvée de faire vivre son nom.

John déposa la fleur dans un soliflore et l'emmena vers la serre. Il regarda la façade blanche de sa maison de campagne, heureux, après des années de travail, d'y vivre une retraite méritée. Le grand jardin accueillait le printemps dans toute sa splendeur. Mais, au milieu de tant de beauté, la seule femme qu'il avait aimée, aussi pudiquement qu'il avait vécu, lui manquait. Un jour, Yvonne viendrait le rejoindre dans le Kent.

*

Antoine fut réveillé par les enfants. Penché à la balustrade de l'escalier, il regarda le salon en contrebas. Louis et Emily s'étaient préparé un petit déjeuner qu'ils dévoraient de bon appétit, assis au pied du canapé. Le programme de dessins animés commençait à peine, autant de minutes de tranquillité pour Antoine. Évitant de se faire repérer, il fit un pas en arrière, rêvant déjà au supplément de sommeil qui s'offrait à lui. Avant de s'abandonner à nouveau dans son lit, il entra dans la chambre de Mathias et regarda le lit intact. Depuis le salon, les rires d'Emily montaient jusqu'à l'étage. Antoine défit les draps, prit le pyjama accroché à la patère de la salle de bains et le posa en évidence sur la chaise. Il referma la porte discrètement et retourna dans ses appartements.

*

Sans sa veste, il n'avait sur lui ni portefeuille, ni téléphone ; inquiet, Mathias fouillait les poches de son pantalon, à la recherche de quoi régler la note que le serveur lui présentait. Il sentit un billet au bout de ses doigts. Soulagé, il tendit les vingt livres sterling au garçon et attendit sa monnaie.

Le jeune homme lui rendit quinze pièces et récupéra le journal, demandant à Mathias si les nouvelles étaient bonnes. Mathias en se levant répondit qu'il ne lisait que le tamoul, l'hindi lui était encore un peu difficile d'accès.

Il était grand temps de rentrer, Audrey devait l'attendre chez elle. Il reprit le chemin par lequel il était venu, jusqu'à ce qu'il comprenne, à la première intersection, qu'il était totalement perdu. Tournant sur lui-même à la recherche d'une plaque de rue ou d'un bâtiment qu'il reconnaîtrait, il comprit que, étant arrivé de nuit, une fois guidé par Audrey, une autre fois en taxi, il n'avait aucun moyen de retrouver son adresse.

Il sentit la panique le gagner et appela un passant à son secours. L'homme, élégant, portait une barbe blanche et un turban remarquablement bien noué sur son front. Si le Peter Sellers de *La Party* avait un frère, il était juste devant lui.

Mathias cherchait une maison de trois étages, la façade était en briques rouges ; l'homme l'invita à regarder autour de lui. Les rues avoisinantes étaient toutes bordées de maisons de briques rouges, et comme dans bien des villes anglaises, toutes parfaitement identiques.

– *I am so lost*, annonça Mathias, désemparé.

– *Oh yes sir*, répondit l'homme en avalant ses « r », *don't worry too much, we are all lost in this big world*...

Il lui donna une tape amicale sur l'épaule et poursuivit sa route.

*

Antoine dormait paisiblement, tout du moins jusqu'à ce que deux boulets de canon atterrissent sur son lit. Louis lui tirait le bras gauche, Emily le droit.

– Papa n'est pas là ? demanda la petite fille.

– Non, répondit Antoine en se redressant, il est

parti travailler très tôt ce matin, c'est moi qui m'occupe des monstres aujourd'hui.

– Je sais, reprit Emily, je suis allée voir dans sa chambre, il n'a même pas fait son lit.

Emily et Louis demandèrent l'autorisation d'aller faire du vélo sur le trottoir, jurant de ne pas en descendre et d'être très prudents. Les voitures ne passaient que très rarement dans cette petite rue, Antoine leur accorda la permission. Et pendant qu'ils descendaient l'escalier en courant, il enfila son pyjama et alla préparer son petit déjeuner. Il pourrait les surveiller par la fenêtre de la cuisine.

*

Seul au milieu du quartier de Brick Lane, avec le peu de monnaie qui lui restait au fond de la poche, Mathias se sentait vraiment perdu. Au coin de la rue, une cabine téléphonique lui tendait les bras. Il se précipita à l'intérieur, posa les pièces sur le haut de l'appareil avant d'en introduire une fébrilement dans la fente. En désespoir de cause, il composa le seul numéro londonien qu'il avait appris par cœur.

*

– Excuse-moi une minute, tu peux m'expliquer ce que tu fais exactement à Brick Lane ? demanda Antoine en se servant une tasse de café.

– Alors écoute, là, mon vieux, ce n'est pas du tout le moment de me poser ce genre de question, je t'appelle d'une cabine qui n'a pas été nourrie depuis six mois et qui vient d'avaler trois pièces d'un coup, rien que pour te dire bonjour, et il ne m'en reste pas beaucoup.

– Tu ne m'as pas dit bonjour, tu m'as dit « J'ai besoin de toi », reprit Antoine, en beurrant lentement sa tartine, alors je t'écoute...

Ne sachant que dire, Mathias lui demanda, résigné, s'il pouvait lui passer sa fille.

– Non, je ne peux pas, elle est dehors en train de faire du vélo avec Louis. Tu ne sais pas où on a mis la confiture de cerises ?

– Je suis dans la merde, Antoine, avoua Mathias.

– Qu'est-ce que je peux faire pour toi ?

Mathias se retourna dans la cabine, le temps de constater qu'une vraie file indienne s'était formée devant la porte.

– Rien, tu ne peux rien faire, murmura-t-il en se rendant compte de la situation dans laquelle il se trouvait.

– Alors pourquoi tu m'appelles ?

– Pour rien, un réflexe... Dis à Emily que je suis retenu au travail et embrasse-la pour moi.

Mathias reposa le combiné sur son socle.

*

Assise sur le trottoir, Emily retenait son genou écorché et, déjà, de grosses larmes perlaient sur ses joues. Une femme traversait la rue, pour lui porter secours. Louis courut vers la maison. Il se rua sur son père et tira de toutes ses forces sur son pantalon de pyjama.

– Mais viens, Emily est tombée, vite !

Antoine se précipita derrière son fils et remonta la rue en courant.

Un peu plus loin, la femme, près d'Emily, agitait les bras, clamant scandalisée à qui voudrait l'entendre :

– Mais enfin où est la maman ?

– Elle est là, la maman ! dit Antoine en arrivant à sa hauteur.

La femme regarda, perplexe, le pyjama écossais d'Antoine, elle leva les yeux au ciel et s'en alla sans rien dire.

– Nous partons dans quinze jours chasser les fantômes ! hurla Antoine alors qu'elle s'éloignait, j'ai le droit moi aussi d'avoir une tenue de circonstance, non ?

*

Mathias était assis sur un banc, tapotant le dosseret. Une main se posa sur sa nuque.

– Qu'est-ce que tu fais là ? demanda Audrey. Tu attends depuis longtemps ?

– Non, je me promenais, répondit Mathias.

– Tout seul ?

– Ben oui, tout seul, pourquoi ?

– Je suis retournée à l'appartement, tu ne répondais pas, je n'avais pas les clés pour entrer, je me suis inquiétée.

– Je ne vois vraiment pas pourquoi ? Ton copain reporter part bien tout seul au Tadjikistan, je peux quand même me balader dans Brick Lane sans qu'on alerte Europe Assistance.

Audrey le regarda en souriant.

– Tu étais perdu depuis combien de temps ?

X

Le genou d'Emily pansé, les larmes oubliées contre la promesse d'un déjeuner où tous les desserts seraient permis, Antoine monta prendre sa douche et s'habiller. De l'autre côté de l'escalier l'appartement était silencieux. Il entra dans la salle de bains et s'assit sur le rebord de la baignoire, regardant son reflet dans le miroir. La porte grinça sur ses gonds, la petite bouille de Louis venait d'apparaître dans l'entrebâillement.

– Qu'est-ce que c'est que cette frimousse ? demanda Antoine.

– J'allais te poser la même question, répondit Louis.

– Ne me dis pas que tu es venu spontanément prendre une douche ?

– Je suis venu te dire que si tu étais triste, tu pouvais m'en parler, c'est pas Mathias ton meilleur ami, c'est moi.

– Je ne suis pas triste mon chéri, juste un peu fatigué.

– Maman aussi dit qu'elle est fatiguée quand elle repart en voyage.

Antoine regarda son fils qui le toisait depuis le pas de la porte.

– Entre, viens par là, murmura Antoine.

Louis s'approcha et son père le prit au creux de ses bras.

– Tu veux rendre un vrai service à ton père ?

Et comme Louis venait de lui dire oui de la tête, Antoine chuchota à son oreille :

– Ne grandis pas trop vite.

*

Pour compléter le reportage d'Audrey, il fallait traverser la ville et se rendre à Portobello. À l'initiative de Mathias qui n'avait pas retrouvé son portefeuille dans la poche de sa veste, ils avaient décidé de prendre le bus. Le dimanche, le marché était fermé et seuls les antiquaires du haut de la rue avaient ouvert leur échoppe ; Audrey ne quittait pas sa caméra, Mathias la suivait, ne ratant jamais une occasion de la prendre en photo avec le petit appareil numérique qu'il avait emprunté dans sa sacoche vidéo. En début d'après-midi, ils s'installèrent à la terrasse du restaurant Mediterraneo.

*

Antoine remonta Bute Street à pied. Il entra dans le magasin de Sophie et lui demanda si elle voulait passer l'après-midi avec eux. La jeune fleuriste déclina l'invitation, la rue était très animée et elle avait encore plusieurs bouquets à préparer.

Yvonne courait de la cuisine aux tables de la terrasse qui étaient déjà presque toutes occupées ; quelques clients s'impatientaient pour passer leurs commandes.

– Ça va ? demanda Antoine.

– Non, ça ne va pas du tout, répondit Yvonne, tu as vu le monde dehors, dans une demi-heure, ce sera plein à craquer. Je me suis levée à six heures du matin pour aller acheter des saumons frais que je voulais servir en plat du jour et je ne peux pas les cuire, mon four vient de me lâcher.

– Ton lave-vaisselle fonctionne ? questionna Antoine.

Yvonne le regarda d'un drôle d'air.

– Fais-moi confiance, reprit Antoine, dans dix minutes, tu pourras les servir, tes plats du jour.

Et quand il lui demanda si elle avait des sachets Ziploc, Yvonne ne posa plus de questions, elle ouvrit un tiroir et lui donna ce qu'il demandait.

Antoine rejoignit les enfants qui l'attendaient devant le comptoir. Il s'agenouilla pour les consulter ; Emily accepta aussitôt sa proposition, Louis réclama un dédommagement en argent de poche. Antoine lui fit remarquer qu'il était un peu jeune pour faire du chantage, son fils lui répondit qu'il s'agissait de négoce. La promesse d'une fessée régla l'accord entre eux. Les deux enfants s'installèrent à une table de la salle à manger, Antoine entra dans la cuisine, enfila un tablier et ressortit aussitôt un carnet à la main pour aller prendre les commandes en terrasse. Quand Yvonne lui demanda ce qu'il faisait exactement, il lui suggéra d'un ton qui ne laissait place à aucune réplique d'aller œuvrer en cuisine pendant qu'il s'occupait du reste. Il ajouta qu'il avait eu son compte de négociations pour la journée. Les saumons seraient cuits dans dix minutes.

*

Il posa l'appareil numérique sur la table et appuya sur le bouton du retardateur. Puis il invita Audrey à se pencher vers lui pour qu'ils soient tous les deux dans le cadre de l'objectif. Amusé par leur gymnastique, le serveur se proposa de les prendre en photo. Mathias accepta volontiers.

– On a vraiment l'air de deux touristes toi et moi, dit Audrey après avoir remercié le garçon.

– On visite la ville, non ?

– C'est une façon de voir les choses, dit-elle en se resservant de vin.

Mathias lui ôta la bouteille des mains et la servit.

– C'est rare, un homme galant. Tu ne m'as pas parlé une seule fois de ta fille, dit Audrey.

– Non, c'est vrai, répondit Mathias en baissant la voix.

Audrey remarqua l'expression qui venait de changer sur son visage.

– Tu en as la garde ?

– Elle vit avec moi.

– Emily, c'est un très joli prénom, où est-elle en ce moment ?

– Avec Antoine, mon meilleur ami, tu l'as croisé dans la librairie mais tu ne dois pas t'en souvenir. C'est un peu grâce à lui que je t'ai revue dans cette cour de récréation.

Le serveur apporta le dessert qu'Audrey avait commandé, un simple café pour Mathias. Elle étala la crème de marrons sur sa gaufre.

– Tu ne le sais pas non plus, reprit Mathias, mais, au début, j'ai cru que tu étais la maîtresse de Louis.

– Pardon ?

– L'institutrice du fils d'Antoine !

– C'est une drôle d'idée, pourquoi ?

– C'est un peu compliqué à expliquer, répondit Mathias en trempant son doigt dans la crème.

– Et sa maîtresse est plus jolie que moi ? questionna Audrey, l'air taquin.

– Oh, non !

– Ta fille et Louis s'entendent bien ?

– Comme frère et sœur.

– Quand la retrouves-tu ? demanda Audrey.

– Ce soir, répondit Mathias.

– Ça tombe bien, dit-elle en cherchant une cigarette dans son sac, ce soir, il faut que je mette un peu d'ordre dans mes affaires.

– Tu viens de dire ça comme si tu avais l'intention de te jeter sous un train demain matin.

– Me jeter dessous non, monter dedans oui.

Elle se retourna pour commander un café au serveur.

– Tu pars ? demanda Mathias, d'une voix qui avait perdu toute assurance.

– Je ne pars pas, je rentre, enfin j'imagine que c'est la même chose.

– Et tu comptais me le dire quand ?

– Maintenant.

Elle tournait mécaniquement la cuillère dans la tasse, Mathias interrompit son geste.

– Tu n'as pas mis de sucre, dit-il en lui ôtant la cuillère des doigts.

– Paris n'est qu'à deux heures quarante. Et puis toi aussi tu peux venir me voir, non ? Enfin, si tu en as envie.

– Bien sûr que j'en ai envie. J'aurais encore plus envie que tu ne partes pas, que nous puissions nous revoir dans la semaine. Je ne t'aurais pas proposé de dîner avec moi lundi, la date aurait été trop proche, je n'aurais pas voulu te faire peur, ou être trop présent, mais je t'aurais dit mardi ; toi tu m'aurais répondu que ce mardi-là, tu étais malheureusement prise ; alors nous aurions choisi de nous revoir mercredi. Mercredi aurait été parfait pour nous deux. Bien sûr, la première partie de la semaine nous aurait paru interminable, la seconde un peu moins car nous nous serions retrouvés pendant le week-end. D'ailleurs, dimanche prochain, nous aurions brunché, à cette même table, qui serait déjà devenue notre table.

Audrey posa ses lèvres sur celles de Mathias.

– Tu sais ce que nous devrions faire, maintenant ? murmura-t-elle. Profiter de ce dimanche-là, puisque nous sommes assis à notre table, et que nous avons encore toute une après-midi, rien qu'à nous.

Mais Mathias était bien incapable d'entendre ce qu'Audrey venait de lui proposer. Il le savait, son après-midi à lui serait couleur cafard. Il fit semblant de s'amuser de l'allure d'un passant. Elle avait beau être assise à côté de lui, depuis l'annonce de son départ, elle lui manquait déjà. Il regarda les nuages au-dessus d'eux.

– Tu crois qu'il va pleuvoir ? demanda-t-il.

– Je ne sais pas, répondit Audrey.

Mathias se retourna et fit signe au serveur.

*

– Vous avez demandé l'addition ? questionna Antoine.

– Par ici, répondit un client qui agitait la main à l'autre bout de la terrasse.

Antoine portait trois assiettes en équilibre sur l'avant-bras, il ramassa les couverts en désordre et passa un coup d'éponge sur la table avec une dextérité impressionnante. Derrière lui, Sophie attendait pour prendre la place de ceux qui s'en allaient.

– Vous avez l'air d'aimer votre métier, dit-elle en s'asseyant.

– Je suis aux anges ! s'exclama un Antoine rayonnant en lui présentant la carte.

– Tu dis aux enfants de venir me rejoindre ?

– En plat du jour, nous avons un très beau saumon vapeur. Si je peux me permettre un conseil, gardez un peu d'appétit pour les desserts, notre crème caramel est inoubliable.

Et Antoine retourna dans la salle.

*

Mathias fouillait sa veste, cherchant toujours son portefeuille, en vain. Audrey le rassura, il l'avait certainement oublié chez lui. D'ailleurs, elle ne l'avait pas vu le sortir une seule fois, il avait toujours réglé en espèces les différentes additions. Mathias était quand même inquiet et terriblement embarrassé de la situation.

Depuis qu'ils se connaissaient, il n'avait jamais voulu la laisser l'inviter et Audrey se réjouissait de pouvoir enfin le faire, elle regrettait même que ce ne soit que pour une simple gaufre et quelques cafés. Elle avait connu tant d'hommes qui partageaient l'addition.

– Tu en as connu tant que ça ? reprit Mathias.

– Ôte-moi d'un doute, tu ne serais pas un peu jaloux ?

– Pas le moins du monde, et puis Antoine le dit tout le temps, être jaloux c'est ne pas accorder sa confiance à l'autre, c'est ridicule et dégradant.

– C'est Antoine qui le dit, ou c'est toi qui le penses ?

– Bon, je suis un petit peu jaloux, concéda-t-il, mais juste ce qu'il faut. Si on ne l'est pas du tout, c'est qu'on n'est pas très amoureux.

– Et tu as encore beaucoup de théories sur la jalousie ? demanda ironiquement Audrey en se levant.

Ils remontèrent à pied Portobello Road. Audrey se tenait au bras de Mathias. Pour lui, chaque pas qui les rapprochait de l'arrêt d'autobus était un pas qui les éloignerait l'un de l'autre.

– J'ai une idée, dit Mathias. Arrêtons-nous sur

ce banc, le quartier est joli, nous n'avons pas besoin de grand-chose, on ne bouge plus d'ici.

– Tu veux dire que nous restons là, immobiles ?

– C'est exactement ce que je veux dire.

– Combien de temps ? demanda Audrey en s'asseyant.

– Autant de temps que nous le voudrons.

Le vent s'était levé, elle frissonna.

– Et quand l'hiver arrivera ? demanda-t-elle.

– Je te serrerai un peu plus fort.

Audrey se pencha vers lui pour lui souffler une bien meilleure idée. En courant pour prendre le bus qui apparaissait au loin, ils pourraient regagner la chambre de Brick Lane en une demi-heure au plus. Mathias la regarda, sourit et se remit en marche.

L'autobus à impériale se rangea devant l'arrêt, Audrey monta sur la plate-forme arrière, Mathias resta sur le trottoir. À son regard, elle comprit et fit un signe au contrôleur pour qu'il n'actionne pas encore le signal du départ. Elle mit un pied sur la chaussée.

– Tu sais, lui confia-t-elle à l'oreille, hier, c'était tout sauf un fiasco.

Mathias ne répondit rien, elle posa une main sur sa joue et caressa ses lèvres.

– Paris n'est qu'à deux heures quarante, dit-elle.

– Rentre, tu grelottes.

Quand l'autobus s'éloigna dans la rue, Mathias agita la main et attendit qu'Audrey ait disparu.

Il retourna s'asseoir sur le banc de la petite place de Westbourne Grove et regarda passer ce couple d'amoureux qui marchait devant lui. En fouillant sa poche, à la recherche des pièces de monnaie qui lui restaient pour rentrer, il trouva un petit bout de papier.

Toi aussi tu m'as manqué toute l'après-midi. Audrey

XI

La journée s'achevait. Sophie raccompagna Antoine et les enfants jusqu'à la porte de la maison. Louis aurait voulu qu'elle l'aide à faire ses devoirs, mais elle lui expliqua qu'elle aussi avait des devoirs.

– Tu ne veux pas rester ? insista Antoine.

– Non, je rentre, je suis fatiguée.

– C'était vraiment utile d'ouvrir un dimanche ?

– J'ai pris un peu d'avance sur mon chiffre du mois, je vais pouvoir fermer quelques jours.

– Tu pars en vacances ?

– En week-end.

– Où ça ?

– Je ne sais pas encore, c'est une surprise.

– L'homme aux lettres ?

– Oui, l'homme aux lettres comme tu dis, je vais le rejoindre à Paris et ensuite il m'emmène quelque part.

– Et tu ne sais pas où ? insista Antoine.

– Si je le savais ce ne serait plus une surprise.

– Tu me raconteras en revenant ?

– Peut-être. Je te trouve bien curieux tout à coup.

– Excuse mon indiscrétion, reprit Antoine, après tout, de quoi je me mêle ? Je joue les Cyrano depuis six mois en écrivant des mots d'amour à ta place, je ne vois pas pourquoi cela me donnerait le droit de partager les bonnes nouvelles !... Ah mais au moment où on part en week-end, surtout ne demande rien Antoine, profite juste de mon absence pour remplir ton stylo parce que quand je rentrerai, si je venais à ressentir un manque ou un moment de cafard, je te serais reconnaissante de bien vouloir reprendre la plume et de me pondre une nouvelle lettre qui le fera tomber encore un peu plus amoureux, histoire qu'il m'invite à nouveau à passer un week-end avec lui, dont je ne te dirai rien !

Bras croisés, Sophie dévisageait Antoine.

– Ça y est, tu as fini ?

Antoine ne répondit pas, il fixait le bout de ses chaussures et l'expression de son visage le faisait ressembler trait pour trait à son fils. Sophie avait du mal à garder son sérieux. Elle l'embrassa sur le front et s'éloigna dans la rue.

*

La nuit tombait sur Westbourne Grove. Une jeune femme qui portait un manteau bien trop grand pour elle vint s'asseoir sur le banc devant l'arrêt du bus.

– Vous avez froid ? demanda-t-elle.

– Non, ça va, répondit Mathias.

– Vous n'avez pas l'air dans votre assiette.

– Il y a des dimanches comme ça.

– J'en ai connu beaucoup, dit la jeune femme en se levant.

– Bonsoir, dit Mathias.

– Bonsoir, dit la jeune femme.

Il la salua d'un signe de tête, elle fit de même et grimpa dans l'autobus qui venait d'arriver. Mathias la regarda partir, se demandant où il avait bien pu la rencontrer.

*

Après le dîner, les enfants s'étaient endormis sur le canapé, épuisés de leur après-midi au parc. Antoine les avait portés jusque dans leur lit. De retour dans le salon, il profitait d'un moment de calme. Il remarqua le portefeuille de Mathias, oublié dans la coupelle qui servait de vide-poches. Il l'ouvrit et tira lentement sur l'angle d'une photo qui dépassait. Sur ce portrait froissé par les années, Valentine souriait les mains posées sur son ventre rond ; témoignage d'un autre temps. Antoine remit la photo en place.

*

Yvonne entra dans la douche et ouvrit le robinet. L'eau ruissela sur son corps. Antoine avait sauvé son service, par moments elle se demandait ce qu'elle ferait s'il n'était pas là celui-là. Elle repensa à ses saumons cuits à la vapeur du lave-vaisselle et se mit à rire toute seule. Une quinte de toux calma rapidement l'ardeur de son fou rire. Épuisée mais de bonne humeur, elle coupa l'eau, enfila un peignoir et alla s'allonger sur son lit. La porte au fond du couloir venait de se refermer. La jeune fille à qui elle avait prêté la chambre au bout du palier devait être rentrée. Yvonne ne savait pas grand-chose d'elle, mais elle avait pour habitude de se fier à son instinct. Cette petite avait juste besoin d'un coup de pouce pour s'en sortir. Et après tout, elle y trouvait son compte. Sa présence lui faisait du bien ; depuis que John ne tenait plus la librairie, le poids de la solitude se faisait ressentir de plus en plus souvent.

*

Enya ôta son manteau et s'allongea sur son lit. Elle prit les billets dans la poche de son jean et les compta. La journée avait été bonne, les pourboires des clients du restaurant de Westbourne Grove où elle avait fait un extra lui avaient rapporté de quoi vivre toute la semaine. Le patron était content d'elle et lui avait proposé de revenir travailler le week-end prochain.

Drôle de destin que celui d'Enya. Dix ans plus tôt, sa famille n'avait pas résisté à la famine d'un été sans récolte. Une jeune femme médecin l'avait recueillie dans un camp de fortune.

Une nuit, aidée par la doctoresse française, elle s'était cachée dans un camion qui repartait sur la piste. Avait alors commencé le long exode qui, des mois durant, l'emmènerait vers le Nord, fuyant le Sud. Ses compagnons de route n'étaient pas d'infortune, mais d'espoir, celui de découvrir un jour ce qu'était l'abondance.

C'était à Tanger qu'elle avait traversé la mer. Autre pays, autres vallées, les Pyrénées. Un passeur lui révéla que, jadis, on payait son grand-père pour faire la route inverse, l'histoire changeait, mais pas le sort des hommes.

Un ami lui avait dit que, de l'autre côté de la Manche, elle trouverait ce qu'elle cherchait depuis toujours : le droit d'être libre et d'être qui elle était. Sur les terres d'Albion, les hommes de toutes ethnies, de toutes religions vivaient en paix dans le respect de l'autre, elle embarqua cette fois à Calais, sous les boggies d'un train. Et quand, épuisée, elle se laissa glisser sur des traverses de rails anglais, elle sut que l'exode venait de prendre fin.

Ce soir, heureuse, elle regardait autour d'elle. Un lit étroit mais des draps frais, un petit bureau avec un joli bouquet de bleuets qui égayait la pièce, une lucarne à travers laquelle, en se penchant un peu, elle pouvait voir les toits du quartier. La chambre était plutôt mignonne, sa logeuse discrète et les temps qu'elle vivait avaient depuis quelques jours des allures de printemps.

*

Audrey essaya de caler les bandes vidéo entre deux pulls et trois tee-shirts qu'elle avait roulés en boule. Les achats effectués ici et là au cours de ce mois londonien avaient bien du mal à trouver leur place dans sa valise.

En se redressant, elle regarda autour d'elle pour vérifier une dernière fois qu'elle n'avait rien oublié. Elle n'avait pas envie de dîner, un thé suffirait et, même si elle sentait pointer l'insomnie, il fallait essayer de dormir. Demain, quand elle arriverait gare du Nord, la journée commencerait à peine. Il faudrait aller déposer les enregistrements à la régie de la chaîne, participer à la conférence de rédaction de l'après-midi, et peut-être même, si son sujet était programmé à brève échéance, visionner aussitôt les bandes en salle de montage. En entrant dans la cuisine, elle jeta un coup d'œil à la cigarette écrasée dans le cendrier. Son regard glissa vers la

« — Tu t'habituerais très bien à Londres, il y a une énergie incroyable, les gens sont aimables, et puis quand je te parle du Quartier français, on se croirait vraiment à Paris… mais sans les Parisiens.

Et Antoine fit une liste exhaustive de tous les commerces français installés autour du lycée.

— Tu peux même acheter *L'Équipe* et prendre ton café crème en terrasse sans quitter Bute Street.

— Tu exagères !

— À ton avis, pourquoi les Londoniens ont baptisé la rue "Frog Alley" ? Mathias, ta fille vit ici, et ton meilleur ami aussi. »

« — C'est vrai que tu restes ? demanda la petite fille étouffée de baisers.

— Je t'ai déjà menti ?

— Non, mais il y a un début à tout. »

« — Tu peux commencer par : "Mon amour" ?

— Tu veux que je lui dise "mon amour" ? répondit Antoine, dubitatif.

— Qu'est-ce qui te gêne ? questionna Sophie.

— Je trouve que c'est un peu trop.

— Trop quoi ?

— Trop, trop !

— Je ne comprends pas. Je l'aime d'amour, je l'appelle "mon amour" ! insista Sophie, convaincue.

Antoine prit son stylo et en ôta le capuchon.

— C'est toi qui aimes, c'est toi qui décides ! »

« — Il veut que nous habitions ensemble.
— Tu plaisantes ? »

« Un taxi se rangeait le long du trottoir. La porte de la librairie s'ouvrit et Mathias se jeta dans les bras de son ami. »

La voiture de Sophie

« Depuis son magasin, Sophie contemplait la scène.

Elle hocha la tête et retourna dans son arrière-boutique. »

« — Pourquoi m'avez-vous appelé Popinot ?

Glover regarda Mathias avec tendresse.

— Vous devriez prendre au plus vite l'habitude de ne jamais sortir en cette saison sans parapluie. Le temps n'est pas aussi rude qu'on le prétend, mais il arrive que la pluie tombe sans prévenir dans cette ville.

Mr Glover ouvrit son parapluie et s'éloigna.

— J'aurais aimé vous connaître, monsieur Glover. Je suis fier de vous succéder, cria Mathias. »

« Valentine les attendait, assise au comptoir. Mathias s'approcha d'elle et l'embrassa sur la joue, tandis qu'Emily s'installait à la table où elle avait l'habitude de faire ses devoirs.

— Tu es tendue ? demanda Mathias en prenant place sur un tabouret. »

« Le visage blême, cramponné en haut de l'arbre, Mathias fixait le gamin assis sur une branche en face de lui.

— Bon, eh bien, maintenant on est comme deux cons, dit-il au petit garçon.

— Je vais me faire engueuler ? demanda l'enfant.

— Tu ne l'auras pas volé, si tu veux mon avis. »

« Ce vendredi, Emily et Louis arrivèrent vraiment en retard à l'école. Ils avaient eu beau secouer leurs pères pour les tirer du lit, rien n'y fit. »

S C È N E S D E

La réalisatrice, Lorraine Lévy, et Virginie Ledoyen, « Audrey »

Bernadette Lafont, « Yvonne », et Florence Foresti, « Sophie », devant le restaurant

Lorraine Lévy, Vincent Lindon, « Mathias », et Virginie Ledoyen en répétition sur la Tamise

Marc Levy fait semblant de travailler à la terrasse de Chez Yvonne

bonheur de nos deux enfants que je n'ai d'ailleurs jamais vus aussi heureux... tu crois vraiment que je prendrais le risque de tout gâcher ?

– Absolument ! répondit Antoine, convaincu.

Antoine se mit à faire les cent pas, il balaya la pièce d'un geste circulaire.

– Tu vois, tout ce qu'il y a autour de toi, c'est exactement comme tu le voulais. Tu voulais des enfants qui rient, ils rient ; tu voulais du bruit dans ta maison, on ne s'entend plus ; même la télé en dînant tu l'as eue ; alors écoute-moi bien : pour une fois dans ta vie, pour une toute petite fois, tu vas renoncer à ton égoïsme et tu vas assumer tes choix. Donc si tu es en train de tomber amoureux d'une femme, tu arrêtes tout de suite !

– Tu trouves que je suis égoïste ? demanda Mathias d'une voix attristée.

– Tu l'es plus que moi, répondit Antoine.

Mathias le regarda longuement et, sans ajouter d'autre mot, il s'éloigna vers l'escalier.

– Attention, reprit Antoine dans son dos, ne me fais pas dire ce que je n'ai pas dit... Je ne m'oppose pas à ce que tu la sautes !

Arrivé sur le palier de l'étage, Mathias s'arrêta net pour se retourner.

– Oui, mais moi je m'oppose à ce que tu parles d'elle comme ça.

Du bas des marches, Antoine pointa vers lui un doigt accusateur.

– Je t'ai eu ! Tu es amoureux, j'ai la preuve, alors tu la quittes !

La porte de la chambre de Mathias claqua derrière lui, celles des chambres d'Emily et de Louis se refermèrent beaucoup plus discrètement.

*

Le train était immobilisé en gare d'Ashford depuis trente minutes et la voix du contrôleur s'était fait un devoir de réveiller les passagers qui ne s'en seraient pas rendu compte, pour les informer que le train... était immobilisé en gare d'Ashford.

Le message était d'autant plus vital que le même chef de train ajouta qu'il était incapable de dire quand le convoi redémarrerait, il y avait un problème de circulation dans le tunnel.

– J'ai enseigné la physique pendant trente ans, et j'aimerais bien qu'on m'explique comment on peut avoir un problème de circulation sur des voies parallèles et à sens unique ; à moins que le chauffeur du train qui nous devance ne se soit arrêté au milieu du tunnel pour aller faire pipi..., grommela la vieille dame assise en face d'Audrey.

Audrey avait fait des études littéraires, elle fut tirée d'affaire quand son portable se mit à sonner. C'était sa meilleure amie, elle se réjouissait de son retour. Audrey lui raconta son périple londonien, et principalement, les événements qui avaient modifié le cours de sa vie, ces derniers jours... Comment Élodie avait-elle fait pour deviner ?... Oui !... elle avait rencontré un homme... très différent de tous les autres. Pour la première fois depuis de longs mois, depuis sa séparation avec celui qui avait emporté son cœur en faisant sa valise un matin, elle retrouvait l'envie d'aimer. Les longues saisons de deuil amoureux s'étaient presque évanouies en l'espace d'un week-end. Élodie avait raison... la vie avait cette magie-là... il suffisait d'être patiente, le printemps finissait toujours par revenir. Dès qu'elles se reverraient... hélas peut-être pas ce soir, elle risquait de travailler tard, mais à déjeuner demain au plus tard... oui... elle lui raconterait tout... Chacun des moments passés en la compagnie de... Mathias... c'était un joli prénom, n'est-ce pas ? Oui, il était bel homme... Oui, Élodie l'adorerait, cultivé, courtois... Non, il n'était pas marié... Oui, divorcé... mais de nos jours, chez les hommes célibataires, ne plus être marié était déjà un bel avantage... Comment avait-elle deviné ?... Ouiiii, ils ne s'étaient pas quittés depuis deux jours... elle l'avait rencontré dans la cour d'une école, non, dans une librairie, enfin dans les deux à la fois... elle lui raconterait tout, c'était promis, mais le train redémarrait et déjà elle voyait l'entrée du tunnel... Allô ?... Allô ?

Émue, Audrey regarda son téléphone, elle le tenait au creux de la main, en caressa le cadran en souriant et le rangea dans sa poche. Le professeur de physique soupira et put enfin tourner la page de son livre. Elle venait de relire la même ligne vingt-sept fois.

*

Mathias poussa la porte du bistrot d'Yvonne et lui demanda s'il pouvait s'asseoir à la terrasse pour y prendre un café.

– Je te l'apporte tout de suite, dit Yvonne en appuyant sur le bouton du percolateur.

Les chaises étaient encore empilées les unes sur les autres, Mathias en prit une et s'installa confortablement dans l'axe du soleil. Yvonne posa la tasse sur le guéridon devant lui.

– Tu veux un croissant ?

– Deux, dit Mathias. Tu as besoin d'un coup de main pour installer ta terrasse ?

– Non, si j'installe les chaises maintenant, les clients vont faire comme toi et je ne serai pas tranquille en cuisine. Antoine n'est pas avec toi ?

Mathias but son café d'un trait.

– Tu m'en refais un autre ?

– Ça va ? demanda Yvonne.

*

Assis à son bureau, Antoine consultait son courrier électronique. Une petite enveloppe venait de s'afficher sur le bas de son écran.

Pardon de t'avoir abandonné ce week-end, déjeunons chez Yvonne à treize heures. Ton ami, Mathias.

Il répondit en tapant le texte suivant :

Pardon aussi pour hier soir, je te retrouve à treize heures chez Yvonne.

Après avoir ouvert la librairie, Mathias alluma son vieux Macintosh, lut le message d'Antoine et répondit :

D'accord pour treize heures, mais pourquoi dis-tu « aussi » ?

Et au même moment, dans la salle informatique du Lycée français, Emily et Louis éteignaient l'ordinateur depuis lequel ils venaient d'envoyer ces messages.

*

Les rivages de Calais s'éloignaient, l'Eurostar filait à trois cent cinquante kilomètres à l'heure sur les rails français. Le portable d'Audrey se mit à sonner, et dès qu'elle décrocha, la vieille dame assise en face d'elle reposa son livre.

La mère d'Audrey était si heureuse du retour de sa fille... Audrey avait une voix différente... pas celle qu'elle lui connaissait d'habitude... inutile de le lui cacher, sa fille avait dû rencontrer quelqu'un, la dernière fois qu'elle avait entendu ce ton-là, Audrey lui annonçait son idylle avec Romain... – Oui, Audrey se souvenait très bien comment son histoire avec Romain s'était terminée, et aussi de toutes ces soirées passées au téléphone à pleurer dans le combiné. Oui... les hommes étaient tous les mêmes... – Qui était ce nouveau garçon ?... Mais évidemment qu'elle savait qu'il y avait un nouveau garçon... c'était quand même elle qui l'avait faite... – Effectivement, il y avait eu une rencontre, mais non elle ne s'emballait pas... de toute façon cela n'avait rien à voir avec Romain et merci de remuer encore le couteau dans la plaie, au cas où elle ne serait pas encore cicatrisée... Mais si, la plaie était refermée... Ce n'était pas ce qu'elle avait voulu dire, c'était juste au cas où... Non, elle n'avait pas reparlé à Romain depuis six mois... sauf une fois le mois dernier pour une histoire de valise oubliée à laquelle il tenait apparemment plus qu'à sa dignité...

Bon, de toute façon il ne s'agissait pas de Romain mais de Mathias... Oui, c'était un joli prénom... Libraire... Oui, c'était aussi un joli métier... Non, elle ne savait pas si un libraire gagnait bien sa vie, mais l'argent n'était pas important, elle non plus ne gagnait pas bien sa vie, et « raison de plus » n'était pas la réponse qu'elle attendait de sa mère...

Et puis, si ce n'était pas pour se réjouir ensemble, autant changer de sujet de conversation...

Oui, il habitait à Londres, et oui, Audrey savait que la vie là-bas était chère, elle venait d'y passer un mois... Oui, un mois c'était suffisant, maman tu m'épuises... Mais nooon elle n'avait pas l'intention d'aller s'installer en Angleterre, elle le connaissait depuis deux jours... depuis cinq jours... Non, elle n'avait pas couché avec lui le premier soir... Oui, c'est vrai que pour Romain elle avait voulu partir vivre à Madrid avec lui au bout de quarante-huit heures, mais là ce n'était pas nécessairement l'homme de sa vie... pour l'instant juste un homme formidable... Oui, elle verrait avec le temps et non, il ne fallait pas s'inquiéter pour son travail, elle se battait depuis cinq ans pour avoir un jour sa propre émission, ce n'était pas pour tout gâcher maintenant simplement parce qu'elle avait rencontré un libraire à Londres ! Oui elle l'appellerait dès qu'elle serait à Paris, elle l'embrassait aussi.

Audrey remit le portable dans sa poche et soupira longuement. La vieille dame en face d'elle reprit son livre et le reposa aussitôt.

– Pardon de me mêler de ce qui ne me regarde peut-être pas, dit-elle en repoussant ses lunettes sur le bout de son nez, vous parliez du même homme dans les deux conversations ?

Et comme Audrey, interloquée, ne répondait pas, elle marmonna :

– Et qu'on ne vienne plus me dire que passer dans ce tunnel n'a aucun effet sur l'organisme !

*

Depuis qu'ils s'étaient installés en terrasse, ils n'avaient pas échangé un mot.

– Tu penses à elle ? demanda Antoine.

Mathias prit un morceau de pain dans la corbeille et le trempa dans le pot de moutarde.

– Je la connais ?

Mathias croqua dans le pain et mastiqua lentement.

– Où l'as-tu rencontrée ?

Cette fois, Mathias prit son verre et le but d'un trait.

– Tu sais, tu peux m'en parler, reprit Antoine.

Mathias reposa le verre sur la table.

– Avant tu me disais tout..., ajouta Antoine.

– Avant, comme tu dis, on n'avait pas mis en place tes règles à la con.

– C'est toi qui as dit qu'on ne ramenait pas de femmes à la maison, moi j'ai juste dit pas de baby-sitter.

– C'était du second degré, Antoine ! Écoute, je rentre chez nous ce soir, si c'est ça que tu veux savoir.

– On ne va pas faire un drame parce qu'on s'est imposé quelques règles de vie quand même. Sois gentil, fais un petit effort, c'est important pour moi.

Yvonne venait de leur apporter deux salades,

elle retourna dans sa cuisine en levant les yeux au ciel.

– Tu es heureux, au moins ? reprit Antoine.

– On parle d'autre chose ?

– Je veux bien, mais de quoi ?

Mathias fouilla la poche de sa veste et en sortit quatre billets d'avion.

– Tu es allé les retirer ? demanda Antoine dont le visage s'éclairait.

– Ben non, tu vois !

Dans cinq jours, après avoir récupéré les enfants à la sortie de l'école, ils fileraient vers l'aéroport et dormiraient le soir même en Écosse.

À la fin du repas, les deux amis étaient rabibochés. Quoique… Mathias précisa à Antoine que se fixer des règles n'avait aucun intérêt, si ce n'était pour essayer de les enfreindre.

Nous étions le premier jour de la semaine, c'était donc au tour d'Antoine de récupérer Emily et Louis à l'école, Mathias ferait les courses en quittant la librairie, préparerait le dîner et Antoine coucherait les enfants. En dépit de quelques heurts, la vie de la maison était parfaitement organisée…

*

Le soir, Antoine reçut un appel urgent de McKenzie. Le prototype des tables qu'il avait dessiné pour le restaurant venait d'arriver au bureau. Le chef d'agence trouvait que le modèle correspondait tout à fait au style d'Yvonne, mais il préférait néanmoins une seconde opinion. Antoine promit de s'y intéresser en arrivant dès le lendemain matin, mais McKenzie insista ; le fournisseur pouvait fabriquer les quantités requises, dans les délais et les prix espérés, à la condition que la commande lui soit envoyée ce soir... L'aller-retour prendrait à Antoine tout au plus une demi-heure.

Mathias n'était pas encore rentré, il fit promettre aux enfants de se tenir à carreau pendant son absence. Il était formellement interdit d'ouvrir la porte à quiconque, de répondre au téléphone sauf si c'était lui qui appelait – ce qui fit rigoler Emily... comme si on pouvait savoir qui appelait avant d'avoir décroché –, il était aussi interdit de s'approcher de la cuisine, de brancher ou de débrancher le moindre appareil électrique, de se pencher à la balustrade de la rampe d'escalier, de toucher à quoi que ce soit... et il fallut qu'Emily et Louis bâillent en chœur pour interrompre la litanie d'un père qui aurait pourtant juré sur l'honneur qu'il n'était pas d'un naturel inquiet.

Dès que son père fut parti, Louis fonça dans la cuisine, grimpa sur un tabouret, prit deux grands verres sur l'étagère et les passa à Emily avant de redescendre. Puis il ouvrit le réfrigérateur, choisit deux sodas, réaligna les canettes comme Antoine les ordonnait toujours (les rouges Coca à gauche, les orange Fanta au milieu et les vertes Perrier à droite). Les pailles se trouvaient dans le tiroir sous l'évier, les tartelettes aux abricots étaient rangées dans la boîte à biscuits, et le plateau pour emporter tout ça devant la télévision était disposé sur le plan de travail. Tout aurait été parfait si l'écran avait bien voulu s'allumer.

Après examen minutieux des câbles, les piles de la télécommande furent incriminées. Emily savait où trouver les mêmes... dans le radio-réveil de son père. Elle grimpa à toute vitesse, osant à peine poser sa main sur la rampe d'escalier. En entrant dans la chambre elle fut attirée par un petit appareil photo numérique posé sur la table de nuit. Certainement un achat pour les vacances en Écosse. Curieuse, elle le prit et appuya sur tous les boutons. Sur l'écran situé au dos du boitier, défilèrent les premières photos que son papa avait dû prendre pour tester l'appareil. Sur la première pose on ne voyait que deux jambes et un bout de trottoir, sur la deuxième le coin d'un étal du marché de Portobello, sur la troisième il fallait incliner l'image pour que le réverbère soit droit... Ce qui défilait sur l'écran n'avait finalement pas grand intérêt, tout du moins jusqu'à la trente-deuxième pose, la seule, d'ailleurs, normalement cadrée... On y voyait un couple assis à la terrasse d'un restaurant qui s'embrassait devant l'objectif...

*

Après le dîner – Emily n'avait pas prononcé un mot à table – Louis monta dans la chambre de sa meilleure amie et écrivit dans son journal intime que la découverte de l'appareil photo avait été un sacré choc pour elle, c'était quand même la première fois que son père lui mentait. Juste avant de s'endormir, Emily ajouta dans la marge que c'était la deuxième... après le coup du père Noël.

XII

Yvonne referma la porte de son studio et regarda sa montre. En avançant dans le couloir, elle entendit les pas d'Enya qui sortait de sa chambre.

– Tu es bien jolie ce matin, dit-elle en se retournant.

Enya l'embrassa sur la joue.

– J'ai une bonne nouvelle.

– Tu m'en dis un peu plus ?

– J'ai été convoquée hier à l'immigration.

– Ah ? Et c'est une bonne nouvelle ? demanda Yvonne inquiète.

Yvonne regarda le permis de travail qu'Enya lui montrait fièrement. Elle prit la jeune femme dans ses bras et la serra contre elle.

– Et si on fêtait ça devant une tasse de café, dit Yvonne.

Elles empruntèrent l'escalier en colimaçon qui descendait vers la salle. Arrivée au bas des marches, Yvonne la regarda attentivement.

– Où as-tu acheté ce pardessus ? demanda-t-elle, perplexe.

– Pourquoi ? demanda Enya.

– Parce que j'ai un ami qui possédait le même. C'était son manteau préféré. Quand il m'a dit qu'il l'avait perdu, j'ai voulu lui racheter, mais le modèle ne se fait plus depuis des années.

Enya sourit, elle ôta le pardessus et le tendit à Yvonne. Sa logeuse lui demanda combien elle en voulait, Enya répondit que c'était un cadeau qu'elle lui offrait avec grand plaisir. Elle l'avait trouvé sur un portemanteau, un jour où la chance lui avait souri.

Yvonne entra dans sa cuisine et ouvrit la porte du placard qui servait de vestiaire.

– Il va être tellement heureux, dit Yvonne, joyeuse, en accrochant le vêtement à un cintre, il ne le quittait jamais.

Elle prit deux grands bols sur l'étagère au-dessus de l'évier, versa deux doses de café dans la partie haute de la cafetière italienne et craqua une allumette. Le brûleur de la gazinière bleuit aussitôt.

– Tu sens cette merveilleuse odeur ? dit Yvonne en humant l'arôme qui envahissait la pièce.

*

Après le coup de l'appareil photo, Emily avait suggéré une idée. Chaque mercredi, Louis et elle déjeuneraient en tête à tête avec leurs pères respectifs. Comme Louis adorait les nems, les garçons iraient dans le restaurant thaïlandais situé côté pair au début de Bute Street ; elle et son père iraient chez Yvonne côté impair, puisqu'elle raffolait de sa crème caramel.

Derrière son comptoir, Yvonne essuyait des verres, surveillant Mathias du coin de l'œil. Emily se pencha au-dessus de son assiette pour attirer l'attention de son papa.

– En Écosse ce serait mieux de dormir sous des tentes, on pourrait s'installer dans les ruines et on serait sûrs de voir des fantômes.

– Très bien, murmura Mathias en tapant un message sur les touches de son portable.

– La nuit on allumera des feux de camp et tu monteras la garde.

– Oui, oui, dit Mathias, les yeux rivés sur l'écran de son téléphone.

– Là-bas les moustiques pèsent deux kilos, reprit Emily en tapotant la table, en plus comme toi ils t'adorent, deux piqûres et t'es vide !

Yvonne arriva à leur table pour les servir.

– Comme tu veux ma chérie, répondit Mathias.

Et pendant que la patronne repartait en cuisine sans dire un mot, Emily reprit sa conversation avec le plus grand sérieux.

– Et puis je ferai mon premier saut à l'élastique en sautant du haut d'une tour.

– Deux secondes mon cœur, je réponds à ce texto et je suis à toi.

Les doigts de Mathias virevoltaient sur les touches du clavier.

– C'est chouette, ils nous jettent et après ils coupent la corde, reprit Emily.

– C'est quoi le plat du jour ? demanda Mathias, absorbé par la lecture du message qui venait de s'afficher sur son mobile.

– Une salade de vers de terre.

Mathias posa enfin son téléphone sur la table.

– Excuse-moi une seconde, je vais me laver les mains, dit-il en se levant.

Mathias embrassa sa fille sur le front et se dirigea vers le fond de la salle. Depuis son comptoir, Yvonne n'avait rien perdu de la scène. Elle s'approcha d'Emily et avisa d'un œil réprobateur la purée de pommes de terre maison que Mathias n'avait pas encore touchée. Elle jeta un coup d'œil au-dehors par-delà la vitrine et lui fit un sourire. Emily comprit ce qu'elle lui suggérait et sourit à son tour. La petite fille se leva, prit son assiette et, sous la vigilance d'Yvonne, traversa la rue.

Mathias se regardait dans le miroir accroché au-dessus du lavabo. Ce n'était pas qu'Audrey ait mis un terme à leurs échanges de messages qui le préoccupait, elle était en salle de montage et il comprenait très bien qu'elle ait du travail... Moi aussi je suis occupé, je déjeune avec ma fille, on est tous très occupés... de toute façon, si elle travaille sur les images de Londres, elle pense forcément à moi..., c'est son technicien qui a dû lui remonter les bretelles, je vois bien le genre de type, renfrogné et jaloux... J'ai une sale mine aujourd'hui... C'est bien qu'elle ait écrit qu'elle avait envie de me voir... ce n'est pas son genre de dire des choses qu'elle ne pense pas... Je devrais peut-être aller me faire couper les cheveux, moi...

Assis dans un box, Antoine et Louis attaquaient un deuxième plat de nems. La porte du restaurant s'ouvrit, Emily entra et vint s'asseoir à côté d'eux. Louis ne fit aucun commentaire et se contenta de goûter la purée de sa meilleure amie.

– Il est encore au téléphone ? questionna Antoine.

Et, comme à son habitude, Emily répondit oui de la tête.

– Tu sais, moi aussi je le trouve contrarié en ce moment, ne t'inquiète pas. C'est quelque chose qui arrive aux grands, ça passe toujours, dit Antoine d'une voix apaisante.

– Parce que tu crois que nous on n'est jamais préoccupés ? reprit Emily en chipant un nem dans le plat.

*

Mathias ressortit des toilettes en sifflotant. Emily n'était plus à sa place. Devant lui, sur la table son téléphone portable était planté au beau milieu de l'assiette de purée. Ébahi, il se retourna et croisa le regard accusateur d'Yvonne qui lui désignait la devanture du restaurant thaïlandais.

*

En chemin vers le conservatoire de musique, Emily marchait à grands pas, n'adressant pas un mot à son père, qui pourtant faisait du mieux qu'il le pouvait pour s'excuser. Il reconnaissait qu'il n'avait pas été très présent pendant leur déjeuner et promettait que cela ne se reproduirait plus. Et puis, il lui arrivait aussi de parler à sa fille et qu'elle ne l'écoute pas, par exemple quand elle dessinait. La terre entière pouvait s'écrouler, elle ne relevait pas la tête de sa feuille. Face au regard incendiaire qu'Emily lui lança, Mathias admit que sa comparaison n'était pas géniale. Pour se faire pardonner, ce soir il resterait dans sa chambre jusqu'à ce qu'elle s'endorme. À l'entrée du cours de guitare, Emily se hissa sur la pointe des pieds pour embrasser son père. Elle lui demanda si sa maman reviendrait bientôt la voir et referma la porte.

De retour à la librairie, après s'être occupé de

deux clientes Mathias s'installa derrière son ordinateur et se connecta sur le site Internet d'Eurostar.

*

Le lendemain, quand Antoine arriva au bureau, McKenzie lui remit le dossier de rénovation du restaurant, sur lequel il avait travaillé toute la nuit. Antoine déplia les jeux de plans et les étala devant lui. Il examina les dessins du projet, agréablement surpris par le travail de son collaborateur. Sans perdre de son identité, le bistrot modernisé serait très élégant. C'est en consultant le cahier des charges techniques et le devis, caché au fond de la pochette, qu'Antoine faillit s'étrangler. Il convoqua aussitôt son chef d'agence. McKenzie, tout penaud, reconnut qu'il avait peut-être eu la main un peu lourde.

– Vous pensez vraiment que si nous transformons son restaurant en palace, Yvonne va croire que nous avons utilisé des matériaux de récupération ? hurla Antoine.

Selon McKenzie, rien n'était trop beau pour Yvonne.

– Et vous vous souvenez que votre chef-d'œuvre doit être réalisé en deux jours ?

– J'ai tout prévu, répondit McKenzie enthousiaste.

Les éléments seraient fabriqués en atelier et

une équipe de douze poseurs, peintres et électriciens seraient à pied d'œuvre le samedi pour que tout soit achevé le dimanche.

– Et l'agence aussi sera achevée le dimanche, conclut Antoine, abattu.

Le coût d'une telle entreprise était faramineux. Les deux hommes ne s'adressèrent pas la parole du reste de la journée. Antoine avait punaisé les plans du restaurant aux murs de son bureau. Crayon en main, il faisait les cent pas, allant de la fenêtre à ses croquis, et des croquis à son ordinateur. Quand il ne dessinait pas, il calculait les économies réalisées sur le budget des travaux. McKenzie, quant à lui, était assis à son poste de travail, lançant au travers de la cloison vitrée des regards à Antoine, aussi courroucés que si ce dernier avait insulté la reine d'Angleterre.

En fin d'après-midi, Antoine appela Mathias à la rescousse. Il rentrerait très tard, Mathias devrait aller chercher les enfants à l'école et s'occuper d'eux le soir.

– Tu auras dîné, ou tu veux que je te prépare quelque chose pour ton retour ?

– La même assiette froide que la dernière fois, ce serait formidable.

– Tu vois que ça a parfois du bon la vie à deux, conclut Mathias en raccrochant.

Au milieu de la nuit, Antoine achevait les dessins d'un projet devenu réaliste. Il ne lui restait plus qu'à convaincre le gérant de la menuiserie avec laquelle il travaillait de bien vouloir accepter toutes les modifications et espérer qu'il veuille bien l'épauler dans cette aventure. Le chantier devait commencer dans deux semaines, trois tout au plus ; ce samedi, il prendrait sa voiture à la première heure et irait lui rendre visite avec les plans d'exécution. L'atelier se trouvait à trois heures de Londres, il serait de retour avant la nuit. Mathias garderait Louis et Emily. Heureux d'avoir trouvé une solution, Antoine quitta ses bureaux et rentra chez lui.

Trop fatigué pour avaler quoi que ce soit, il entra dans sa chambre et s'écroula sur son lit. Le sommeil l'emporta alors qu'il était encore habillé.

*

Le matin était glacial, et les arbres pliaient sous les assauts du vent. On avait ressorti les manteaux délaissés aux prémices du printemps et Mathias, tout en calculant les recettes de la semaine, pensait à la température qu'il ferait en Écosse. Le départ en vacances approchait et l'impatience des enfants était chaque jour plus perceptible. Une cliente entra, compulsa trois ouvrages pris dans les rayonnages et ressortit en les abandonnant sur une table. « Pourquoi ai-je quitté Paris pour venir m'installer dans ce quartier français ? » râla Mathias en remettant les livres à leur place.

*

Antoine avait besoin d'un bon café, de quelque chose qui lui permettrait de garder les yeux ouverts. La nuit avait été très courte et le travail qui l'attendait à l'agence ne lui laissait guère le temps de se reposer.

En remontant Bute Street à pied, il entra rapidement dans la librairie de Mathias et l'informa qu'il devrait partir samedi en province et qu'il faudrait qu'il s'occupe de Louis. « Impossible ! » avait invoqué Mathias, il ne pouvait pas fermer son magasin.

– Chacun son tour, les enfants n'ont pas de jour de fermeture, répondit Antoine, épuisé, en s'en allant.

Il retrouva Sophie dans le Coffee Shop.

– Comment ça va la vie entre vous deux ? questionna Sophie.

– Des hauts et des bas, comme dans tous les couples.

– Je te rappelle que vous n'êtes pas un couple...

– On vit sous le même toit, chacun finit par trouver sa place.

– Je crois que c'est à cause de phrases comme celle-là que je préfère être célibataire, répliqua Sophie.

– Oui, mais tu ne l'es pas...

– Tu as une sale mine, Antoine.

– J'ai travaillé toute la nuit sur le projet d'Yvonne.

– Et ça avance ?

– Je commencerai les travaux le week-end suivant notre retour d'Écosse.

– Les enfants ne me parlent que de vos vacances. Ça va être bien vide ici quand vous serez partis.

– Tu as l'homme aux lettres, le temps passera plus vite.

Sophie esquissa un sourire.

– On dirait vraiment que ça t'embête que je parte ? demanda-t-elle en soufflant sur son thé brûlant.

– Mais non, pourquoi penses-tu une chose pareille ? Si tu es heureuse, je suis heureux.

Le portable de Sophie vibrait sur la table, elle prit l'appareil et reconnut le numéro de la librairie qui s'affichait sur l'écran.

– Je te dérange ? demanda la voix de Mathias.

– Jamais...

– J'ai un immense service à te demander, mais tu dois me promettre de ne rien dire à Antoine.

– Certainement !

– Tu parles bizarrement.

– Bien sûr, je suis ravie.

– Tu es ravie de quoi ???

– Je prendrai le train de neuf heures, et j'arriverai pour le déjeuner.

– Il est en face de toi ? demanda Mathias.

– Exactement !

– Ah merde...

– Je ne te le fais pas dire, moi aussi.

Intrigué, Antoine regardait Sophie.

– Tu peux me garder les enfants samedi ? poursuivit Mathias. Antoine doit partir en province et j'ai quelque chose de vital à faire.

– Hélas, là ça sera impossible, mais un autre jour avec plaisir.

– C'est ce week-end que tu pars ?

– Voilà.

– Bon, je vois que je te gêne, je vais te laisser, chuchota Antoine en se levant.

Sophie le rattrapa par le poignet et le fit se rasseoir. Elle recouvrit le micro avec sa main et promit qu'elle raccrochait dans une minute.

– Je vois que je te dérange, grommela Mathias, je vais me débrouiller tout seul pour trouver une solution ; tu ne lui dis rien, promis ?

– Juré ! Regarde chez ta voisine, on ne sait jamais.

Mathias raccrocha, et Sophie garda encore quelques secondes l'appareil à son oreille.

– Moi aussi je t'embrasse fort, à très vite.

– C'était l'homme aux lettres ? demanda Antoine.

– Tu veux un autre café ?

– Je ne vois pas pourquoi tu ne me le dis pas, j'ai bien compris que c'était lui.

– Mais qu'est-ce que ça peut bien faire ?

Antoine prit ses grands airs.

– Rien, mais avant on se disait tout...

– Tu es conscient que tu as fait la même remarque à ton colocataire ?

– Quelle remarque ?

– « Avant on se disait tout »... et c'est ridicule.

– Parce qu'il te parle de nous ? Alors là, il est gonflé.

– Je croyais que tu voulais qu'on se dise tout ? !

Sophie l'embrassa sur la joue et retourna travailler. Au moment de franchir la porte de son agence, Antoine vit Mathias se précipiter chez Yvonne.

*

– J'ai besoin de toi !

– Si tu as faim c'est un peu tôt, répondit la patronne en sortant de sa cuisine.

– C'est sérieux.

– Je t'écoute, dit-elle en ôtant son tablier.

– Est-ce que tu peux garder les enfants samedi ? Dis-moi oui, je t'en supplie !

– Désolée, je prends mon samedi.

– Tu fermes le restaurant ?

– Non, j'ai des choses à faire et je vais demander à la petite que je loge de s'en occuper ;

tu ne dis rien, c'est une surprise. Mais d'abord, je veux la mettre à l'essai ce soir et demain.

– Ça doit être drôlement important pour que tu abandonnes tes fourneaux, où vas-tu ?

– Est-ce que je te demande, moi, pourquoi tu veux que je garde les enfants ?

– C'est bien ma chance, Sophie s'en va, Antoine part en province, toi je ne sais où et moi tout le monde s'en fiche.

– Je suis heureuse de voir que tu apprécies désormais ta vie londonienne.

– Je ne vois vraiment pas le rapport, râla Mathias.

– Eh bien, avant, tu passais tes week-ends tout seul et tu ne t'en plaignais pas plus que ça, je constate avec plaisir que si l'on s'absente, on te manque... Je vois que tu changes...

– Yvonne, il faut que tu m'aides, c'est une question de vie ou de mort.

– Dénicher un jeudi une baby-sitter qui soit libre le samedi, tu es optimiste... Bon, fiche-moi le camp d'ici, j'ai du travail, je vais voir si je peux te trouver une solution.

Mathias embrassa Yvonne.

– Tu ne dis rien à Antoine... Je compte sur toi !

– Tu as besoin de faire garder les petits pour retourner à une vente aux enchères de livres anciens ?

– Quelque chose comme ça, oui...

– Alors je me suis peut-être trompée, tu ne changes pas tant que ça.

En fin d'après-midi, Mathias reçut un appel d'Yvonne ; elle avait peut-être déniché la perle rare. Ancienne directrice d'école, Danièle avait ses têtes, mais elle était de toute confiance. D'ailleurs, elle souhaitait impérativement rencontrer le père avant d'accepter de garder ses enfants. Demain, elle viendrait lui rendre une visite à la librairie, et s'ils s'entendaient, elle assurerait la garde du week-end. Mathias demanda si Danièle était discrète. Yvonne ne daigna même pas répondre. Danièle était une de ses trois meilleures amies, pas le genre à balancer...

– Tu crois qu'elle s'y connaît en fantômes ? demanda Mathias.

– Pardon ?

– Non... rien, une idée comme ça.

Devant les grilles de l'école, Mathias était si joyeux qu'il dut se forcer à prendre son air le plus sérieux quand la cloche sonna.

De retour à la librairie, Emily remarqua la première que quelque chose n'allait pas. D'abord son père n'avait pas décroché un mot depuis qu'ils étaient revenus, ensuite, il avait beau avoir l'air plongé dans sa lecture, elle savait bien qu'il faisait semblant ; la preuve, il lisait la même page depuis dix minutes. Pendant que Louis feuilletait une bande dessinée, assis sur un tabouret, elle contourna la caisse et s'assit sur ses genoux.

– Tu es préoccupé ?

Mathias reposa son livre et regarda sa fille, l'air désemparé.

– Je ne sais pas très bien comment vous annoncer ça.

Louis abandonna sa lecture pour prêter une oreille attentive.

– Je crois que nous allons devoir renoncer à l'Écosse, annonça gravement Mathias.

– Mais pourquoi ? demandèrent en chœur les enfants effondrés.

– C'est un peu de ma faute, je n'avais pas précisé quand j'ai réservé les excursions que nous emmenions des enfants.

– Et alors, c'est pas un crime quand même ? répliqua Emily déjà scandalisée. Pourquoi ils ne voudraient pas de nous ?

– Il y avait certaines règles auxquelles je n'avais pas prêté attention, gémit Mathias.

– Lesquelles ? demanda cette fois Louis.

– Ils acceptent les enfants, mais sous réserve qu'ils aient quelques connaissances en fantomologie, faute de quoi, les conditions de sécurité ne sont pas réunies. Les organisateurs ne veulent pas prendre de risques.

– Ben on n'a qu'à lire des livres..., répondit Emily, tu dois en avoir ici, non ?

– Nous partons dans trois jours, j'ai peur que vous n'ayez pas le temps de vous mettre à niveau.

– Papa tu dois trouver une solution ! tempêta la petite fille.

– Tu es marrante toi, je ne pense qu'à ça depuis ce matin ! Tu crois que je n'ai rien fait ? J'ai passé la matinée entière à essayer de la trouver ta solution.

– Bon, ben tu l'as trouvée ou pas ? questionna Louis qui ne tenait plus en place.

– J'en ai peut-être une, mais je ne sais pas...

– Dis toujours !

– Si je réussissais à dénicher un professeur de fantômes, vous accepteriez de suivre un programme intensif toute la journée de samedi ?

La réponse fut oui à l'unanimité, Louis et Emily coururent chercher deux cahiers à spirale – modèle petits carreaux –, des feutres et des crayons de couleur au cas où il y aurait des travaux pratiques.

– Ah, une dernière chose, dit Mathias sur un ton très solennel. Antoine vous aime tellement qu'un rien l'inquiète ; alors pas un mot de tout ça ne doit parvenir à ses oreilles. Opération « Botus et Mouche cousue », s'il apprend que les organisateurs ont des réserves au sujet de la sécurité, il va tout annuler. Cela doit rester strictement entre nous.

– Mais tu es sûr qu'après les cours de fantômes ils nous laisseront venir ? s'inquiéta Louis.

– Demande à ma fille l'efficacité dont j'ai fait preuve quand nous sommes allés voir les dinosaures.

– On est dans de bonnes mains, je te jure, dit Emily d'un ton très affirmatif, depuis le coup du planétarium, tout le monde veut que je sois chef de classe.

Ce soir-là, Antoine ne vit rien des clins d'œil complices qu'échangeaient Mathias et les enfants. Ils s'étaient occupés de tout dans la maison. Antoine trouvait que la vie de famille était de plus en plus agréable.

Mathias, lui, n'écoutait pas un mot des compliments que lui faisait Antoine. Ses pensées étaient ailleurs. Il lui restait encore un dernier détail important à régler avec l'amie d'Yvonne. Alors il pourrait lui aussi organiser sa journée de samedi.

*

Assise au comptoir, Enya parcourait, stylo en main, les pages des offres d'emploi. Yvonne lui servit un café et lui demanda quelques instants d'attention. La jeune femme referma son journal. Yvonne avait besoin qu'Enya lui rende un service.

– Tu me donnerais un coup de main au restaurant aujourd'hui ? Je te paierai, bien sûr.

Enya se dirigea vers le vestiaire.

– C'est vous qui me rendez un service, dit-elle.

Enya, qui savait où se trouvait le vestiaire, alla tout de suite enfiler un tablier et s'attela à mettre le couvert dans la salle. Pour la première fois depuis de nombreuses années, Yvonne put enfin passer toute la matinée dans sa cuisine. Dès que la porte de l'établissement s'ouvrait, elle abandonnait ses fourneaux, pour découvrir qu'Enya avait pris, sinon déjà servi, les commandes. La jeune femme maniait le percolateur avec dextérité, ouvrait et refermait aussitôt les frigos du bar en vraie professionnelle. À la fin du service, Yvonne avait pris sa décision. Enya avait toutes les aptitudes requises pour la remplacer samedi. Elle était aimable avec les clients, savait remettre à leur place, sans esclandre, ceux qui manquaient de courtoisie et, comble du soulagement, elle avait même réussi à détourner l'attention de McKenzie, qui d'ailleurs ne semblait pas être au mieux de sa forme. Mathias, venu prendre un café, s'était entretenu avec la nouvelle serveuse. Il était certain de l'avoir déjà rencontrée quelque part ; si c'était pour la draguer, lui dit Yvonne en aparté, ses avances dataient un peu ; de son temps déjà, les hommes abusaient de prétextes aussi stupides pour engager la conversation. Mathias jura sur l'honneur que ce n'était pas le cas, il était certain d'avoir déjà rencontré Enya...

Elle l'interrompit pour lui montrer l'heure qui s'affichait à la pendule, il avait bientôt rendez-vous avec Danièle. Mathias regagna la librairie.

De son passé de directrice d'école, Danièle avait conservé une allure autoritaire et une distinction incontestable. Elle entra dans la librairie, secoua son parapluie sur le paillasson, prit un magazine dans le portant à journaux et décida d'observer Mathias avant de se présenter à lui. Elle avait appliqué cette méthode tout au long de sa carrière. À la rentrée des classes, elle étudiait les attitudes des parents dans la cour de son école et en apprenait souvent bien plus sur eux qu'en les écoutant aux réunions de parents d'élèves. Elle disait toujours : « La vie n'offre jamais une seconde chance de faire une première impression. » Dès qu'elle estima qu'elle en savait assez, elle se présenta à Mathias et annonça qu'elle était envoyée par Yvonne. Il entraîna Danièle dans l'arrière-boutique, pour répondre à toutes les questions qu'elle voulait lui poser.

Oui, Emily et Louis étaient tous les deux adorables et très bien élevés... Non, aucun n'avait de problème avec l'autorité parentale. Oui, c'était la première fois qu'il faisait appel à une baby-sitter... Antoine était contre... Qui était Antoine ? Son meilleur ami !... et le parrain d'Emily ! Oui... la maman travaillait à Paris... Et oui, il était regrettable qu'ils soient séparés... pour les enfants bien sûr... mais l'important était qu'ils ne manquaient pas d'amour... Non, ils n'étaient pas trop gâtés... Oui, ils étaient bons élèves, très studieux. La maîtresse d'Emily la trouvait plutôt matheuse... Celle de Louis ? Il avait malheureusement raté la dernière réunion à l'école... Non, il n'était pas arrivé en retard, un enfant était monté dans un arbre et il avait dû le secourir... Oui, étrange histoire, mais personne ne s'était blessé et c'était l'essentiel... Non, les enfants n'avaient pas de régimes particuliers, oui ils mangeaient des sucreries... mais en quantité tout à fait raisonnable ! Emily suivait des cours de guitare... aucune inquiétude, elle ne répétait jamais le samedi...

En voyant Mathias se ronger les ongles, Danièle eut du mal à garder plus longtemps son sérieux. Elle l'avait suffisamment torturé comme ça, elle avait largement de quoi rigoler avec Yvonne quand elle lui raconterait cet entretien, comme elles se l'étaient toutes les deux promis.

– Pourquoi riez-vous ? demanda Mathias.

– Je ne sais pas si ça a commencé quand vous avez essayé de vous justifier sur les sucreries ou si c'est votre histoire dans l'arbre. Bon, assez de bobards, Louis étant le petit d'Antoine, j'imagine qu'Emily est votre fille, je ne me trompe pas ?

– Vous connaissez Antoine ? demanda Mathias terrifié.

– Je suis une des trois meilleures amies d'Yvonne, il nous arrive de temps à autre de parler de vous ; alors oui, je connais Antoine. Rassurez-vous, je suis une tombe !

Mathias aborda la question des honoraires, mais le plaisir de passer sa journée avec Emily et Louis suffisait amplement à Danièle. Pour l'ancienne directrice d'école, ne pas avoir de petits-enfants était une vacherie qu'elle n'était pas près de pardonner à son fils.

Mathias pourrait profiter de son samedi l'esprit tranquille. Danièle trouverait de quoi leur faire passer une journée palpitante. Palpitante ?... Mathias avait peut-être un moyen de la rendre inoubliable !

*

L'ancienne directrice d'école jugeait l'idée épatante ! Inculquer aux enfants quelques notions d'histoire sur les lieux qu'ils visiteraient pendant leurs vacances lui paraissait judicieux. Elle connaissait bien la Grande-Bretagne et avait visité plusieurs fois les Highlands, mais qu'entendait exactement Mathias par des cours de fantômes ? Mathias se dirigea vers une étagère pour en retirer plusieurs livres aux reliures épaisses : *Légendes des Tartans, Les Lochs hantés, Tiny MacTimid, Les petits fantômes voyagent en Écosse.*

– Avec tout ça, vous serez incollable ! dit-il en déposant la pile devant elle.

Il la raccompagna jusqu'à la porte de la librairie.

– Cadeau de la maison ! Et surtout, vous n'oubliez pas la petite interrogation écrite à la fin de la journée...

Danièle sortit dans la rue, les bras encombrés de paquets ; elle croisa Antoine.

– Belle vente ! siffla Antoine en entrant dans la librairie.

– Que puis-je faire pour toi ? demanda Mathias d'un air innocent.

– Je pars à l'aube demain, tu as un programme pour les enfants ?

– Tout est en ordre, répondit Mathias.

*

Le soir, Mathias eut un mal fou à rester en place à la table du dîner. Sous prétexte de chercher un pull-over – il faisait froid dans la maison, n'est-ce pas ? –, il alla lire un texto d'Audrey : *Je travaille tout le week-end en salle de montage.* Plus tard, en retournant dans sa chambre – ce n'était pas son radio-réveil qu'on entendait là-haut ? – il apprit qu'elle devait remonter toutes les séquences de leur escapade londonienne : *Mon technicien s'arrache les cheveux, toutes les prises sont décadrées.* Et dix minutes après, enfermé dans la salle de bains, il fit part à Audrey de son étonnement : *Je te jure que dans le viseur de la caméra, tout était parfait !!!*

*

Le service du soir s'achevait. Yvonne poussa un grand soupir en refermant la porte sur les derniers clients. Derrière le comptoir, Enya lavait des verres.

– Nous avons fait une bonne soirée, non ? demanda la jeune serveuse.

– Trente couverts, pas mal pour un vendredi soir, il reste des plats du jour ?

– Tout est vendu.

– Alors c'est une bonne soirée. Tu t'en tireras très bien demain, dit Yvonne en débarrassant les couverts dans la salle.

– Demain ?

– Je prends ma journée, je te confie le restaurant.

– C'est vrai ?!

– Ne mets pas les verres à pied sur cette étagère, ils vibrent quand le percolateur est en marche... Tu trouveras de quoi rendre la monnaie dans le tiroir de la caisse. Demain soir, pense à monter la recette dans ta chambre, je n'aime pas la laisser ici, on ne sait jamais.

– Pourquoi me faites-vous confiance comme ça ?

– Pourquoi ne le ferais-je pas ? dit Yvonne en balayant le plancher.

La jeune serveuse s'approcha d'elle pour lui ôter le balai des mains.

– Les interrupteurs sont dans le placard derrière toi, je vais me coucher.

Yvonne monta l'escalier et entra dans sa chambre. Elle fit une toilette rapide et s'allongea sur le lit. Sous ses draps, elle écoutait les bruits de la salle. Enya venait de casser un verre. Yvonne sourit et éteignit la lumière.

*

Antoine se mit au lit en même temps que les enfants, la nuit serait courte. Mathias, lui, s'enferma dans sa chambre et continua d'échanger des messages avec Audrey. Vers onze heures, elle le prévint qu'elle descendait à la cafétéria. Le réfectoire était au sous-sol et il ne pourrait plus la joindre. Elle lui dit aussi qu'elle avait une envie folle d'être dans ses bras. Mathias ouvrit la penderie et étala toutes ses chemises sur son lit. Après plusieurs essais, il en choisit une blanche avec un col italien, c'était celle qui lui allait le mieux.

*

Sophie referma la petite valise posée sur la chaise. Elle prit son billet de train, vérifia l'heure du départ et entra dans la salle de bains. Elle s'approcha du miroir pour étudier la peau de son visage, tira la langue et fit une grimace. Elle enfila un tee-shirt accroché à la patère derrière la porte et retourna dans sa chambre. Après avoir réglé son réveil, elle s'allongea sur le lit, éteignit la lumière et pria pour que le sommeil ne tarde pas à venir.

Demain, elle voulait avoir bonne mine, et surtout, pas de cernes autour des yeux.

*

Lunettes au bout du nez, Danièle était penchée sur son grand cahier à spirale. Elle prit la règle, et surligna au marqueur jaune le titre du chapitre qu'elle venait de recopier. Le tome 2 des *Légendes d'Écosse* était en évidence sur son bureau, elle récita à voix haute le troisième paragraphe de la page ouverte devant elle.

*

Emily ouvrit tout doucement la porte. Elle traversa le palier sur la pointe des pieds et gratta à la chambre de Louis. Le petit garçon apparut en pyjama. À pas de loup, elle l'entraîna dans l'escalier. Une fois dans la cuisine, Louis entrebâilla la porte du réfrigérateur pour qu'ils aient un peu de lumière. Prenant d'extrêmes précautions, les enfants préparèrent la table du petit déjeuner. Pendant qu'Emily remplissait un verre de jus d'orange et alignait les boîtes de céréales devant le couvert, Louis s'installa au bureau de son père et posa ses doigts sur le clavier. Le moment le plus périlleux de la mission s'annonçait, et il ferma les yeux en appuyant sur la touche « impression », priant de toutes ses forces pour que l'imprimante ne réveille pas leurs deux pères. Il attendit quelques instants, et attrapa la feuille dans le bac de réception. Le texte lui semblait parfait. Il plia le papier en deux pour qu'il tienne bien droit sur la table et le tendit à Emily. Un dernier regard, pour vérifier que tout était en place, et les deux enfants remontèrent aussitôt se coucher.

XIII

Cinq heures trente. Le ciel de South Kensington était rose pâle, l'aube se levait. Enya referma la fenêtre et retourna se coucher.

*

Le réveil affichait cinq heures quarante-cinq, Antoine prit un gros pull dans son armoire et le passa sur ses épaules. Il récupéra sa sacoche au pied du secrétaire, l'ouvrit pour vérifier que son dossier était complet. Les plans d'exécution étaient à leur place, le jeu de dessins aussi, il referma le rabat et descendit l'escalier. En arrivant dans la cuisine, il découvrit le petit déjeuner qui l'attendait. Il déplia la feuille posée devant l'assiette si gentiment préparée à son intention et lut le petit mot. *Sois très prudent et ne dépasse pas la limite de vitesse, met bien ta ceinture (même si tu t'assieds à l'arrière). Je t'ai préparé un termos pour la route. On t'attendra pour le diner et pense bien a ramené un petit cadeau aux enfants, sa leur fait toujours plaisir quand tu pars en voyage. Je t'embrasse. Mathias.* Très ému, Antoine emporta le thermos, récupéra ses clés dans la coupelle à l'entrée et sortit de la maison. L'Austin Healey était garée au bout de la rue. L'air sentait bon le printemps, le ciel était dégagé, la route serait agréable.

*

Sophie s'étira en entrant dans la cuisine de son petit appartement. Elle se prépara une tasse de café et regarda l'heure à la montre du four à micro-ondes. Il était six heures, il fallait se dépêcher un peu si elle ne voulait pas rater son train. Elle hésita sur sa tenue en regardant les robes suspendues dans la penderie et décida qu'un jean et une chemise feraient l'affaire.

*

Six heures trente. Yvonne referma la porte qui donnait sur l'arrière-cour. Une petite valise à la main, elle mit ses lunettes de soleil et remonta Bute Street en direction de la station de métro de South Kensington. Il y avait de la lumière à la fenêtre de la chambre d'Enya. La jeune fille était réveillée, elle pouvait partir l'esprit tranquille, cette petite avait du métier, et puis, de toute façon, c'était bien mieux ainsi que de fermer pour la journée.

*

Danièle regarda sa montre, il était sept heures pile, elle aimait la précision, elle appuya sur le bouton de la sonnette. Mathias la fit entrer et lui proposa une tasse de café. La cafetière était sur le plan de travail, les tasses dans l'égouttoir et le sucre dans le placard au-dessus de l'évier. Les enfants dormaient. Le samedi, ils se réveillaient en général vers neuf heures, elle avait deux heures devant elle. Il enfila un trench-coat, ajusta le col de sa chemise devant le miroir de l'entrée, mit un peu d'ordre dans sa chevelure, et la remercia encore mille fois. Il serait de retour au plus tard vers dix-neuf heures. Le répondeur était branché, ne surtout pas répondre au cas où Antoine appelle ; s'il avait besoin de la joindre il laisserait sonner deux fois et raccrocherait avant de rappeler. Mathias quitta la maison, remonta la rue en courant et héla un taxi sur Old Brompton.

Seule dans le grand salon, Danièle ouvrit son cartable et en sortit deux cahiers Clairefontaine, un petit fantôme était dessiné au crayon bleu sur la couverture de l'un, et au crayon rouge sur la couverture de l'autre.

*

Traversant Sloane Square, encore désert à cette heure matinale, Mathias regarda sa montre ; il arriverait à l'heure à Waterloo.

*

La sortie de métro débouchait devant l'entrée du pont de Waterloo. Yvonne emprunta les escaliers mécaniques. Elle traversa la rue et regarda les grandes fenêtres du St Vincent Hospital. Il était sept heures trente, elle avait encore un peu de temps devant elle. Sur la chaussée, un taxi noir filait à vive allure vers la gare.

*

Huit heures. Sa petite valise à la main, Sophie héla le taxi qui passait à sa hauteur. « Waterloo International », dit-elle en refermant la portière. Le *black cab* remonta Sloane Avenue. La ville était resplendissante ; tout autour d'Eaton Square, magnolias, amandiers et cerisiers étaient en fleurs. La grande esplanade du palais de la reine se peuplait des touristes qui guettaient la relève de la garde. La plus jolie partie du trajet commençait au moment où la voiture s'engageait dans Birdcage Walk. Il suffisait alors de tourner la tête pour voir à quelques mètres des hérons gris picorer les pelouses ordonnées de St James Park. Un jeune couple marchait déjà le long d'une allée, tenant chacun par une main la petite fille qu'ils entraînaient de saut en saut à faire des pas de géant. Sophie se pencha à la vitre de séparation pour dire quelques mots au chauffeur ; au feu suivant, la voiture changea de direction.

*

– Et ton match de cricket ? Ce n'est pas aujourd'hui la finale ? demanda Yvonne.

– Je ne t'ai pas demandé la permission de t'accompagner, tu me l'aurais refusée, répondit John en se levant.

– Je ne vois pas l'intérêt que tu passes ta matinée à attendre. Les patients n'ont pas le droit d'être accompagnés.

– Dès que nous aurons tes résultats, et je n'ai aucun doute qu'ils seront satisfaisants, je t'emmènerai déjeuner au parc et puis s'il en est encore temps nous irons assister à la partie qui se joue cette après-midi.

Il était huit heures quinze, Yvonne présenta sa convocation au guichet des admissions journalières.

Une infirmière venait à sa rencontre, poussant une chaise roulante.

– Si vous faites tout pour qu'on ait l'impression d'être malade, comment voulez-vous qu'on aille mieux ? râla Yvonne qui refusait de prendre place dans le fauteuil.

L'infirmière était désolée mais l'hôpital ne tolérait aucune entorse à la règle. Les compagnies d'assurances exigeaient que tous les patients circulent ainsi. Furieuse, Yvonne céda.

– Pourquoi souris-tu ? demanda-t-elle à John.

– Parce que je me rends compte que, pour la première fois de ta vie, tu vas être obligée de faire ce qu'on te dit de faire... et voir cela valait bien toutes les finales de cricket.

– Tu sais que tu me paieras ce trait d'humour au centuple ?

– Même multiplié par mille je ferais encore une belle affaire, dit John en riant

L'infirmière emmena Yvonne. Dès que John fut seul, son sourire s'effaça. Il inspira profondément et traîna sa longue silhouette vers les banquettes de la salle d'attente. La pendule au mur marquait neuf heures, la matinée serait bien longue.

*

En rentrant chez elle, Sophie ouvrit sa valise et rangea ses affaires dans l'armoire. Elle enfila sa blouse blanche et abandonna la pièce. Marchant vers son magasin, elle composa un message sur son téléphone portable. *Impossible de venir ce week-end, embrasse les parents pour moi, ta sœur qui t'aime.* Elle appuya sur la touche « envoi ».

*

Neuf heures trente. Assis côté fenêtre, Mathias regardait défiler la campagne anglaise. Dans le haut-parleur, une voix annonçait l'entrée imminente dans le tunnel.

– Ça ne vous fait rien aux oreilles à vous, quand on passe sous la mer ? demanda Mathias à la passagère assise en face de lui.

– Si, un petit bourdonnement. Je fais l'aller-retour une fois par semaine et j'en connais certains pour qui les effets secondaires sont beaucoup plus sérieux ! répondit la vieille dame en reprenant le cours de sa lecture.

*

Antoine mit son clignotant et quitta la M1 ; la route qui longeait la côte était la partie du voyage qu'il préférait. À cette allure, il arriverait à la menuiserie avec une demi-heure d'avance. Il prit le thermos de café sur le siège passager, le coinça entre ses jambes et dévissa le bouchon d'une main, agrippant le volant de l'autre. Il porta le goulot à ses lèvres et soupira.

– Quel con, c'est du jus d'orange !

Un Eurostar filait dans le lointain. Dans moins d'une minute, il disparaîtrait dans le tunnel qui passait sous la Manche.

*

Bute Street était encore bien calme. Sophie ouvrit les grilles de sa vitrine. À quelques mètres d'elle, Enya installait la terrasse du restaurant. Sophie lui adressa un sourire. Enya disparut dans la salle et en ressortit quelques instants plus tard, une tasse à la main.

– Faites attention, c'est brûlant, dit-elle en tendant un cappuccino à Sophie.

– Merci, c'est gentil. Yvonne n'est pas là ?

– Elle a pris sa journée, répondit Enya.

– Elle me l'avait dit, j'ai la tête ailleurs. Ne lui dites pas que vous m'avez vue aujourd'hui, ce n'est pas la peine.

– Je n'ai pas mis de sucre, je ne savais pas si vous en preniez, dit Enya en retournant à son travail.

Dans sa boutique, Sophie passa la main sur le plan de travail où elle coupait ses fleurs. Elle le contourna et se baissa pour prendre la boîte qui contenait les lettres. Elle en choisit une au milieu de la pile et remit le coffret en place. Assise sur le plancher, cachée à l'abri du comptoir, elle lisait à voix basse et ses yeux s'embuèrent. Quelle idiote, il fallait vraiment avoir le goût de se faire du mal. Dire que nous n'étions que samedi. Dimanche était d'ordinaire sa pire journée. Il arrivait que la solitude soit si envahissante que, paradoxe étrange, elle ne trouvait ni la force ni le courage d'aller chercher un quelconque réconfort auprès des siens. Bien sûr, elle aurait pu répondre à l'invitation de son frère. Ne pas renoncer cette fois encore. Il serait venu la chercher à la gare, comme c'était prévu.

Sa belle-sœur et sa nièce lui auraient posé mille questions tout au long du trajet. Et en arrivant dans la maison de ses parents, quand son père ou sa mère lui auraient demandé comment allait sa vie, elle aurait probablement fondu en larmes. Comment leur dire qu'elle n'avait pas dormi dans les bras d'un homme depuis trois ans ? Comment leur expliquer que, le matin au petit déjeuner, il lui arrivait d'étouffer en regardant sa tasse ? Comment leur décrire le poids de ses pas quand elle rentrait le soir chez elle ? Seul moment de répit, les vacances, quand elle partait rejoindre des amis ; mais les vacances s'achevaient toujours et la solitude reprenait alors ses droits. Alors, à pleurer pour pleurer, autant qu'elle soit ici, au moins personne ne la voyait.

Et même si cette petite voix lui disait qu'il était toujours temps d'aller prendre le train, à quoi bon.

Demain soir, en rentrant, ce serait encore pire. C'est pour cela qu'elle avait préféré défaire sa valise, et c'était mieux comme ça.

*

La file des passagers qui attendaient sur le trottoir de la gare du Nord n'en finissait plus de s'allonger. Trois quarts d'heure après avoir débarqué de l'Eurostar, Mathias montait enfin à bord d'un taxi. Depuis que les abords de la gare étaient en travaux, lui expliqua le chauffeur, ses collègues ne voulaient plus s'y rendre. Y accéder comme en repartir relevait de l'exploit, un périple surréaliste. Ils s'accordèrent à penser que l'auteur du plan de circulation de la ville ne devait pas vivre à Paris ou alors c'était un personnage échappé d'un roman d'Orwell. Le conducteur s'intéressait à l'évolution de la circulation dans le centre de Londres depuis qu'on y avait installé un péage, mais Mathias, lui, ne s'intéressait qu'à l'heure affichée sur le tableau de bord. À en juger par les encombrements sur le boulevard Magenta, il n'était pas près de rejoindre l'esplanade de la tour Montparnasse.

*

L'infirmière arrêta le fauteuil devant la marque au sol. Yvonne faisait bonne figure.

– Ça y est, je peux me lever maintenant ?

À l'évidence, se dit John, elle ne manquerait pas au personnel hospitalier. Mais il se trompait, la jeune femme embrassa Yvonne sur les deux joues. Elle n'avait pas autant ri depuis des années, déclara-t-elle. Le moment où Yvonne avait rembarré le chef de service Gisbert resterait à jamais gravé dans sa mémoire et dans celles de ses collègues. Même pendant sa retraite, elle rirait encore en décrivant la tête de son chef quand Yvonne lui avait demandé s'il était docteur en connerie ou en médecine.

– Qu'est-ce qu'ils t'ont dit ? demanda John à voix basse.

– Que tu allais me supporter encore quelques années.

Yvonne mit ses lunettes pour étudier la note d'honoraires que l'agent hospitalier venait de lui glisser sous le guichet.

– Rassurez-moi, cette somme n'ira pas dans la poche du toubib qui s'est occupé de moi ?

Le caissier la rassura sur ce point et refusa le chèque qu'elle lui présentait. Son honnêteté lui interdisait d'encaisser une seconde fois le montant de ses examens. Le monsieur qui se tenait derrière elle avait déjà acquitté la somme due.

– Pourquoi as-tu fait ça ? demanda Yvonne en sortant de l'établissement.

– Tu n'as pas d'assurance et ces examens te

ruinent. Je fais ce que je peux mon Yvonne, et tu ne me laisses guère de moyens de m'occuper de toi, alors pour une fois que tu avais le dos tourné, j'en ai lâchement profité.

Elle se hissa sur la pointe des pieds pour déposer un baiser tendre sur le front de John.

– Alors continue encore un peu et emmène-moi déjeuner, j'ai une faim de loup.

*

Les premiers clients d'Enya s'installaient en terrasse. Le couple consulta le menu du jour et demanda si le plat qu'ils avaient pris la semaine précédente était encore à la carte. Il s'agissait d'un délicieux saumon cuit à la vapeur, servi sur un lit de salade.

*

À deux cents kilomètres de là, une Austin Healey passait sous le porche en briques d'une grande menuiserie. Antoine se rangea dans la cour et gagna la réception à pied. Le patron l'accueillit à bras ouverts et le précéda dans son bureau.

*

Décidément, les dieux n'étaient pas avec lui aujourd'hui. Après avoir affronté les affres de la circulation, Mathias était perdu au milieu de l'immense esplanade de la gare Montparnasse. Un gardien bienveillant de la tour lui indiqua le chemin à prendre. Les studios de télévision étaient à l'opposé de l'endroit où il se trouvait. Il lui fallait remonter la rue de l'Arrivée et le boulevard de Vaugirard, tourner à gauche dans le boulevard Pasteur et emprunter l'allée de la 2e division blindée qu'il trouverait également à sa gauche. En courant, il y serait en dix minutes. Mathias fit une courte halte pour acheter une brassée de roses à un vendeur à la sauvette et arriva enfin à l'entrée des studios. Un agent de sécurité lui demanda de décliner son identité et chercha sur son cahier le numéro d'appel de la régie image. La communication établie, il informa un technicien qu'Audrey était attendue à l'accueil.

Elle portait un jean et un caraco qui soulignait joliment la courbe de ses seins. Ses joues s'empourprèrent dès qu'elle vit Mathias.

– Qu'est-ce que tu fais là ? demanda-t-elle.

– Je me promenais.

– C'est une jolie surprise, mais je t'en supplie, cache ces fleurs. Pas ici, tout le monde nous regarde, chuchota-t-elle.

– Je ne vois que deux, trois types là-bas derrière la vitre.

– Les deux, trois types en question sont le directeur de la rédaction, le chef de l'info et une journaliste qui est la plus grande pipelette du PAF ; alors je t'en prie, sois discret. Sinon j'en ai pour quinze jours de quolibets.

– Tu as un moment de libre ? demanda Mathias en dissimulant le bouquet derrière son dos.

– Je vais les prévenir que je m'absente une petite heure, attends-moi au café, je te rejoins tout de suite.

Mathias la regarda franchir le portique. Derrière la baie vitrée, on voyait le plateau de télévision où se déroulait en direct l'édition du journal de treize heures. Il s'approcha un peu, le visage du présentateur lui était familier. Audrey se retourna pour lui faire les gros yeux, montrant du doigt le chemin de la sortie. Résigné, Mathias obtempéra et fit demi-tour.

Elle le rejoignit au bout de l'allée, il l'attendait sur un banc ; dans son dos, trois parties de tennis se jouaient sur un terrain de la Ville de Paris. Audrey prit les roses et s'assit à côté de lui.

– Elles sont très jolies, dit-elle en l'embrassant.

– Fais attention à toi, nous avons trois agents du SDEC derrière nous qui disputent une partie de tennis amateur avec trois potes à eux de la D.G.S.E.

– Je suis désolée pour tout à l'heure, mais tu n'as pas idée de ce que c'est là-bas.

– Un plateau de télévision, par exemple ?

– Je ne veux pas mélanger ma vie privée à mon travail.

– Je comprends, bougonna Mathias en regardant les fleurs qu'Audrey avait posées sur ses genoux.

– Tu fais la tête ?

– Non, j'ai pris le train à l'aube ce matin et je ne sais pas si tu te rends compte à quel point je suis heureux de te voir.

– Je le suis tout autant, dit-elle en l'embrassant à nouveau.

– Je n'aime pas les histoires d'amour où on doit se planquer. Si j'éprouve des sentiments pour toi, je veux pouvoir le dire à tout le monde, je veux que les gens qui me côtoient partagent mon bonheur.

– Et c'est le cas ? demanda Audrey en souriant.

– Pas encore... mais ça viendra. Et puis je ne vois pas ce que cela a de drôle. Pourquoi ris-tu ?

– Parce que tu as dit « histoire d'amour » et que ça, ça me fait vraiment plaisir.

– Donc, tu es quand même un petit peu heureuse de me voir ?

– Imbécile ! Allons-y, j'ai beau travailler pour une chaîne de télévision libre, comme tu le dis, je ne suis pas pour autant libre de mon temps.

Mathias prit Audrey par la main et l'entraîna vers la terrasse d'un café.

– On a laissé tes fleurs sur le banc ! dit Audrey en ralentissant le pas.

– Laisse-les là, elles sont moches, je les ai

achetées sur le parvis de la tour. J'aurais voulu t'offrir un vrai bouquet, mais je suis parti bien avant que Sophie ouvre.

Et comme Audrey ne disait plus rien, Mathias ajouta :

– Une amie, fleuriste sur Bute Street, tu vois que toi aussi tu es un peu jalouse !

*

Un client venait d'entrer dans le magasin, Sophie ajusta sa blouse.

– Bonjour, je suis venu pour la chambre, dit l'homme en lui serrant la main.

– Quelle chambre ? demanda Sophie, intriguée.

Il avait l'allure d'un explorateur, mais n'en était pas moins perdu. Il expliqua qu'il venait d'arriver ce matin d'Australie, et faisait escale à Londres avant de repartir demain pour la côte Est du Mexique. Il avait fait sa réservation sur Internet, il avait même payé un acompte, et il se trouvait bien à l'adresse qui figurait sur son bon de réservation, Sophie pouvait le constater par elle-même.

– J'ai des roses sauvages, des hélianthèmes, des pivoines, la saison vient d'ailleurs de commencer et elles sont superbes, mais je n'ai pas encore de chambres d'hôtes, répondit-elle en riant de bon cœur. Je crois que vous vous êtes fait escroquer.

Décontenancé, l'homme posa sa valise à côté d'une housse qui protégeait une planche de surf, à en juger par sa forme.

– Connaîtriez-vous un endroit abordable où je puisse dormir ce soir ? demanda-t-il avec un accent qui trahissait ses origines australiennes.

– Il y a un très joli hôtel tout près d'ici. En remontant la rue, vous le trouverez de l'autre côté d'Old Brompton Road, c'est au numéro 16.

L'homme la remercia chaleureusement et reprit ses affaires.

– C'est vrai que vos pivoines sont magnifiques, dit-il en sortant.

*

Le patron de la menuiserie étudiait les plans. De toute façon, le projet de McKenzie aurait été difficile à réaliser dans les délais impartis. Les dessins d'Antoine simplifiaient considérablement le travail de l'atelier, les bois n'étaient pas encore débités et il n'y aurait donc pas de problème à remplacer la commande précédente. L'accord fut scellé par une poignée de main. Antoine pouvait partir visiter l'Écosse en toute sérénité. Le samedi suivant son retour, un camion acheminerait les meubles vers le restaurant d'Yvonne. Les poseurs qui se trouveraient à bord se mettraient à la tâche et le dimanche soir, tout serait terminé. Il était temps d'aller parler des autres projets en cours, deux couverts les attendaient dans une auberge, située à peine à dix kilomètres de là.

*

Mathias regarda sa montre. Déjà quatorze heures !

– Si on restait un peu plus longtemps à cette terrasse ? dit-il, enjoué.

– J'ai une meilleure idée, répondit Audrey en l'entraînant par la main.

Elle habitait un petit studio perché dans une tour face au port de Javel. En prenant le métro, il leur faudrait à peine un quart d'heure pour s'y rendre. Pendant qu'elle appelait sa rédaction pour annoncer son retard, Mathias téléphonait pour changer l'horaire de retour de son train, le métro aérien filait sur ses rails. La rame s'immobilisa le long du quai de la station Bir-Hakeim. Ils descendirent en courant les grands escaliers métalliques et accélérèrent l'allure sur le quai de Grenelle. Lorsqu'ils furent arrivés sur l'esplanade qui bordait la tour, Mathias, hors d'haleine, se pencha en avant, mains aux genoux. Il se releva pour contempler l'édifice.

– Quel étage ? demanda-t-il d'une voix essoufflée.

L'ascenseur s'élevait vers le vingt-septième

étage. La cabine était opaque et Mathias ne prêtait d'attention qu'à Audrey. En entrant dans le studio, elle avança jusqu'à la baie vitrée qui surplombait la Seine. Elle tira le rideau pour le protéger de son vertige, et lui en inventa un tout autre en ôtant son caraco ; elle fit glisser son jean le long de ses jambes.

*

La terrasse ne désemplissait pas. Enya courait de table en table. Elle encaissa l'addition d'un surfeur australien et accepta volontiers de lui garder sa planche. Il n'avait qu'à la déposer contre un mur de l'office. Le restaurant était ouvert ce soir, il pourrait passer la récupérer jusqu'à vingt-deux heures. Elle lui indiqua le chemin à prendre et retourna aussitôt à son service.

*

John embrassa la main d'Yvonne.

– Combien de temps ? dit-il en lui caressant la joue.

– Je te l'ai dit, je serai centenaire.

– Et les médecins, qu'est-ce qu'ils ont dit, eux ?

– Les mêmes bêtises que d'habitude.

– Que tu devais te ménager, peut-être ?

– Oui, quelque chose comme ça, avec leur accent tu sais, pour les comprendre...

– Prends ta retraite et rejoins-moi dans le Kent.

– Alors là, si je t'écoutais, je raccourcirais vraiment ma durée de vie. Tu le sais bien, je ne peux pas délaisser mon restaurant.

– Tu l'as bien fait aujourd'hui...

– John, si mon bistrot devait fermer après ma mort, cela me tuerait une deuxième fois. Et puis tu m'aimes comme je suis, et c'est pour ça que je t'aime.

– Uniquement pour ça ? demanda John d'un air narquois.

– Non, pour tes grandes oreilles aussi. Allons dans le parc, nous allons rater ta finale.

Mais, aujourd'hui, John se moquait bien du cricket. Il récupéra un peu de pain dans la corbeille, régla l'addition et prit Yvonne par le bras. Il l'entraîna vers le lac, ensemble ils nourriraient les oies qui cacardaient déjà à leur approche.

*

Antoine remercia son hôte. Ils retournaient tous deux à la menuiserie. Antoine détaillerait ses dessins d'exécution au chef d'atelier. Dans deux heures au plus il pourrait reprendre la route. De toute façon, il n'y avait aucune raison de se presser puisque Mathias était avec les enfants.

*

Audrey alluma une cigarette et vint se recoucher contre Mathias.

– J'aime le goût de ta peau, dit-elle en caressant son torse.

– Tu reviendras quand ? demanda-t-il en aspirant une bouffée.

– Tu fumes ?

– J'ai arrêté, dit-il en toussotant.

– Tu vas rater ton train.

– Ça veut dire que tu dois retourner au studio ?

– Si tu veux que je vienne te voir à Londres, il faut que je termine de monter ce reportage et c'est loin d'être fini.

– Les images étaient si mauvaises que ça ?

– Pires encore, je suis obligée d'aller piquer dans les archives ; je me demande pourquoi mes genoux t'obsèdent autant, tu n'as filmé pratiquement qu'eux.

– C'est de la faute de ce viseur, pas de la mienne, répondit Mathias en s'habillant.

Audrey lui dit de ne pas l'attendre, elle allait profiter d'être chez elle pour se changer et prendre de quoi grignoter ce soir. Pour rattraper le temps perdu, elle travaillerait toute la nuit.

– C'était vraiment du temps perdu ? demanda Mathias.

– Non, mais toi tu es vraiment imbécile, répondit-elle en l'embrassant.

Mathias était déjà sur le palier, Audrey l'observa longuement.

– Pourquoi me regardes-tu comme ça? demanda-t-il en appuyant sur le bouton de l'ascenseur.

– Tu n'as personne d'autre dans ta vie ?

– Si, ma fille...

– Alors file !

Et la porte du studio se referma sur le baiser qu'elle venait de lui envoyer.

*

– À quelle heure est ton train ? demanda Yvonne.

– Puisque tu ne veux pas que nous allions chez toi, et que le Kent est encore trop loin à tes yeux, que dirais-tu de dormir dans un palace ?

– Toi et moi dans un hôtel ? John, tu as vu nos âges ?

– Dans mes yeux tu n'as pas d'âge, et quand je suis avec toi, je n'en ai pas non plus. Je ne te verrai jamais autrement qu'avec le visage de cette jeune femme qui est entrée un jour dans ma librairie.

– Tu es bien le seul ! Tu te souviens de notre première nuit ?

– Je me souviens que tu as pleuré comme une Madeleine.

– J'ai pleuré parce que tu ne m'avais pas touchée.

– Je ne l'ai pas fait parce que tu avais peur.

– C'est bien parce que tu l'avais compris que j'ai pleuré, imbécile.

– J'ai réservé une suite.

– Allons déjà dîner dans ton palace, nous verrons après.

– Aurai-je le droit d'essayer de t'enivrer ?

– Je crois que tu le fais depuis que je t'ai rencontré, dit Yvonne en serrant sa main dans la sienne.

*

Dix-sept heures trente. L'Austin Healey filait sur des chemins de traverse. Le Sussex était une région magnifique. Antoine sourit, au loin la rame d'un Eurostar était arrêtée en pleine campagne. Les passagers à son bord n'étaient pas près d'arriver à destination, alors que lui serait à Londres dans deux heures environ...

*

Dix-sept heures trente-deux. Le contrôleur avait annoncé un retard de une heure sur l'horaire prévu.

Mathias aurait voulu appeler Danièle pour la prévenir. Il n'y avait aucune raison pour qu'Antoine arrive avant lui, mais il était préférable de préparer un bon alibi. La campagne était magnifique, mais malheureusement pour lui, le long des voies ferrées, son portable ne captait aucun réseau.

– Je hais les vaches, dit-il en regardant par la fenêtre.

*

La journée tirait à sa fin, Sophie rangea les pétales éparpillés dans le tiroir prévu à cet effet. Elle en dispersait toujours quelques poignées dans ses bouquets. Elle tira la grille du magasin, ôta sa blouse et sortit par l'arrière-boutique. L'air était frais, mais la lumière bien trop belle pour rentrer chez soi. Enya l'invita à choisir une table parmi celles qui étaient libres, et il y en avait beaucoup. Dans la salle de restaurant, un homme aux airs d'explorateur perdu dînait seul. Elle répondit à son sourire, hésita un moment puis fit signe à Enya qu'elle allait dîner au côté du jeune homme. Elle avait toujours rêvé de visiter l'Australie, elle aurait mille questions à poser.

*

Vingt heures. Le train arrivait enfin en gare de Waterloo. Mathias se précipita sur le quai et dévala le tapis roulant, bousculant tous ceux qui gênaient son passage. Il arriva le premier à la tête de station de taxis, et promit au chauffeur un pourboire substantiel s'il le déposait à South Kensington dans la demi-heure.

*

La pendule au tableau de bord affichait vingt heures dix, Antoine hésita et bifurqua dans Bute Street. Les grilles du magasin de fleurs étaient évidemment fermées puisque ce week-end Sophie était en voyage. Le bras posé sur le fauteuil vide du passager, il fit une marche arrière et reprit le chemin de Clareville Grove. Il y avait une place juste devant la maison. Il s'y rangea et récupéra dans le coffre les deux miniatures que le chef d'atelier lui avait confectionnees : l'oiseau en bois pour Emily, l'avion pour Louis. Mathias ne pourrait pas lui reprocher d'avoir oublié de rapporter des petits cadeaux pour les enfants.

Quand il entra dans le salon, Louis lui sauta dans les bras. Emily releva à peine la tête, elle était en train de terminer un dessin avec Tatie Danièle.

*

Sophie avait mangé son entrée à Sydney, découpé sa sole à Perth, et savourait une crème caramel en visitant Brisbane. C'était décidé, un jour, elle irait en Australie. Bob Walley ne pourrait hélas lui servir de guide avant longtemps. Son tour du monde l'entraînerait dès le lendemain au Mexique. Un centre de vacances au bord de la mer lui avait promis un emploi de moniteur de voile pour six mois. Ensuite ? Il n'en savait rien, la vie guidait ses pas. Il rêvait de l'Argentine, puis en fonction de ses moyens il gagnerait le Brésil, le Panamá. La côte Ouest des États-Unis serait la première étape du périple qu'il ferait l'année prochaine. Il avait rendez-vous avec des amis au printemps suivant pour chasser la grande vague.

– Où exactement sur la côte Ouest ? demanda Sophie.

– Quelque part entre San Diego et Los Angeles.

– Vous avez des points de chute précis, dit Sophie en riant de bon cœur. Comment faites-vous pour vous retrouver, avec vos amis ?

– Par le bouche à oreille, nous finissons toujours par savoir où nous joindre. Le monde des surfeurs est une petite famille.

– Et après ?

– San Francisco, passage obligatoire sous le Golden Gate avec une voile, ensuite je chercherai un cargo qui voudra bien me prendre à son bord et je filerai vers les îles Hawaï.

Bob Walley comptait rester au moins deux années dans le Pacifique, il y avait tellement d'atolls à découvrir. Au moment de demander l'addition, Enya rappela au jeune surfeur de ne pas oublier la planche qu'il lui avait confiée. Elle l'attendait contre son mur, à l'entrée de l'office.

– Ils n'ont pas voulu vous la garder à l'hôtel ? demanda Sophie.

– J'avais parlé d'une chambre à un prix abordable..., répondit Bob, gêné.

Pour poursuivre son périple, il fallait qu'il gère son budget au plus serré. Il ne pouvait dépenser pour le lit d'une nuit ce qui lui permettrait de vivre presque un mois en Amérique du Sud. Mais Sophie ne devait surtout pas s'en inquiéter. Le temps était clément, les parcs de Londres magnifiques et il adorait dormir à la belle étoile. Il avait l'habitude.

Sophie leur commanda deux cafés. Un explorateur australien qui partait pour le Mexique et qui ne rentrerait de voyage qu'au siècle prochain... Ne pas s'inquiéter qu'il passe la nuit dehors ?... C'était mal la connaître ! Elle se sentait soudain très coupable de l'avoir mal aiguillé ce matin ; c'était quand même un peu de sa faute à elle, si ce beau surfeur n'avait pu trouver de quoi se loger à un prix raisonnable... Qu'est-ce qu'elle était mignonne cette fossette qu'il avait au menton... Pour me déculpabiliser et pour me déculpabiliser seulement... C'est fou comme elle se creuse quand il sourit... Qu'est-ce qu'il a de belles mains... S'il pouvait sourire encore une fois, rien qu'une petite fois... Il faut juste trouver du courage... Après tout, ça ne doit pas être si difficile que ça à dire...

– Vous ne connaissez pas la région et c'est normal, mais à Londres il peut pleuvoir à n'importe quel moment... surtout la nuit... et quand il pleut, il pleut vraiment très fort...

Sophie fit discrètement glisser l'addition sur ses genoux, la roula en boule et la jeta sous la table. Elle fit signe à Enya qu'elle viendrait la régler le lendemain.

*

Un peu plus tard, Bob Walley cédait le passage à Sophie en entrant dans son appartement, John Glover faisait de même avec Yvonne au seuil de la suite qu'il avait réservée au Carlton, et quand Mathias inséra sa clé dans la serrure de la maison, ce fut Antoine qui lui ouvrit la porte. Il venait de raccompagner Danièle à un taxi...

*

Les images défilaient en arrière à toute vitesse. Audrey appuya sur une touche du banc de montage pour interrompre le déroulement de la bande. Sur l'écran, elle reconnut l'ancienne usine électrique, avec ses quatre gigantesques cheminées. Sur le parvis, micro en main, elle souriait ; son visage était complètement flou, mais elle s'en souvenait très bien, elle souriait. Elle abandonna son pupitre et décida qu'il était temps de descendre se chercher un café bien chaud à la cafétéria. La nuit serait longue.

*

Debout face à l'évier, Mathias essuyait la vaisselle. À côté de lui, Antoine, tablier autour de la taille et gants de caoutchouc aux mains, astiquait énergiquement une louche à grands coups d'éponge.

– Ça ne raye pas le bois du côté gratounette ? demanda Mathias.

Antoine l'ignora. De toute la soirée, il n'avait pas dit un mot. Après le dîner, Emily et Louis, ayant senti l'orage qui planait dans la maison, avaient préféré s'installer à l'écart pour réviser les cours de la journée ; avant de partir, Danièle leur avait laissé des devoirs à faire.

– Tu es psychorigide ! lança Mathias en reposant une assiette sur l'égouttoir.

Antoine appuya sur la pédale de la poubelle et

y jeta la louche, puis l'éponge. Il se baissa pour en prendre une neuve dans un placard.

– D'accord, j'ai enfreint ta sacro-sainte règle ! poursuivit Mathias en levant les bras au ciel. J'ai eu besoin de m'absenter deux heures en fin de journée, à peine deux petites heures et je me suis permis de faire appel à une amie d'Yvonne pour garder les enfants, où est le drame ?... Et en plus ils l'adorent.

– Une baby-sitter ! rumina Antoine.

– Tu es en train de nettoyer un gobelet en plastique ! hurla Mathias.

Antoine défit son tablier et le jeta en boule sur le sol.

– Je te rappelle que nous avions dit...

– On avait dit qu'on allait s'amuser, pas qu'on allait concurrencer le stand de Monsieur Propre à la Foire de Paris.

– Tu ne respectes rien ! répondit Antoine. Nous nous étions fixé trois règles, trois toutes petites règles...

– Quatre ! répliqua Mathias du tac au tac, et je n'ai pas allumé un seul cigare dans la maison, alors s'il te plaît, hein ! Oh et puis tu me fatigues, moi aussi je vais me coucher. Ah, elles vont être belles les vacances !

– Ça n'a rien à voir avec les vacances.

Mathias monta l'escalier et s'arrêta sur la dernière marche.

– Écoute-moi bien Antoine, à partir de maintenant je change la règle. Nous agirons comme un couple normal ; si nous en avons besoin nous referons appel à une baby-sitter, conclut-il en entrant dans sa chambre.

Seul derrière son comptoir, Antoine ôta ses gants et regarda les enfants assis par terre en tailleur. Emily tenait une paire de ciseaux, Louis s'empara du bâton de colle. Minutieusement, ils appliquèrent les photos découpées et comparèrent leurs collages dans leurs cahiers.

– Qu'est-ce que vous faites exactement ? demanda Antoine.

– Un exposé sur la vie de famille ! répondirent Emily et Louis en cachant leur travail.

Antoine eut un moment d'hésitation.

– Il est temps d'aller se coucher, demain réveil à l'aube pour partir en Écosse. Allez, tout le monde au lit.

Emily et Louis ne se firent pas prier, ils rangèrent leurs affaires. Après avoir bordé son fils, Antoine éteignit la lumière et attendit quelques instants dans la pénombre.

– Votre exposé sur la vie de famille... vous me le ferez quand même lire avant de le donner à votre maîtresse.

En entrant dans la salle de bains, il tomba nez à nez avec Mathias, déjà en pyjama, qui se brossait les dents.

– Et, en plus, je te ferai remarquer que c'est

moi qui l'ai payée la baby-sitter ! ajouta-t-il en reposant le verre sur la tablette.

Mathias salua Antoine et sortit de la pièce. Cinq secondes plus tard, Antoine rouvrait la porte pour crier dans le couloir :

– La prochaine fois paie-toi plutôt des cours de français, parce que ton petit mot ce matin était truffé de fautes d'orthographe !

Mais Mathias était déjà dans sa chambre.

*

Les derniers clients étaient partis. Enya referma la porte et éteignit le néon de la devanture. Elle nettoya la salle, s'assura que les chaises étaient dans l'alignement des tables et retourna vers l'office. Elle vérifia une dernière fois que tout était bien en ordre, et repassa derrière le comptoir pour vider la caisse comme Yvonne le lui avait demandé. Les additions recomptées, elle sépara les pourboires de la recette et rangea les billets dans une enveloppe. Elle la cacherait sous son matelas pour la remettre à Yvonne quand elle rentrerait. Elle voulut repousser le tiroir-caisse, mais il était bloqué ; elle glissa la main et sentit quelque chose qui gênait au fond. C'était un très vieux portefeuille, au cuir patiné. Piquée par la curiosité, Enya l'ouvrit. Elle y trouva une feuille de papier jaunie qu'elle déplia.

7 août 1943,

Ma fille, mon tendre amour,

C'est la dernière lettre que je t'écris. Dans une heure ils vont me fusiller. Je partirai la tête haute, fier de n'avoir pas parlé. Ne t'inquiète pas de ce grand malheur qui nous touche, je ne vais mourir qu'une fois, mais les salauds qui vont tirer mourront autant de fois que l'histoire les nommera. Moi je te laisse en héritage un nom dont tu seras fière.

Je voulais rejoindre l'Angleterre, je vais saigner dans la cour d'une prison de France, mais pour toi comme pour elle, vos libertés valaient ma vie. J'ai combattu pour une humanité meilleure et j'ai la grande confiance que tu réaliseras les rêves que je ne ferai plus.

Quoi que tu entreprennes, ne renonce jamais, la liberté des hommes est à ce prix.

Ma petite Yvonne, je repense à ce jour où je t'emmenais à la grande roue des Ternes. Tu étais si jolie dans ta robe à fleurs. Tu pointais ton doigt sur les toits de Paris. Je me souviens du vœu que tu avais fait. Aussi, avant qu'ils ne m'arrêtent, j'avais caché pour toi dans le coffre d'une consigne un peu d'argent mis de côté ; il te servira. Je sais maintenant que les rêves n'ont pas de prix, mais cela t'aidera peut-être quand même un peu à réaliser le tien, là où je ne serai plus. Je glisse la clé dans ce portefeuille, ta mère saura te guider là où il faut.

J'entends les pas qui viennent, je n'ai pas peur, sinon pour toi.

Mes amis Mes amours

Tu vois, j'entends la clé qui tourne dans la serrure de ma cellule et je souris rien qu'en pensant à toi, ma fille. En bas dans la cour, attaché au poteau, je dirai ton prénom.

Même si je meurs, je ne te quitterai jamais. Dans mon éternité, tu seras ma raison d'avoir été.

Accomplis-toi, tu es ma gloire et ma fierté.

Ton papa qui t'aime

Confuse, Enya replia la lettre et la remit en place sous le rabat du portefeuille. Elle repoussa le tiroir de la caisse et éteignit les lumières de la salle. Quand elle monta l'escalier, il lui sembla que derrière elle les marches en bois craquaient sous les pas d'un père qui n'avait jamais vraiment quitté sa fille.

XIV

Chacun s'était chargé de réveiller le père de l'autre. Louis sautait à pieds joints sur le lit de Mathias et Emily avait enlevé brusquement la couette sur celui d'Antoine. Une heure plus tard, à grand renfort de cris et de bousculades – Mathias ne retrouvait pas les billets, Antoine n'était pas certain d'avoir fermé le robinet du gaz –, le taxi prenait enfin la direction de l'aéroport de Gatwick. Il fallut traverser le terminal en courant pour réussir à embarquer – les derniers –, avant la fermeture de la passerelle. Le Boeing 737 de la British Midland atterrit en Écosse à l'heure du déjeuner. Mathias avait cru, en arrivant à Londres, que pratiquer la langue anglaise serait pour lui un enfer, sa rencontre avec le préposé aux locations de voitures de l'aéroport d'Édimbourg lui montra qu'il n'avait connu jusque-là que le purgatoire.

– Je ne comprends pas un mot de ce que dit ce type. Une voiture c'est une voiture, non ? Je te jure qu'il a un bonbon dans la bouche ! tempêta Mathias.

– Laisse-moi faire, je vais m'en occuper, répondit Antoine en le poussant.

Une demi-heure plus tard, la Kangoo vert pomme s'engageait sur l'autoroute M9 en direction du nord. Quand ils dépassèrent la ville de Lilinthgow, Mathias promit une glace à six boules au premier des trois qui réussirait à en prononcer le nom. Après s'être perdu en contournant Falkirk, ils arrivèrent à la tombée de la nuit dans la ravissante ville d'Airth, dont le château surplombait la rivière Forth. C'était là qu'ils dormiraient ce soir.

Le majordome qui les accueillit était aussi charmant que hideux. Le visage bardé de cicatrices, il portait un bandeau à l'œil gauche. Sa voix haut perchée ne collait pas du tout à son allure de vieux corsaire. À la demande pressante des enfants et en dépit de l'heure tardive, il accepta volontiers de leur faire visiter les communs. Emily et Louis trépignèrent de joie quand il ouvrit les portes de deux passages secrets qui partaient du grand salon. L'un permettait de rejoindre la bibliothèque, l'autre les cuisines. Les entraînant vers le dernier étage du donjon, il expliqua avec le plus grand sérieux que les suites n°s 3, 9 et 23 étaient plus fraîches que les autres pendant la nuit, ce qui était normal puisqu'elles étaient hantées. Conformément aux réservations enregistrées, il leur avait d'ailleurs gardé ces deux dernières, chacune avait deux lits.

Antoine se pencha à l'oreille de Mathias.

– Touche-le !

– Qu'est-ce que tu racontes ?

– Je te dis de le toucher, je veux juste vérifier qu'il est vrai.

– Tu as bu ?

– Regarde la tête qu'il a... Qui te dit que ce n'est pas un revenant ? C'est toi qui as voulu qu'on vienne ici, débrouille-toi comme tu veux, tu l'effleures si tu préfères mais je veux voir de mes propres yeux que ta main ne passe pas au travers de son corps.

– Tu es ridicule, Antoine.

– Je te préviens, je n'avance plus d'un pas si tu ne le fais pas.

– Comme tu voudras...

Et, profitant de la pénombre qui régnait au fond du corridor, Mathias pinça rapidement la fesse du majordome qui sursauta aussitôt.

– Voilà, tu es content maintenant ? chuchota Mathias.

Interdit, l'homme se retourna pour fixer longuement les deux compères du seul œil qui lui restait.

– Vous préférez peut-être que nous installions les deux petits dans la même chambre et vous deux dans l'autre ?

Sentant pointer une certaine ironie dans la question, Mathias, forçant les graves dans sa voix, confirma aussitôt que chaque père dormirait bien avec son enfant.

De retour dans le hall, Antoine se rapprocha de Mathias.

– Je peux te parler seul une minute ? chuchota-t-il en l'entraînant à l'écart.

– Qu'est-ce qu'il y a encore ?

– Rassure-moi, c'est pour rire ces histoires de fantômes ? Tu ne crois pas que cet endroit est réellement hanté ?

– Et sur un télésiège en haut des pistes, tu vas me demander s'il y a vraiment de la neige en montagne ?

Antoine toussota et retourna voir le réceptionniste.

– Tout compte fait, nous allons tous partager la même chambre, un grand lit pour les enfants, un autre pour les parents, on va se serrer. Et puis comme vous avez dit qu'il faisait froid, ça nous évitera de nous enrhumer !

Emily et Louis étaient euphoriques, les vacances commençaient rudement bien. Après le dîner devant la cheminée de la salle à manger où un feu de bois crépitait dans l'âtre, tout le monde décida d'aller se coucher. Mathias ouvrit la marche dans les escaliers du donjon. La suite qu'ils y occupaient était magnifique. Deux grands lits à baldaquin, aux bois ciselés ornés de tentures rouges, faisaient face aux fenêtres ouvrant sur la rivière. Emily et Louis s'endormirent à peine la lumière éteinte. Mathias se mit à ronfler au milieu d'une phrase. Au premier hululement d'une chouette, Antoine se colla contre lui et ne bougea plus de la nuit.

*

Le lendemain matin, un petit déjeuner copieux leur fut servi avant le départ. Déjà la voiture filait vers la prochaine étape. Ils eurent tout l'après-midi pour visiter le château de Stirling. L'impressionnant édifice avait été construit sur des roches volcaniques. Le guide leur conta l'histoire de Lady Rose. Cette femme belle et troublante devait son surnom à la couleur de la robe de soie que portait toujours son fantôme quand on l'apercevait.

Certains disaient que c'était Mary, reine d'Écosse couronnée en 1553 dans la vieille chapelle, d'autres préféraient croire qu'il s'agissait d'une veuve éplorée, cherchant l'ombre d'un mari, tué dans de terribles combats au cours du siège mené par Edward Ier pour s'emparer du château en 1304.

Les lieux étaient également hantés par le spectre de Lady Grey, intendante de Mary Stuart qui sauva cette dernière d'une mort certaine en s'emparant de ses draps alors qu'ils venaient de prendre feu. Hélas, à chaque apparition de Lady Grey, un drame survenait au château.

– Quand je pense qu'on aurait pu passer nos

vacances au Club Med ! grommela Antoine à ce moment de la visite.

Emily lui imposa de se taire, elle n'entendait plus ce que le guide disait.

D'ailleurs, ce soir, il faudrait prêter l'oreille pour écouter les pas mystérieux qui résonnaient depuis les contreforts. C'étaient ceux de Margaret Tudor qui, chaque nuit, guettait le retour de son mari James IV, porté disparu dans les combats contre les armées de son beau-frère Henry VIII.

– Je comprends qu'elle l'ait perdu, comment tu voulais t'y retrouver avec tous ces chiffres ? s'exclama Mathias.

Cette fois ce fut Louis qui le rappela à l'ordre.

*

Au matin suivant, Louis et Emily étaient plus impatients que jamais. Aujourd'hui, ils visiteraient le château de Glamis, réputé pour être l'un des plus beaux et des plus hantés d'Écosse. Le gardien était enchanté de les accueillir, le conférencier habituel était malade, mais il en savait bien plus que lui. De pièces en corridors, et de couloirs en donjons, le vieil homme au dos voûté leur expliqua que la reine mère avait résidé en ces lieux quand elle était enfant. Elle y revint mettre au monde la charmante princesse Margaret. Mais l'histoire du château remontait à la nuit des temps, il avait aussi été la demeure du plus infâme des rois d'Écosse, Macbeth !

Les pierres accueillaient ici pléthore de fantômes.

Profitant d'une pause – les escaliers de la tour de l'horloge avaient épuisé les jambes de leur guide –, Mathias s'écarta du groupe. À son grand désespoir, son téléphone portable ne captait toujours aucun réseau. Le dernier texto qu'il avait pu envoyer à Audrey datait de deux jours. En route vers d'autres pièces, ils apprirent que l'on pouvait y voir le spectre d'un jeune serviteur, mort de froid dans les douves, celui d'une femme sans langue qui rampait dans les couloirs à la tombée de la nuit. Mais le plus grand des mystères était celui de la chambre disparue. Depuis l'extérieur du château, on en voyait parfaitement la fenêtre, mais depuis l'intérieur, personne ne pouvait en trouver l'accès. La légende racontait que le comte de Glamis jouait aux cartes en compagnie d'amis et avait refusé d'interrompre la partie quand l'horloge de la tour annonça la venue du dimanche. Un étranger vêtu d'une cape noire se joignit alors à eux. Quand un servant leur apporta de la nourriture, il découvrit son maître jouant avec le diable au milieu d'un cercle de feu. La pièce fut murée, on en perdit l'entrée pour toujours. Mais le guide ajouta en terminant la visite que ce soir, depuis leurs chambres, ils auraient tout loisir d'entendre la donne des cartes.

De retour dans les allées du parc, Antoine fit un aveu, il n'en pouvait plus de ces histoires de revenants et il n'était pas question qu'un jeune serviteur tout gelé lui apporte son plateau s'il avait le malheur d'appeler le *room service* dans la nuit et encore moins d'avoir une femme sans langue pour voisine de palier.

Furieux, Louis objecta qu'il n'y connaissait rien en matière de fantômes, et comme son père ne voyait pas vraiment où il voulait en venir, Emily courut à sa rescousse.

– Les spectres et les revenants, ça n'a rien à voir. Si tu t'étais un tout petit peu renseigné, tu saurais qu'il y a trois catégories de fantômes : les lumineux, les subjectifs et les objectifs, et que même s'ils peuvent te foutre rudement la trouille, ils sont tous inoffensifs ; alors que tes revenants comme tu dis quand tu confonds tout, eh bien eux ce sont des morts vivants et ils sont méchants. Alors tu vois que ça n'a rien à voir puisque c'est pas pareil !

– Eh bien, ectoplasme ou cataplasme, moi ce soir, je dors dans un Holiday Inn ! Et puis je pourrais savoir depuis quand vous êtes experts en fantômes tous les deux ? répondit Antoine en regardant les enfants.

Mathias intervint aussitôt.

– Tu ne vas pas te plaindre si nos enfants sont cultivés, tout de même !

Mathias triturait son portable au fond de la poche de son imperméable. Dans un hôtel moderne, il aurait plus de chances de pouvoir passer un appel, c'était le moment ou jamais de venir au secours de son ami. Il annonça aux deux enfants que, ce soir, chacun aurait sa chambre. Quand bien même les lits des châteaux écossais étaient immenses, il ne dormait pas très bien depuis qu'il partageait le sien avec Antoine... Les guides avaient beau dire que les pièces étaient glaciales, il avait eu beaucoup trop chaud les dernières nuits.

Et quand ils s'éloignèrent vers la voiture, marchant devant Louis et Emily qui ne décoléraient pas, les fantômes des lieux auraient pu entendre une étrange conversation...

– Si, je te jure que tu t'es collé... D'abord tu bouges tout le temps et ensuite tu te colles !

– Non, je ne me colle pas !... Par contre toi tu ronfles !

– Alors là, ça m'étonnerait, aucune femme ne m'a jamais dit que je ronflais.

– Ah oui, et ça remonte à quand ta dernière nuit avec une femme ? Déjà Caroline Leblond disait que tu ronflais.

– Ta gueule !

*

Le soir, tandis qu'ils prenaient leurs quartiers à l'Holiday Inn, Emily appela sa maman pour lui raconter sa journée au château. Valentine se réjouissait d'entendre sa voix. Bien sûr qu'elle lui manquait, elle embrassait sa photo tous les soirs avant de s'endormir, et au bureau elle regardait tout le temps le petit dessin qu'Emily avait glissé dans son porte-cartes. Oui, pour elle aussi c'était long, elle viendrait bientôt, peut-être même ce week-end, dès son retour. Elle n'avait qu'à lui passer son papa puisqu'il était à côté d'elle, elle organiserait tout cela avec lui. Elle devait participer à un séminaire samedi, mais elle prendrait directement le train en en sortant. Promis, elle viendrait la chercher dimanche matin et elles passeraient la journée toutes les deux en amoureuses... Oui, comme quand elles vivaient ensemble. Maintenant il fallait ne penser qu'aux beaux châteaux et bien profiter de ces vacances merveilleuses que lui offrait son père... Et Antoine... oui... bien sûr !

Mathias parla avec Valentine et repassa le combiné à sa fille. Quand Emily raccrocha, il fit signe à Antoine de regarder discrètement Louis. Le petit garçon était assis tout seul devant la télévision, fixant l'écran... mais le poste était éteint.

Antoine prit son fils dans ses bras et lui fit un énorme câlin, un câlin qui contenait l'amour de quatre bras réunis.

*

Profitant de ce qu'Antoine donnait le bain aux enfants, Mathias retourna à la réception, prétextant avoir oublié son pull dans la Kangoo.

Dans le hall, il réussit, à grand renfort de gesticulations et d'articulations, à se faire comprendre du concierge. Malheureusement, l'hôtel ne possédait qu'un seul ordinateur, au bureau de la comptabilité, et les clients ne pouvaient y avoir accès pour envoyer des e-mails. En revanche, l'employé se proposa fort aimablement d'en envoyer un pour lui, dès que son patron aurait le dos tourné. Quelques minutes plus tard, Mathias lui remit un texte griffonné sur un bout de papier.

À une heure du matin, Audrey recevait l'e-mail suivant :

Suis parta en Écusse avec les enfins, reviendu samedi prochon, impassible de te joindre. Tu me manku teriballement. Matthiew.

Et le lendemain matin, alors qu'Antoine était déjà au volant de la Kangoo, les enfants ceinturés à l'arrière, le standardiste traversa le parking de l'hôtel en courant pour remettre une enveloppe à Mathias.

Mon Matthiew,

Je m'inquiétais de ne pouvoir te joindre, j'espère que tu fais un beau voyage, j'aime tellement l'Écusse et ses Écussons. Je viendrai te voir bientôt, toi aussi tu me manku... beau cul trop.

Ta Hepburn.

Heureux, il replia la feuille et la rangea dans sa poche.

– Qu'est-ce que c'était ? demanda Antoine.

– Un duplicata de la note d'hôtel.

– C'est moi qui paie la nuit et c'est à toi qu'on donne la facture !

– Tu ne peux pas la passer dans tes frais, moi si ! Et puis arrête de parler et fais attention à la route, si j'en crois la carte, tu dois prendre la prochaine à droite... À droite j'ai dit, pourquoi tu as pris à gauche ?

– Parce que tu tiens la carte à l'envers, andouille !

*

La voiture remontait vers le nord, direction les Highlands, ils s'arrêteraient dans le ravissant petit village de Speyside, célèbre pour ses distilleries de whiskey, et après le repas de midi, ils iraient tous visiter le fameux château de Cawdor. Emily raconta qu'il était trois fois hanté, d'abord par un ectoplasme mystérieux tout vêtu de soie violette, ensuite par le célèbre John Campbell de Cawdor, et enfin, par la bien triste femme sans mains. En apprenant qui était le troisième habitant des lieux, Antoine enfonça la pédale du frein, la voiture glissa sur plus de cinquante mètres.

– Qu'est-ce qui te prend ?

– Vous faites un choix tout de suite ! On déjeune ou on va voir la femme aux moignons, mais je ne fais pas les deux ! Trop c'est trop !

Les enfants hochèrent la tête, s'abstenant de tout autre commentaire. Décision collégiale fut prise, Antoine était exempté de visite, il les attendrait à l'auberge.

À peine arrivés, Emily et Louis s'échappèrent vers la boutique de souvenirs, laissant Antoine et Mathias seuls à table.

– Ce qui me fascine c'est que l'on dort depuis trois jours dans des endroits plus angoissants les uns que les autres et toi tu as l'air d'y prendre goût ! Ce matin pendant la visite du château tu avais quatre ans d'âge mental, dit Antoine.

– À propos de goût, répondit Mathias en lisant le menu, tu veux prendre le plat du jour ? C'est toujours bien de tester les spécialités locales.

– Ça dépend, c'est quoi ?

– Du haggis.

– Aucune idée de ce que c'est, mais va pour le haggis, dit Antoine à l'hôtesse qui prenait la commande.

Dix minutes plus tard, elle posa devant lui une panse de brebis farcie et Antoine changea d'avis. Deux œufs au plat feraient l'affaire, il n'avait plus très faim. À la fin du repas, Mathias et les enfants partirent pour leur visite, laissant Antoine.

À la table voisine, un jeune homme et sa compagne parlaient de projets d'avenir. Tendant l'oreille, Antoine comprit que son voisin était architecte comme lui ; seul à table il s'ennuyait à mourir, cela faisait deux bonnes raisons d'engager la conversation.

Antoine se présenta et l'homme lui demanda s'il était bien français comme il avait cru le deviner. Antoine ne devait surtout pas s'offenser, son anglais était parfait, mais ayant vécu lui-même quelques années à Paris, il lui était facile d'identifier ce léger accent.

Antoine adorait les États-Unis et voulut savoir de quelle ville ils venaient, lui aussi avait reconnu leur accent.

Le couple était originaire de la côte Ouest, ils vivaient à San Francisco et prenaient des vacances bien méritées.

– Vous êtes venu en Écosse pour voir les fantômes ? interrogea Antoine.

– Non, pour ça j'ai ce qu'il faut à la maison, il me suffit d'ouvrir les placards, dit le jeune homme en regardant sa compagne.

Elle lui asséna en retour un coup de pied sous la table.

Il s'appelait Arthur, elle Lauren, tous les deux parcouraient l'Europe, suivant presque à la lettre l'itinéraire recommandé par un couple de leurs vieux amis, Georges Pilguez et sa compagne qui étaient revenus enchantés du périple qu'ils avaient fait l'an dernier. D'ailleurs au cours de ce voyage, ils s'étaient mariés en Italie.

– Et vous aussi, vous êtes venus ici vous marier ? demanda Antoine piqué par la curiosité.

– Non, pas encore, répondit la ravissante jeune femme.

– Mais nous fêtons un autre heureux événement, reprit son voisin. Lauren est enceinte, nous attendons notre bébé pour la fin de l'été. Il ne faut pas le dire, c'est un secret pour le moment.

– Je ne veux pas qu'on l'apprenne au Memorial Hospital, Arthur ! dit Lauren.

Elle se tourna vers Antoine et le prit gentiment à partie.

– Je viens d'être titularisée, je préfère éviter que des rumeurs d'absentéisme circulent dans les couloirs. C'est normal, non ?

– Elle a été nommée chef de service l'été dernier et son métier l'obsède un peu, reprit Arthur.

La conversation se prolongea : la jeune médecin avait une repartie sans égal ; Antoine était émerveillé par la complicité qu'elle entretenait avec son compagnon. Quand ils s'excusèrent – ils avaient de la route à faire – Antoine les félicita tous les deux pour le bébé et leur promit d'être discret. S'il visitait un jour San Francisco, il espérait n'avoir aucune raison de se rendre au Memorial Hospital.

– Ne jurez de rien, croyez-moi... La vie a beaucoup plus d'imagination que nous !

En partant, Arthur lui remit sa carte, lui faisant promettre de les appeler s'il venait un jour en Californie.

*

Mathias et les enfants revinrent fous de joie de leur après-midi. Antoine aurait dû les accompagner, le château de Cawdor était magnifique.

– Ça te dirait de découvrir San Francisco l'an prochain ? demanda Antoine en reprenant la route.

– Les hamburgers ce n'est pas mon truc, répondit Mathias.

– Eh ben, le haggis, ce n'est pas le mien et pourtant je suis là.

– Bon, eh bien, alors on verra l'an prochain. Tu ne veux pas rouler un peu plus vite, on se traîne là !

Le lendemain, ils filèrent vers le sud et firent une longue halte sur les rives du Loch Ness. Mathias paria cent livres sterling qu'Antoine ne serait « pas cap » de tremper un pied dans le lac, et il gagna son pari.

Le vendredi matin, les vacances s'achevaient déjà. À l'aéroport d'Édimbourg, Mathias bombarda Audrey de messages. Il en envoya un caché derrière un portant à journaux, deux autres depuis les toilettes où il avait dû retourner chercher un sac oublié au pied du lavabo, un quatrième pendant qu'Antoine passait sous le portique de sécurité, un cinquième dans son dos, en descendant la passerelle qui menait à l'avion, et un dernier pendant qu'Antoine rangeait les blousons des enfants dans les compartiments à bagages. Audrey était heureuse de le savoir de retour, elle avait une folle envie de le voir, elle viendrait bientôt.

Dans l'avion qui les ramenait, Antoine et Mathias se disputèrent – comme à l'aller – pour ne pas s'asseoir près du hublot.

Antoine n'aimait pas être coincé au fond de la rangée, Mathias rappelait qu'il avait le vertige.

– Personne n'a le vertige en avion, c'est bien connu, tu racontes n'importe quoi, râla Antoine en s'asseyant à la place contre son gré.

– Eh bien, moi quand je regarde le bout de l'aile, si !

– Eh bien, tu n'as qu'à pas le regarder, de toute façon, tu veux m'expliquer l'intérêt de regarder le bout d'une aile ? Tu as peur qu'elle se décroche ?

– J'ai peur de rien du tout ! C'est toi qui as peur que l'aile se décroche, c'est pour ça que tu ne veux pas t'asseoir au hublot. Qui est-ce qui serre les poings quand il y a des turbulences ?

*

De retour à Londres, Emily résuma parfaitement l'amitié qui liait les deux hommes. Elle confia à son journal intime qu'Antoine et Mathias, c'étaient exactement les mêmes... mais en très différents, et cette fois Louis n'ajouta rien dans la marge.

XV

Dans le bureau du directeur de l'information, ce vendredi matin, Audrey apprit une nouvelle qui la rendit folle de joie. La rédaction de la chaîne, satisfaite de son travail, avait décidé d'accorder plus d'importance à son sujet. Pour compléter son reportage, elle devrait se rendre dans la ville d'Ashford où une partie de la communauté française s'était installée. Le mieux pour réaliser les interviews serait d'aller à la rencontre des familles, le samedi midi à la sortie des écoles. Audrey en profiterait aussi pour retourner certaines images inutilisables à cause d'une histoire à laquelle le directeur de l'information ne comprenait rien. De toute sa carrière, il n'avait jamais entendu parler d'un « viseur de caméra qui décadrait les plans », mais il fallait bien un début à tout... Un cameraman professionnel la rejoindrait à Londres. Elle avait à peine le temps de rentrer chez elle pour faire sa valise, son train partait dans trois heures.

*

La porte s'était ouverte, mais Mathias n'avait pas jugé bon de quitter son arrière-boutique ; à cette heure de la journée, la plupart des clientes qui attendaient l'heure de la sortie de l'école entraient chez lui pour feuilleter les pages d'un magazine et repartaient quelques minutes plus tard sans rien acheter. C'est quand il entendit une voix au timbre légèrement éraillé demander s'il avait le Lagarde et Michard édition XVIIIe qu'il laissa tomber son livre et se précipita dans la librairie.

Ils se regardaient, chacun surpris du bonheur de retrouver l'autre ; pour Mathias la surprise était totale. Il la prit dans ses bras et cette fois ce fut elle qui eut presque le vertige. Pour combien de temps était-elle là ?... – Pourquoi parler déjà de son départ alors qu'elle venait à peine d'arriver ?... – Parce que le temps lui avait paru très long... Quatre jours ici... c'était court... Elle avait la peau douce, il avait envie d'elle... – Elle avait dans la poche de son imperméable la clé de l'appartement de Brick Lane... – Oui, il trouverait un moyen de faire garder sa fille, Antoine s'en occuperait. – Antoine ?... – Un ami avec qui il était parti en vacances... mais assez parlé ! Il était si heureux de la voir, c'était sa voix à elle qu'il voulait entendre... – Il fallait qu'elle lui avoue quelque chose, elle avait un peu honte... mais d'avoir eu tant de mal à le joindre alors qu'il était en Écosse... c'était difficile à dire... oh et puis autant l'avouer, elle avait fini par croire qu'il était marié, qu'il lui mentait... tous ces messages qui arrivaient toujours avant le dîner, et puis ensuite les silences des soirées... elle était désolée, c'était à cause des cicatrices du passé... – Bien sûr qu'il ne lui en voulait pas... au contraire, maintenant tout était clair, c'était bien mieux quand les choses étaient claires. Évidemment qu'Antoine savait pour eux deux, là-bas il n'avait pas cessé de parler d'elle... Et il mourait d'envie de la rencontrer... peut-être pas ce week-end, puisque leur temps était compté... il ne voulait être qu'avec elle. – Elle reviendrait en début de soirée, maintenant elle avait rendez-vous à Pimlico avec un cameraman qu'elle emmenait à Ashford. Hélas oui, elle s'absenterait demain, peut-être aussi dimanche, c'est vrai, ils n'auraient plus que deux jours si on enlevait ceux-là... Il fallait vraiment qu'elle file, elle était déjà en retard. Non, il ne pouvait pas l'accompagner à Ashford, la chaîne avait exigé un cadreur professionnel... Il n'avait aucune raison de faire cette tête, son collègue était marié et attendait un enfant... Il fallait qu'il la laisse partir, elle allait rater son rendez-vous... Elle aussi voulait encore l'embrasser. Elle le retrouverait au bar d'Yvonne... vers huit heures.

*

Audrey monta dans un taxi et Mathias se précipita sur le téléphone. Antoine était en réunion, il suffisait que McKenzie le prévienne de faire dîner les enfants et de ne surtout pas l'attendre. Rien de grave, un ami parisien de passage à Londres lui avait fait la surprise d'entrer dans sa librairie. Sa femme venait de le quitter, elle demandait la garde des enfants. Son copain était au plus mal, il allait s'occuper de lui ce soir. Il avait bien pensé le ramener à la maison mais ce n'était pas une bonne idée... à cause des enfants. McKenzie était tout à fait d'accord avec Mathias, ç'aurait été une très mauvaise idée ! Il était sincèrement désolé pour l'ami de Mathias, quelle tristesse... Et à propos d'enfants, comment ceux de son ami prenaient-ils la chose ?

– Eh bien, écoutez McKenzie, je vais lui poser la question ce soir et je vous rappelle demain pour tout vous raconter !

McKenzie toussota dans le combiné et promit de transmettre le message. Mathias raccrocha le premier.

*

Audrey arriva en retard à son rendez-vous. Le cameraman écouta ce qu'elle attendait de lui et demanda s'il avait un espoir de pouvoir rentrer le soir même.

Audrey n'avait pas plus envie que lui de dormir à Ashford, mais le travail passerait avant tout. Rendez-vous fut donné pour le lendemain sur le quai de la gare, au départ du premier train.

De retour dans le quartier, elle passa chercher Mathias. Il y avait trois clientes dans sa libraire ; de la rue elle lui indiqua qu'elle l'attendrait chez Yvonne.

Audrey alla s'installer au comptoir.

– Je vous garde une table ? demanda la patronne.

Audrey ne savait pas si elle dînerait ici. Elle préférait attendre au bar. Elle commanda une boisson. Le restaurant était désert et Yvonne s'approcha pour converser avec elle et tuer l'ennui.

– Vous êtes bien la journaliste qui enquêtez sur nous ? dit Yvonne en se levant. Vous restez combien de temps, cette fois ?

– Quelques jours seulement.

– Alors, ce week-end, ne ratez surtout pas la grande fête des fleurs de Chelsea, dit Sophie qui venait de s'asseoir à côté d'elle.

L'événement, qui n'avait lieu qu'une fois par an, présentait les créations des plus grands horticulteurs et pépiniéristes du pays. On pouvait y voir et acheter de nouvelles variétés de roses et d'orchidées.

– La vie semble bien douce de ce côté de la Manche, dit Audrey.

– Tout dépend pour qui, répondit Yvonne. Mais je dois avouer que lorsqu'on a fait son trou dans le quartier, on n'a plus vraiment envie d'en sortir.

Yvonne ajouta, au grand bonheur de Sophie, qu'au fil du temps, les gens de Bute Street étaient devenus presque une famille.

– En tout cas, vous avez l'air de former une bien jolie bande d'amis, reprit Audrey en regardant Sophie. Vous vivez tous ici depuis longtemps ?

– À mon âge, on ne compte plus, Antoine a ouvert son agence ici un an après la naissance de son fils et l'installation de Sophie remonte à peu de temps après, si ma mémoire est bonne.

– Huit ans ! reprit Sophie en aspirant à la paille de son verre. Et Mathias est le dernier arrivé, conclut-elle.

Yvonne s'en voulait de l'avoir presque oublié.

– C'est vrai qu'il n'est ici que depuis peu, l'excusa Sophie.

Audrey rougit.

– Vous faites une drôle de tête, j'ai dit quelque chose ? demanda Yvonne.

– Non, rien de particulier. En fait, j'ai eu l'occasion de l'interviewer lui aussi, et il me semblait qu'il vivait en Angleterre depuis toujours.

– Il a débarqué le 2 février exactement, affirma Yvonne.

Elle ne pourrait jamais oublier cette date. Ce jour-là, John avait pris sa retraite.

– Le temps est relatif, ajouta-t-elle, Mathias doit avoir l'impression que son emménagement remonte à plus longtemps. Il a connu certaines déconvenues en s'installant ici.

– Lesquelles ? demanda discrètement Audrey.

– Il me tuerait si je parlais de ça. Oh, et puis de toutes les façons, il est le seul à ignorer ce que tout le monde sait.

– Je crois que tu as raison, Yvonne, Mathias te tuerait ! l'interrompit Sophie.

– Peut-être, mais tous ces secrets de polichinelle m'enquiquinent, et puis aujourd'hui j'ai envie de m'exprimer, reprit la maîtresse des lieux en se resservant un verre de bordeaux. Mathias ne s'est jamais remis de sa séparation d'avec Valentine... la mère de sa fille. Et bien qu'il soit prêt à jurer le contraire, il est venu en grande partie ici pour la reconquérir. Mais il n'a pas eu de chance, elle s'est fait muter à Paris au moment même où il arrivait en ville. Il m'en voudra encore plus de dire ça, mais je pense que la vie lui a rendu un sacré service. Valentine ne reviendra pas.

– Maintenant je pense qu'il va effectivement t'en vouloir, répéta Sophie pour couper la parole à Yvonne. Toutes ces histoires n'intéressent en rien mademoiselle.

Yvonne regarda les deux femmes assises à son bar et haussa les épaules.

– Tu as probablement raison et puis j'ai à faire.

Elle prit son verre et retourna vers l'office.

– Le jus de tomate est pour la maison, dit-elle en s'en allant.

– Je suis désolée, dit Sophie, gênée. Yvonne est d'ordinaire peu bavarde... sauf quand elle est triste. Et, à regarder la salle, la soirée ne s'annonce pas fameuse.

Audrey resta silencieuse. Elle reposa son verre sur le comptoir.

– Ça ne va pas ? demanda Sophie. Vous êtes toute pâle.

– C'est moi qui suis désolée, c'est à cause du train, j'ai eu mal au cœur pendant tout le voyage, dit Audrey.

Il fallut à Audrey puiser au fond d'elle-même pour masquer ce poids qui lui comprimait maintenant la poitrine. Ce n'était pas parce que Yvonne lui avait révélé pourquoi Mathias avait quitté Paris. Mais en entendant le prénom de Valentine, elle s'était sentie projetée au cœur d'une intimité qui ne lui appartenait pas et la morsure fut saisissante.

– Je dois avoir une tête épouvantable ? demanda Audrey.

– Non, vous reprenez des couleurs, répondit Sophie. Venez avec moi, allons faire quelques pas

Elle l'invita à se rafraîchir dans son arrière-boutique.

– Voilà, maintenant il n'y paraît presque plus,

dit Sophie. Il doit y avoir un virus dans l'air, moi aussi je me sens nauséeuse depuis ce matin.

Audrey ne savait pas comment la remercier. Mathias entra dans le magasin.

– Tu es là ? Je t'ai cherchée partout.

– Tu aurais dû commencer par ici, j'y suis toujours, répondit Sophie.

Mais c'est Audrey que Mathias regardait.

– J'étais venu admirer les fleurs en t'attendant, reprit cette dernière.

– On y va ? demanda Mathias, j'ai fermé la librairie.

Sophie se taisait, son regard se promenait d'Audrey à Mathias et de Mathias à Audrey. Et quand ils s'en allèrent tous les deux, elle ne put s'empêcher de penser qu'Yvonne avait vu juste. Si un jour Mathias avait vent de sa conversation, il aurait vraiment envie de la tuer.

Le taxi remontait Old Brompton Road. Au croisement de Clareville Grove, Mathias montra du doigt sa maison.

– Ça a l'air grand, dit Audrey.

– Ça a du charme.

– Tu me feras visiter un jour ?

– Oui, un jour..., répondit Mathias.

Elle posa sa tête contre la vitre. Mathias lui caressait la main, Audrey était silencieuse.

– Tu es certaine que tu ne veux pas aller dîner ? demanda-t-il. Tu as l'air bizarre.

– J'ai mal au cœur, mais ça va passer.

Mathias proposa d'aller marcher, l'air du soir lui ferait du bien. Le taxi les déposa le long de la Tamise. Ils s'assirent sur un banc, au bout de la jetée. Devant eux, les lumières de la tour Oxo se reflétaient dans le fleuve.

– Pourquoi as-tu voulu venir ici ? demanda Audrey.

– Parce que, depuis notre week-end, j'y suis retourné plusieurs fois. C'est un peu notre lieu à nous.

– Ce n'était pas la question que je te posais, mais cela n'a plus d'importance.

– Qu'est-ce qui ne va pas ?

– Rien, je t'assure, des choses idiotes m'ont traversé l'esprit, mais je les ai chassées.

– Alors ton appétit est revenu ?

Audrey sourit.

– Tu crois qu'un jour tu pourras monter là-haut ? demanda-t-elle en levant la tête.

Au dernier étage, les fenêtres du restaurant étaient illuminées.

– Un jour, peut-être, répondit Mathias songeur.

Il entraîna Audrey vers la promenade qui longeait la berge.

– Quelle était cette question que tu voulais me poser ?

– Je me demandais pourquoi tu étais venu vivre à Londres.

– J'imagine que c'était pour te rencontrer, répondit Mathias.

En entrant dans l'appartement de Brick Lane, Audrey entraîna Mathias vers la chambre. Dans un lit refait à la hâte, ils passèrent le reste de la soirée, enlacés l'un à l'autre ; plus le temps s'écoulait, plus le souvenir d'un mauvais moment passé au bar d'Yvonne s'effaçait. À minuit, Audrey avait faim, le réfrigérateur était vide. Ils s'habillèrent à toute vitesse et descendirent en courant vers Spitalfields. Ils s'installèrent au fond d'un de ces restaurants ouverts toute la nuit. La clientèle était hétéroclite. Assis à côté d'une table de musiciens, ils se mêlèrent à leur conversation. Et pendant qu'Audrey s'enflammait, soutenant contre l'avis des autres que Chet Baker avait été un bien plus grand trompettiste que Miles Davis, Mathias la dévorait des yeux.

Les ruelles de Londres étaient belles, quand elle marchait à son bras. Ils écoutaient le bruit de leurs pas, jouaient avec leur ombre qui s'étirait sur le macadam à la lumière d'un lampadaire. Mathias raccompagna Audrey jusqu'à la maison en briques rouges, il se laissa à nouveau entraîner chez elle et repartit quand elle l'en chassa, bien trop tard dans la nuit. Elle prenait le train dans quelques heures et une grande journée de travail l'attendait. Elle ne savait pas quand elle rentrerait d'Ashford. Elle l'appellerait demain, c'était promis.

De retour chez lui, Mathias retrouva Antoine qui travaillait à son bureau.

– Qu'est-ce que tu fais encore debout ?

– Emily a fait un cauchemar, je me suis levé pour la calmer et je n'ai pas pu me rendormir, alors je rattrape mon retard.

– Elle va bien ? demanda Mathias inquiet.

– Je ne t'ai pas dit qu'elle était malade, je t'ai dit qu'elle avait fait un cauchemar. Vous l'avez cherché, avec vos histoires de fantômes.

– Dis-moi, tu n'as pas oublié pourquoi on est partis en Écosse quand même ?

– Le week-end prochain, je commence les travaux chez Yvonne.

– Tu travaillais là-dessus ?

– Entre autres !

– Tu me montres ? dit Mathias en ôtant sa veste.

Antoine ouvrit le carton à dessins et étala les planches de perspectives devant son ami. Mathias s'extasia.

– Ça va être formidable ; qu'est-ce qu'elle va être contente !

– Elle peut !

– C'est toujours toi qui paies ses travaux ?

– Je ne veux pas qu'elle le sache, c'est bien clair entre nous ?

– Ça va coûter cher ce projet ?

– Si je ne compte pas les honoraires de

l'agence, disons que j'y perdrai la marge de deux autres chantiers.

– Et tu en as les moyens ?

– Non.

– Alors pourquoi fais-tu ça ?

Antoine regarda longuement Mathias.

– C'est bien ce que tu as fait ce soir, remonter le moral d'un ami qui s'est fait larguer par sa femme, alors que tu souffres tant de ta séparation.

Mathias ne répondit rien, il se pencha sur les dessins d'Antoine et regarda une nouvelle fois à quoi ressemblerait bientôt la salle.

– Combien il y a de chaises en tout ? demanda-t-il.

– Autant que de couverts, soixante-seize !

– Et c'est combien la chaise ?

– Pourquoi ? demanda Antoine.

– Parce que je vais les lui offrir, moi...

– Tu n'irais pas te fumer un bon cigare dans le jardin ? dit Antoine en prenant Mathias par l'épaule.

– Tu as vu l'heure ?

– Tu ne vas pas te mettre à inverser nos répliques, c'est la meilleure de toutes les heures, le jour va se lever, on y va ?

Assis sur le muret, Antoine sortit deux Monte Cristo de sa poche. Il huma les capes avant de les chauffer à la flamme d'une allumette. Quand il estima que le cigare de Mathias était prêt, il le coupa, le lui tendit et s'occupa de préparer le sien.

– C'était qui ton copain en détresse ?

– Un certain David.

– Jamais entendu parler ! répondit Antoine.

– Tu es sûr ? Tu m'étonnes... Je ne t'ai jamais parlé de David ?

– Mathias... tu as du gloss sur les lèvres ! Fous-toi encore de ma gueule et je remonte la cloison.

*

Audrey dormit pendant tout le trajet. En arrivant à Ashford, le cameraman dut la secouer pour la réveiller avant que le train entre en gare. La journée fut sans répit, mais l'entente entre eux très cordiale. Quand il lui demanda d'ôter son écharpe qui le gênait pour faire le point, elle eut une envie folle d'interrompre la prise et de se précipiter sur son portable. Mais la librairie sonnait toujours occupé, Louis avait passé une grande partie de l'après-midi dans l'arrière-boutique, assis devant l'ordinateur. Il échangeait des e-mails avec l'Afrique et Emily lui corrigeait toutes les fautes d'orthographe. C'était pour elle un bon moyen de calmer l'impatience qui la gagnait d'heure en heure, et pour cause...

... Le soir, autour de la table, elle annonça la nouvelle. Sa maman l'avait appelée, elle arriverait tard dans la nuit et logerait à l'hôtel de l'autre côté de Bute Street. Elle viendrait la chercher demain matin. Ce serait un dimanche génial, elles le passeraient rien que toutes les deux.

À la fin du dîner, Sophie prit Antoine en aparté et lui proposa d'emmener Louis à la fête des fleurs de Chelsea. Son fils avait grandement besoin d'un moment de complicité féminine. Quand son père était là, il se confiait moins. Sophie lisait dans les yeux du petit garçon comme dans un livre ouvert.

Touché, Antoine la remercia. Et puis ça l'arrangeait, il en profiterait pour passer sa journée à l'agence. Il se débarrasserait ainsi du retard accumulé dans son travail. Mathias ne disait rien. Après tout, que chacun organise son petit programme en l'oubliant, lui aussi avait le sien !... À condition toutefois qu'Audrey revienne d'Ashford. Son dernier message disait : *Au pire, demain en fin d'après-midi.*

*

Antoine avait quitté la maison dès l'aube. Bute Street dormait encore quand il entra dans l'agence. Il mit la cafetière en marche, ouvrit en grand les fenêtres de son bureau et se mit à la tâche.

Comme promis, Sophie passa chercher Louis à huit heures. Le petit garçon avait insisté pour porter son blazer et Mathias, encore titubant de sommeil, avait dû s'appliquer à bien faire le nœud de la petite cravate. La fête des fleurs de Chelsea avait ses coutumes et il était d'usage d'y être très élégant. Sophie avait fait rire Emily aux éclats, quand elle était entrée dans le salon avec son grand chapeau.

Dès que Louis et Sophie furent partis, Emily monta se préparer. Elle aussi voulait être jolie. Elle porterait une salopette bleue, des baskets, et son tee-shirt rose ; quand elle était habillée comme ça, sa mère disait toujours qu'elle était mignonne à croquer. On sonnait à la porte, elle voulait encore se coiffer, tant pis, elle ferait attendre sa maman, après tout, elle attendait bien depuis deux mois, elle.

Mathias, cheveux ébouriffés, accueillit Valentine en robe de chambre.

– Sexy ! dit-elle en entrant.

– Je pensais que tu arriverais plus tard.

– J'étais debout à six heures du matin et depuis je tourne en rond dans ma chambre d'hôtel. Emily est réveillée ?

– Elle se met sur son trente et un, mais chut, je ne t'ai rien dit, elle doit se changer pour la dixième fois, tu n'imagines pas dans quel état est la salle de bains.

– Elle a quand même hérité de deux, trois choses de son père cette enfant, dit Valentine en riant. Tu me prépares un café ?

Mathias se dirigea vers la cuisine et passa derrière le comptoir.

– C'est beau chez vous, s'exclama Valentine en regardant tout autour d'elle.

– Antoine a du goût... Pourquoi ris-tu ?

– Parce que c'est ce que tu disais de moi aux amis qui venaient dîner chez nous, dit Valentine en s'asseyant sur un tabouret.

Mathias remplit la tasse et la posa devant Valentine.

– Tu as du sucre ? demanda-t-elle.

– Tu n'en prends pas, répondit Mathias.

Valentine parcourut la cuisine du regard. Sur les étagères chaque chose était en ordre.

– C'est formidable ce que vous avez construit ensemble.

– Tu te moques ? demanda Mathias en se servant à son tour un café.

– Non, je suis sincèrement impressionnée.

– Je te l'ai dit, Antoine y est pour beaucoup.

– Peut-être, mais ça respire le bonheur ici, et ça c'est toi qui dois y être pour beaucoup.

– Disons que je fais de mon mieux.

– Et rassure-moi, vous vous disputez quand même de temps en temps ?

– Antoine et moi ? Jamais !

– Je t'ai demandé de me rassurer !

– Bon, d'accord, un petit peu tous les jours !

– Tu crois qu'Emily en a encore pour longtemps à se préparer ?

– Que veux-tu que je te dise ?... Elle a quand

même hérité de deux ou trois choses de sa mère, cette enfant !

– Tu n'as pas idée de ce qu'elle me manque.

– Si. Elle m'a manqué pendant trois ans.

– Elle est heureuse ?

– Tu le sais très bien, tu lui téléphones tous les jours.

Valentine s'étira en bâillant.

– Tu veux une autre tasse ? demanda Mathias en retournant vers la cafetière électrique.

– J'en aurais bien besoin, ma nuit a été courte.

– Tu es arrivée tard hier ?

– Raisonnablement, mais j'ai très peu dormi... impatiente de voir ma fille. Tu es sûr que je ne peux pas monter l'embrasser ? C'est une torture.

– Si tu veux lui gâcher son plaisir, vas-y, sinon résiste et laisse-la descendre. Elle préparait déjà sa tenue en se couchant hier.

– En tout cas, je te trouve très en forme, même en peignoir, dit Valentine en posant sa main sur la joue de Mathias.

– Je vais bien, Valentine, je vais bien.

Valentine jouait à faire rouler un morceau de sucre sur le comptoir.

– J'ai repris la guitare tu sais ?

– C'est bien, je t'ai toujours dit que tu n'aurais pas dû arrêter.

– Je pensais que tu me rejoindrais à l'hôtel hier, tu connaissais la chambre...

– Je ne ferai plus ça, Valentine...

– Tu as quelqu'un ?

Mathias acquiesça.

– Et c'est sérieux au point de te rendre fidèle ? Alors tu as vraiment changé... Elle a de la chance.

Emily dévala l'escalier, traversa le salon et sauta dans les bras de sa maman. Mère et fille s'enlaçaient dans un tourbillon de baisers, Mathias les regardait, et le sourire qui le gagnait témoignait que les années qui passent n'effacent pas toujours les moments écrits à deux.

Valentine prit sa fille par la main. Mathias les accompagna. Il ouvrit la porte de la maison, mais Emily avait oublié son sac à dos dans sa chambre. Pendant qu'elle remontait le chercher, Valentine l'attendit sur le perron.

– Je te la ramène vers six heures. Ça ira ?

– Pour le pique-nique avec ta fille, tu fais comme tu veux, mais moi je lui coupe les côtés du pain de mie. Bon, maintenant quand tu es avec elle, tu fais comme tu veux... mais elle aime mieux sans la croûte.

Valentine passa tendrement sa main sur la joue de Mathias.

– Détends-toi, on va s'en sortir elle et moi.

Et, se penchant par-dessus son épaule, elle cria à Emily de se presser.

– Dépêche-toi, ma chérie, on va perdre du temps.

Mais la petite fille la prenait déjà par la main, l'entraînant vers le trottoir.

Valentine revint vers Mathias et se pencha à son oreille.

– Je suis heureuse pour toi, tu le mérites, tu es un homme formidable.

Mathias resta quelques instants sur le perron à regarder Emily et Valentine qui s'éloignaient dans Clareville Grove.

Quand il rentra dans la maison, son téléphone portable sonnait. Il le cherchait partout, sans le trouver. Enfin, il le vit, posé sur le rebord de la fenêtre, il décrocha juste à temps et reconnut immédiatement la voix d'Audrey.

– De jour, dit-elle d'une voix triste, la façade est encore plus belle, et ta femme est vraiment ravissante.

La jeune journaliste qui avait quitté Ashford à l'aube pour faire une jolie surprise à l'homme dont elle était tombée amoureuse referma son téléphone et quitta Clareville Grove à son tour.

XVI

Dans le taxi qui la ramenait vers Brick Lane, Audrey se disait que le mieux serait peut-être de ne plus jamais aimer. Pouvoir tout effacer, oublier les promesses, recracher ce poison au goût de trahison. Combien de jours et de nuits faudrait-il, cette fois encore, pour cicatriser ? Surtout, ne pas penser maintenant aux week-ends à venir. Réapprendre à contrôler les battements de son cœur quand on croit voir l'autre au détour d'un carrefour. Ne pas baisser les yeux parce qu'un couple s'embrasse sur un banc devant vous. Et ne plus jamais, jamais attendre que le téléphone sonne.

S'empêcher d'imaginer la vie de celui qu'on a aimé. Par pitié, ne pas le voir lorsqu'on ferme les yeux, ne pas penser à ses journées. Hurler que l'on est en colère, qu'on vous a trompée.

Que sera devenu le temps de la tendresse, des mains qui se croisaient quand on marchait ensemble ?

Dans le rétroviseur, le chauffeur voyait sa passagère pleurer.

– Ça va, madame ?

– Non, répondit Audrey emportée par un sanglot.

Elle lui demanda de bien vouloir s'arrêter ; le taxi se rangea sur le bas-côté. Audrey ouvrit la portière et se jeta, pliée en deux, sur une rambarde. Et pendant qu'elle se vidait de tout ce chagrin-là, l'homme qui la conduisait coupa son moteur et, sans dire un mot, vint poser un bras maladroit sur son épaule. Il se contenta de lui offrir une présence. Quand il lui sembla que le plus gros de l'orage était passé, il reprit place derrière son volant, éteignit son compteur, et la raccompagna jusqu'à Brick Lane.

*

Mathias avait enfilé un pantalon, une chemise et la première paire de baskets qui lui était tombée sous la main. Il avait couru jusqu'à Old Brompton, mais il était arrivé trop tard. Depuis deux heures déjà, il arpentait les rues de Brick Lane, elles se ressemblaient toutes. Ce n'était pas celle-là, ni cette autre, dans laquelle il venait de tourner, encore moins cette impasse. À chaque carrefour il criait le prénom d'Audrey, mais personne ne se penchait aux fenêtres.

Perdu, il rebroussa chemin vers le seul endroit

qu'il reconnaissait, le marché. Un serveur le salua à la terrasse d'un café, les allées étaient noires de monde. Deux heures déjà qu'il parcourait le quartier. En désespoir de cause, il retourna s'asseoir sur un banc qui lui était familier. Soudain, il sentit une présence dans son dos.

– Quand Romain m'a quittée, il m'a dit qu'il m'aimait, mais que c'était avec sa femme qu'il devait vivre. Tu crois que le cynisme est sans limites ? dit Audrey en s'asseyant à côté de lui.

– Je ne suis pas Romain.

– Moi, j'ai été sa maîtresse pendant trois ans ; trente-six mois dans l'attente d'une promesse qu'il n'a jamais tenue. Qu'est-ce qu'il y a de déglingué chez moi pour que je retombe amoureuse d'un homme qui en aime une autre ? Je n'ai plus la force, Mathias. Je ne veux plus jamais regarder ma montre en me disant que celui que j'aime vient de rentrer chez lui, qu'il s'assied à la table d'une autre, lui dit les mêmes mots, fait comme si je n'avais pas existé... Je ne veux plus jamais me dire que je n'étais qu'un épisode, une aventure qui les aura rapprochés, qu'il a compris grâce à moi que c'est elle qu'il aimait... J'en ai perdu tant de dignité que j'ai même fini par avoir de la compassion pour elle ; je te le jure, je me suis surprise un jour à être en colère des mensonges qu'il avait dû lui faire. Si elle l'avait entendu, si elle avait vu ses yeux, son envie, quand il me retrouvait en cachette. Je m'en veux tellement d'avoir été conne à ce point-là. Je ne veux plus jamais entendre la voix de cette amie qui croit vous protéger et vous dit que l'autre aussi s'est trompé, qu'il était peut-être sincère ; et surtout pas, non surtout pas que c'est mieux comme ça ! Je ne veux plus jamais d'une demi-vie. J'ai mis des mois à pouvoir croire à nouveau que, moi aussi, j'en méritais une entière.

– Je ne vis pas avec Valentine, elle était juste venue chercher sa fille.

– Le pire, Mathias, ce n'est pas de l'avoir vue t'embrasser sur le perron, toi en peignoir, elle, belle comme je ne le serai jamais...

– Elle ne m'embrassait pas, elle me confiait un secret qu'elle ne voulait pas qu'Emily entende, l'interrompit Mathias, et si seulement tu savais...

– Non, Mathias, le pire, c'est la façon dont tu la regardais.

Et, comme il se taisait, elle le gifla.

Alors Mathias passa le reste de l'après-midi à tout lui dire de sa nouvelle vie, à lui parler de l'amitié qui le liait à Antoine, de toutes ces différences sur lesquelles ils avaient réussi à construire une telle complicité. Elle l'écoutait sans rien dire, et plus tard encore, quand il lui raconta ses vacances en Écosse, elle en retrouva presque le sourire.

Ce soir, elle préférait rester seule, elle était épuisée. Mathias comprenait. Il proposa de venir la chercher le lendemain, ils iraient dîner tous les deux au restaurant. Audrey accepta l'invitation, mais elle avait une autre idée...

*

Quand il arriva dans Clareville Grove, il vit le taxi de Valentine disparaître au coin de la rue. Antoine et les enfants l'attendaient dans le salon. Louis avait passé une journée géniale avec Sophie. Emily était un peu cafardeuse, mais elle retrouva toute la tendresse du monde dans les bras de son père. La soirée fut consacrée à coller les photos des vacances dans des albums. Mathias attendit qu'Antoine fût couché, il frappa à la porte de sa chambre et entra.

– Je vais te demander une petite dérogation exceptionnelle à la règle n° 2, tu ne vas me poser aucune question et tu me diras oui.

XVII

Un silence insolite régnait dans la maison. Les enfants révisaient leurs devoirs, Mathias mettait le couvert, Antoine faisait la cuisine. Emily posa son livre sur la table et récita à voix basse la page d'histoire qu'elle venait d'apprendre par cœur. Hésitant sur un paragraphe, elle tapota l'épaule de Louis avachi sur sa copie.

– Juste après Henri IV, c'était qui ? chuchota-t-elle.

– Ravaillac ! répondit Antoine en ouvrant le réfrigérateur.

– Ah ben même pas ! dit Louis affirmatif.

– Demande à Mathias, tu verras bien !

Les deux enfants échangèrent un regard de connivence et replongèrent aussitôt dans leurs cahiers. Mathias posa la bouteille de vin qu'il venait de déboucher et se rapprocha d'Antoine.

– Qu'est-ce que tu nous as fait de bon à dîner ? demanda-t-il d'une voix doucereuse.

Le ciel tonna, une lourde pluie se mit à frapper aux carreaux de la maison.

– Pause orage ! dit Antoine.

*

Plus tard, Emily confierait à son journal intime que le plat que son père détestait le plus au monde c'était le gratin de courgettes, et Louis ajouterait dans la marge que, ce soir-là, son papa avait fait du gratin de courgettes.

*

On sonna à la porte, Mathias contrôla une dernière fois son apparence dans le petit miroir de l'entrée et ouvrit à Audrey.

– Entre vite, tu es trempée.

Elle ôta son trench-coat et le tendit à Mathias. Antoine rajusta son tablier et vint l'accueillir à son tour. Elle était irrésistible dans sa petite robe noire.

Un couvert pour trois était élégamment mis. Mathias servit le gratin et la conversation alla bon train. Journaliste dans l'âme, Audrey avait coutume de mener les débats ; pour ne pas parler de soi, le meilleur moyen était de poser beaucoup de questions aux autres, stratégie d'autant plus efficace quand votre interlocuteur ne s'en rendait pas compte. À la fin du repas, si Audrey avait appris bien des choses sur l'architecture, Antoine, lui, aurait eu bien du mal à définir le métier de journaliste reporter indépendant.

Quand Audrey l'interrogea sur leurs vacances en Écosse, Antoine se fit un plaisir de lui montrer des photos. Il se leva, prit un, puis deux, puis trois albums dans la bibliothèque, avant de revenir s'asseoir près d'elle en rapprochant sa chaise.

Et de page en page, les anecdotes qu'il relatait se concluaient toutes d'un regard appuyé vers son meilleur ami et invariablement par : « Hein Mathias ! »

Et même si ce dernier luttait pour réprimer son agacement, il préférait rester en retrait et ne pas troubler la complicité qui s'établissait entre Antoine et Audrey.

À la fin du dîner, Emily et Louis redescendirent, en pyjama, pour venir dire bonsoir et il fut impossible de leur refuser de rester à la table. Emily s'assit à côté d'Audrey et prit aussitôt le relais d'Antoine. Elle s'appliqua à commenter toutes les photos, prises cette fois aux sports d'hiver l'année passée. À l'époque, expliquèrent Emily et Louis à tour de rôle, Papa et Papa ne vivaient pas encore ensemble, mais tout le monde se retrouvait pour les vacances, sauf celles de Noël, où c'était une année sur deux, ajouta la petite fille.

Audrey feuilletait le troisième album, depuis la cuisine Mathias ne la quittait pas des yeux. Quand sa fille avait posé une main sur le bras d'Audrey, un sourire avait éclairé son visage, il en était certain.

– Votre dîner était délicieux, dit-elle à Antoine.

Il la remercia et désigna aussitôt une photographie, collée de travers.

– Celle-là, c'était juste avant que le brancard ne redescende Mathias de la piste. Là, sous la cagoule rouge c'est moi, les enfants n'étaient pas dans le cadre. En fait Mathias n'avait rien du tout, c'était juste une grosse chute.

Et comme Mathias se rongeait les ongles, il en profita pour lui donner une légère tape sur la main.

– Bon on ne va peut-être pas remonter aux vacances de maternelle, dit Mathias, exaspéré, recommençant à se ronger les ongles.

Cette fois, Antoine tira sur sa manche.

– Mousse aux trois chocolats et écorces d'orange, annonça Antoine à demi-voix. D'habitude on me demande la recette, mais là, je ne sais pas ce qui s'est passé, elle est retombée, ajouta-t-il en remuant la louche dans la jarre.

Il avait l'air si contrarié en regardant sa préparation qu'Audrey intervint.

– Vous avez de la glace pilée ? demanda-t-elle.

Mathias se leva à nouveau et remplit un bol de glaçons.

– C'est tout ce que nous avons.

Audrey enveloppa les glaçons dans sa serviette et donna de grands coups sur le plan de travail. Quand elle la déplia, elle contenait une neige épaisse qu'elle incorpora aussitôt à la mousse. En quelques tours de spatule, le dessert avait repris sa consistance.

– Et voilà, dit-elle en servant les enfants, sous le regard médusé d'Antoine.

– Dessert et au lit ! dit Mathias à Emily.

– Tu leur avais promis un film ! s'interposa Antoine.

Emily et Louis avaient déjà filé vers le canapé du salon, Audrey continua de servir la mousse au chocolat.

– Pas trop pour lui, dit Antoine, il ne digère pas bien le soir.

Antoine ne prêtait aucune attention à Mathias qui lui lançait un regard noir. Il recula sa chaise pour permettre à Audrey de passer.

– Laissez-moi vous aider, insista-t-elle, quand Antoine voulut lui ôter les assiettes des mains.

– Alors vous avez toujours été journaliste ? poursuivit-il, affable, en ouvrant le robinet de l'évier.

– Depuis l'âge de cinq ans, répondit Audrey, rieuse.

Mathias se leva, prit le torchon des mains d'Audrey et lui suggéra d'aller au salon. Elle rejoignit les enfants dans le canapé. Dès qu'elle s'éloigna, Mathias se pencha vers Antoine.

– Et toi, crétin, tu as toujours été architecte ?

Continuant de l'ignorer, Antoine se retourna pour observer Audrey. Emily et Louis s'étaient blottis contre elle, l'inclinaison de leurs têtes annonçait l'arrivée du sommeil. Antoine et Mathias abandonnèrent aussitôt vaisselle et torchon pour aller les coucher.

Audrey les regarda monter l'escalier, portant chacun dans ses bras son petit ange au visage endormi. Quand ils arrivèrent sur le palier, aucun adulte ne vit le clin d'œil complice que venaient d'échanger Louis et Emily. Les deux pères redescendirent quelques minutes plus tard, Audrey avait déjà remis son imperméable et attendait debout au milieu du salon.

– Je vais rentrer, il est tard, dit-elle, merci beaucoup pour cette soirée.

Mathias décrocha sa gabardine du portemanteau, et annonça à Antoine qu'il la raccompagnait.

– Je serais heureuse que vous me donniez un jour la recette de cette mousse, reprit Audrey en embrassant Antoine sur la joue.

Elle descendit les marches du perron au bras de Mathias et Antoine referma la porte de la maison.

– On trouvera un taxi sur Old Brompton, dit Mathias. C'était bien, non ?

Audrey se taisait, écoutant leurs pas résonner dans la rue déserte.

– Emily t'a adorée.

Audrey acquiesça d'un léger mouvement de tête.

– Ce que je veux dire, ajouta Mathias, c'est que si toi et moi...

– J'ai compris ce que tu voulais dire, l'interrompit Audrey.

Elle s'arrêta pour lui faire face.

– J'ai eu un appel de ma rédaction cette après-midi. Je suis titularisée.

– Et c'est une bonne nouvelle ? demanda Mathias.

– Très ! Je vais enfin avoir mon émission hebdomadaire... à Paris, ajouta-t-elle en baissant les yeux.

Mathias la regarda, attendri.

– Et j'imagine que tu te bats pour ça depuis longtemps ?

– Depuis l'âge de cinq ans..., répondit Audrey, le sourire fragile.

– C'est compliqué la vie, hein ? reprit Mathias.

– C'est de faire des choix qui est compliqué, répondit Audrey. Tu retournerais vivre en France ?

– Tu es sérieuse ?

– Il y a cinq minutes sur le trottoir là-bas, tu allais me dire que tu m'aimais, tu étais sérieux ?

– Bien sûr que je suis sérieux, mais il y a Emily...

– Je ne demande qu'à l'aimer, Emily... mais à Paris.

Audrey leva la main, un taxi se rangea sur le côté.

– Et puis il y a la librairie..., murmura Mathias.

Elle posa sa main sur sa joue et recula vers la chaussée.

– C'est merveilleux, ce que vous avez construit,

avec Antoine ; tu as beaucoup de chance, tu l'as trouvé, ton équilibre.

Elle monta à bord et referma aussitôt la portière. Penchée à la vitre elle regardait Mathias, il avait l'air si perdu sur ce trottoir.

– N'appelle pas, c'est déjà assez difficile comme ça, dit-elle d'une voix triste ; j'ai ta voix sur mon répondeur, je l'écouterai encore quelques jours et puis, promis, ensuite je l'effacerai.

Mathias avança vers elle, prit sa main et l'embrassa.

– Alors je n'aurai plus le droit de te voir ?

– Si, répondit Audrey... tu me verras à la télévision.

Elle fit signe au chauffeur et Mathias regarda le taxi disparaître dans la nuit.

Il rebroussa chemin dans la rue déserte. Il lui semblait encore voir les traces des pas d'Audrey sur le trottoir mouillé. Il s'adossa à un arbre, prit sa tête dans ses mains et se laissa glisser le long du tronc.

Le salon était éclairé par une seule petite lampe posée sur le guéridon. Antoine attendait, assis dans le fauteuil en cuir. Mathias venait d'entrer.

– J'avoue qu'avant j'étais contre, mais là..., s'exclama Antoine.

– Ah oui, là.., répondit Mathias en se laissant choir dans le fauteuil en vis-à-vis.

– Ah non, parce que là, vraiment... elle est formidable !

– Bon, eh bien, si tu en es convaincu, tant mieux ! répondit Mathias en serrant les mâchoires.

Il se leva et se dirigea vers l'escalier.

– Je me demande si on ne lui a pas fait un tout petit peu peur ? questionna Antoine.

– Ne te le demande plus !

– On n'a pas fait un petit peu couple, quand même ?

– Mais non, pourquoi ? questionna Mathias en haussant le ton.

Il se rapprocha d'Antoine et lui prit la main.

– Mais pas du tout ! Et puis surtout, tu n'as rien fait pour... Ça fait couple, ça ? dit-il en lui assénant une tape sur la paume. Rassure-moi, ça ne fait pas couple, répéta-t-il en tapant à nouveau. Elle est tellement formidable qu'elle vient de me quitter !

– Attends, ne mets pas tout sur mon dos, les enfants aussi ont mis le paquet.

– Ta gueule, Antoine ! dit Mathias en s'éloignant vers l'entrée.

Antoine le rattrapa et le retint par le bras.

– Mais qu'est-ce que tu croyais ? Que ce ne serait pas difficile pour elle ? Quand est-ce que tu vas voir la vie autrement que par tes petites prunelles ?

Et alors qu'il lui parlait de ses yeux, il les vit se remplir de larmes. Sa colère retomba aussitôt. Antoine prit Mathias par l'épaule et le laissa épancher son chagrin.

– Je suis désolé mon vieux, allez, calme-toi, dit-il en le serrant contre lui, ce n'est peut-être pas fichu ?

– Si, c'est foutu, dit Mathias en ressortant de la maison.

Antoine le laissa s'éloigner dans la rue. Mathias avait besoin d'être seul.

Il s'arrêta au carrefour d'Old Brompton, c'était là qu'il avait pris un taxi la dernière fois avec Audrey. Un peu plus loin, il passa devant l'atelier d'un facteur de pianos ; Audrey lui avait confié qu'elle en jouait de temps à autre et qu'elle rêvait de reprendre des cours ; mais, dans le reflet de la vitrine, c'était sa propre image qu'il détestait.

Ses pas le guidèrent jusqu'à Bute Street. Il vit le rai de lumière qui passait sous le rideau de fer du restaurant d'Yvonne, entra dans l'impasse et frappa à la porte de service.

*

Yvonne posa ses cartes et se leva.

– Excusez-moi une minute, dit-elle à ses trois amies.

Danièle, Colette et Martine râlèrent de concert. Si Yvonne quittait la table, elle perdait le coup d'office.

– Tu as du monde ? dit Mathias en entrant dans la cuisine.

– Tu peux jouer avec nous si tu veux... Tu connais déjà Danièle, elle est coriace, mais elle bluffe tout le temps, Colette est un peu pompette et Martine est facile à battre.

Mathias ouvrit le réfrigérateur.

– Tu as quelque chose à grignoter ?

– Il reste du rôti de ce soir, répondit Yvonne en observant Mathias.

– Je serais plutôt pour une douceur... Ça me ferait du bien, une petite douceur. Mais va, ne te soucie pas de moi, je vais trouver mon bonheur là-dedans.

– À voir ta tête, je doute que tu le trouves dans mon frigo !

Yvonne retourna dans la salle rejoindre ses amies.

– Tu as perdu le coup ma vieille, dit Danièle en ramassant les cartes.

– Elle a triché, annonça Colette en se resservant un verre de vin blanc.

– Et moi ? dit Martine en tendant son verre. Quelqu'un t'a dit que je n'avais pas soif ?

Colette regarda la bouteille, rassurée, il y avait encore de quoi servir Martine. Yvonne prit les cartes des mains de Danièle. Pendant qu'elle les battait, ses trois copines tournèrent la tête vers la cuisine. Et comme la maîtresse des lieux ne bronchait pas, elles haussèrent les épaules et replongèrent dans leur partie.

Colette toussota, Mathias venait d'entrer, il s'assit à leur table et les salua. Danièle lui servit un jeu d'office.

– Le coup est à combien ? demanda Mathias inquiet en voyant le pécule entassé sur la table.

– Cent et on se tait ! répondit Danièle du tac au tac.

– Je passe, annonça aussitôt Mathias en jetant ses cartes.

Les trois copines qui n'avaient même pas eu le temps de regarder les leurs lui jetèrent un regard incendiaire avant d'abattre à leur tour. Danièle regroupa les cartes en pile, fit couper à Martine et redistribua. Une fois encore, Mathias déplia sa poignée et annonça tout de suite qu'il passait.

– Tu veux peut-être parler ? suggéra Yvonne.

– Ah non ! reprit aussitôt Danièle, pour une fois que tu ne jacasses pas à chaque pli, on se tait !

– Ce n'est pas à Martine qu'elle s'adressait, mais à lui ! rétorqua Colette en montrant Mathias du doigt.

– Eh bien, lui non plus il ne parle pas ! reprit Martine. Dès que je dis un mot je me fais rembarrer. Ça fait trois tours de suite qu'il passe, alors qu'il parle avec sa mise et qu'il se taise !

Mathias prit la pile et distribua les cartes.

– Qu'est-ce que tu vieillis mal ma vieille, reprit Danièle à l'intention de Martine, on ne te parle pas de parler pendant la partie, mais de le laisser parler lui ! Tu ne vois pas qu'il en a gros sur la patate !

Martine réordonna son jeu et dodelina de la tête.

– Ah ben là c'est différent, s'il doit parler alors qu'il parle, qu'est-ce que tu veux que je te dise !

Elle étala un brelan d'as et ramassa la mise. Mathias prit son verre et le but d'un trait.

– Il y a des gens qui font deux heures de transport en commun tous les jours pour aller travailler ! dit-il en parlant tout seul.

Les quatre amies se regardèrent sans dire un mot.

– Paris, ce n'est jamais qu'à deux heures quarante, ajouta Mathias.

– On va se faire le temps de trajet de toutes les capitales européennes ou on joue au poker ? tempêta Colette.

Danièle lui donna un coup de coude pour qu'elle se taise.

Mathias les regarda tour à tour, avant de reprendre sa litanie.

– C'est quand même compliqué de changer de ville et de retourner vivre à Paris...

– C'est moins compliqué que d'immigrer de Pologne en 1934 si tu veux mon avis ! grommela Colette en jetant une carte.

Cette fois, ce fut Martine qui lui donna un coup de coude.

Yvonne tança Mathias du regard.

– Ça ne semblait pas l'être tant que ça au début du printemps ! répondit-elle du tac au tac.

– Pourquoi dis-tu ça ? demanda Mathias.

– Tu m'as très bien comprise !

– Nous on n'a rien compris en tout cas, reprirent en chœur ses trois copines.

– Ce n'est pas la distance physique qui abîme un couple, c'est celle qu'on installe dans sa vie. C'est pour ça que tu as perdu Valentine, pas parce que tu l'avais trompée. Elle t'aimait trop pour ne pas finir un jour par te pardonner. Mais tu étais si loin d'elle. Il serait temps que tu te décides à grandir un peu, essaie au moins de le faire avant que ta fille soit plus mûre que toi ! Maintenant tais-toi, c'est à toi de jouer !

– Je vais peut-être aller nous rouvrir une bouteille, annonça Colette en quittant la table.

*

Mathias avait noyé son chagrin en compagnie des quatre sœurs Dalton. Ce soir-là, en remontant l'escalier de la maison, il eut un vrai sentiment de vertige.

*

Le lendemain, Antoine raccompagna les enfants de l'école avant de repartir aussitôt. Il avait beaucoup de travail à l'agence à cause du chantier d'Yvonne. Et puisque Mathias courait au parc pour se changer les idées, Sophie vint les garder pendant deux heures. Emily se dit que si son père voulait changer d'idée, il aurait dû en choisir une meilleure ; aller courir au parc, c'était pas très malin dans son état. Depuis que son papa avait mangé du gratin de courgettes, il avait vraiment une mine épouvantable et son vertige empirait. Et comme ça remontait maintenant à deux jours, c'était quand même qu'il devait couver quelque chose.

Après concertation avec Louis, il fut décidé de ne faire aucun commentaire. Avec un peu de chance, Sophie resterait dîner et quand elle était là c'était toujours une bonne nouvelle : plateau-télé et couché tard.

*

Ce soir-là justement, Emily confia à son journal intime qu'elle avait bien remarqué que quelque chose ne tournait pas rond. Au moment où elle avait entendu le bruit de la chute dans l'escalier, elle avait dit à Louis d'appeler tout de suite les secours, et Louis ajouta dans la marge que les secours en question, c'était son papa.

*

Antoine faisait les cent pas dans le couloir du centre médical. La salle d'attente était pleine à craquer. Chacun attendait son tour, feuilletant les magazines écornés empilés sur la table basse. Inquiet comme il l'était, il n'avait aucun goût pour la lecture.

Enfin, le médecin sortait de la salle d'examen et venait à sa rencontre. Le docteur le pria de bien vouloir le suivre et l'entraîna à l'écart.

– Il n'y a aucune contusion cérébrale, juste un gros hématome sur le front, et les radios sont tout à fait rassurantes. À titre préventif, nous avons fait une échographie. On ne voit pas grand-chose, mais la meilleure nouvelle que je puisse vous donner, c'est que le bébé n'a rien.

XVIII

La porte du box s'entrouvrit. Sophie portait une blouse bleue et les chaussons qu'on lui avait fait mettre pour les examens.

– Va m'attendre dehors, dit-elle à Antoine.

Il retourna s'asseoir sur les chaises, en face de l'accueil. Elle avait une toute petite mine quand elle le rejoignit.

– Tu attendais quoi pour m'en parler ? demanda Antoine.

– Te parler de quoi ?... Ce n'est pas une maladie.

– Le père, c'est le type à qui j'écris tes lettres ?

La caissière du dispensaire fit un signe à Sophie. Le compte-rendu était dactylographié, elle pouvait venir régler.

– Je suis fatiguée Antoine, je paie et tu me ramènes !

*

La clé tournait dans la serrure. Mathias posa son portefeuille dans le vide-poches de l'entrée. Installé dans le fauteuil en cuir, Antoine lisait à la faveur de la lampe du guéridon.

– Pardon, il est tard mais j'avais un boulot de dingue.

– Mmm.

– Quoi ?

– Rien, tu as un boulot de dingue tous les soirs.

– Ben voilà, j'ai un boulot de dingue !

– Parle moins fort, Sophie dort dans le bureau.

– Tu es sorti ?

– De quoi tu parles ?... Elle a eu un malaise.

– Ah mince, c'est grave ?

– Elle a vomi et elle s'est évanouie.

– Elle a mangé de ta mousse au chocolat ?

– Une femme qui vomit et qui s'évanouit, tu veux un sous-titre ?

– Oh merde ! dit Mathias en se laissant tomber dans le fauteuil en vis-à-vis.

*

Tard dans la nuit, Antoine et Mathias étaient face à face, assis à la table de la cuisine. Mathias n'avait toujours pas dîné, Antoine sortit une bouteille de vin rouge, une panière et une assiette de fromages.

– C'est formidable le XXIe siècle, dit Mathias, on divorce pour un rien, les femmes font leurs enfants avec des surfeurs de passage et après, elles disent qu'elles nous trouvent moins sûrs de nous qu'avant...

– Oui et puis il y a aussi des hommes qui vivent à deux, sous le même toit... Tu vas nous débiter toutes les conneries que tu as en stock ?

– Tiens, passe-moi le beurre, demanda Mathias en se préparant une tartine.

Antoine déboucha la bouteille.

– Il faut qu'on l'aide, dit-il en se servant un verre.

Mathias reprit la bouteille des mains d'Antoine et se servit à son tour.

– Qu'est-ce que tu comptes faire ? demanda-t-il.

– Il n'y a pas de père... Je vais reconnaître l'enfant.

– Et pourquoi toi ? s'insurgea Mathias.

– Par devoir, et puis parce que je l'ai dit en premier.

– Ah oui, ça c'est deux vraies bonnes raisons.

Mathias réfléchit quelques instants et but d'un trait le verre d'Antoine.

– De toute façon, ça ne pourra pas être toi, elle ne voudra jamais d'un père aveugle, dit-il le sourire aux lèvres.

Les deux amis se regardaient en silence, et

comme Antoine ne comprenait pas l'allusion de son ami, Mathias poursuivit :

– Ça fait combien de temps que tu t'écris des lettres à toi-même ?

La porte du bureau venait de s'ouvrir, Sophie apparut en pyjama, les yeux rougis ; elle regardait les deux compères.

– C'est dégueulasse votre conversation, dit-elle en les dévisageant.

Elle ramassa ses affaires, les roula en boule sous son bras et sortit dans la rue.

– Tu vois, c'est bien ce que je disais, t'es complètement aveugle ! répéta Mathias.

Antoine se précipita. Sophie était déjà loin sur le trottoir, il courut et finit enfin par la rejoindre. Elle continuait de marcher vers le boulevard.

– Arrête-toi ! dit-il en la prenant entre ses bras.

Leurs lèvres se rapprochèrent, jusqu'à venir se frôler, et pour la première fois, ils s'embrassèrent. Le baiser dura et puis Sophie releva la tête et regarda Antoine.

– Je ne veux plus te voir Antoine, plus jamais, et lui non plus.

– Ne dis rien, chuchota Antoine.

– Tu fais des dîners pour dix mais tu ne t'assieds jamais à table ; tu as du mal à joindre les deux bouts et tu refais le restaurant d'Yvonne ; tu t'es mis en ménage avec ton meilleur ami parce qu'il se sentait seul alors que toi, tu n'en avais pas vraiment envie ; tu crois vraiment que je te laisserai élever mon enfant ? Et tu sais le plus terrible ? C'est que c'est pour toutes ces raisons que je suis amoureuse de toi depuis toujours. Maintenant va faire tes devoirs et fiche-moi la paix.

Les bras ballants, Antoine regarda Sophie s'éloigner, seule, en pyjama sur Old Brompton.

*

De retour à la maison, il retrouva Mathias, assis sur le parapet du jardin.

– On devrait se donner une seconde chance tous les deux.

– Ça ne marche jamais les secondes chances, bougonna Antoine.

Mathias sortit un cigare de sa poche, fit rouler la cape entre ses doigts et l'alluma.

– C'est vrai, répondit-il, mais nous ce n'est pas pareil, on ne couche pas !

– Tu as raison, ça c'est vraiment un plus ! répondit Antoine, ironique.

– Qu'est-ce qu'on risque ? demanda Mathias en regardant les volutes de fumée.

Antoine se leva, prit le cigare de Mathias. Il se dirigea vers la maison et se retourna sur le pas de la porte.

– Rien, à part se marrer !

Et il entra dans le salon en tirant une énorme bouffée de cigare.

*

Les bonnes résolutions furent mises en pratique dès le lendemain. Les cheveux pleins de mousse, Mathias chantait à tue-tête dans sa baignoire l'air de *la Traviata*, même si le cœur n'y était pas. Du bout de l'orteil, il fit tourner le robinet pour rehausser la température de son bain. Le filet d'eau qui coulait était glacial. De l'autre côté du mur, Antoine, bonnet sur la tête, se frottait le dos avec une brosse en crin, sous une douche brûlante. Mathias entra dans la salle de bains d'Antoine, ouvrit la porte de la douche, coupa l'eau chaude et retourna dans sa baignoire, laissant dans son sillage une ribambelle de petits nuages de mousse sur le parquet.

Une heure plus tard, les deux amis se rejoignirent sur le palier d'étage, tous deux vêtus d'une robe de chambre identique, fermée jusqu'au col. Chacun entra dans la chambre de son enfant pour le coucher. De retour en haut des escaliers, ils abandonnèrent leurs tenues sur le sol et descendirent les marches d'un pas synchrone, mais cette fois en caleçon, chaussettes, chemise blanche et nœud papillon. Ils enfilèrent leurs pantalons, pliés sur les accoudoirs du gros fauteuil, nouèrent les lacets de leurs chaussures et vinrent s'asseoir sur le canapé du salon, aux côtés de la baby-sitter qui avait été appelée pour l'occasion.

Plongée dans ses mots croisés, Danièle fit glisser la monture de ses lunettes jusqu'au bout de son nez et les regarda à tour de rôle.

– Pas plus tard que une heure du matin !

Les deux hommes se levèrent d'un bond et se dirigèrent vers la porte d'entrée. Alors qu'ils s'apprêtaient à sortir, Danièle avisa les robes de chambre qui avaient glissé sur les marches et leur demanda si « mettre de l'ordre » en six lettres leur disait quelque chose.

La discothèque était bondée. Mathias se retrouva écrasé contre le bar qu'Antoine peinait à atteindre. Une créature semblant sortie des pages d'un magazine levait la main pour attirer l'attention d'un serveur. Mathias et Antoine échangèrent un regard, mais à quoi bon. Si l'un ou l'autre avait trouvé le courage de lui parler, le volume de la musique aurait rendu tout échange impossible. Le barman demanda enfin à la jeune femme ce qu'elle désirait boire.

– N'importe quoi du moment qu'il y a une petite ombrelle dans le verre, répondit-elle.

– On s'en va ? hurla Antoine à l'oreille de Mathias.

– Le dernier qui arrive au vestiaire invite l'autre à dîner, répondit Mathias en essayant désespérément de couvrir la voix de Puff Daddy.

Il leur fallut presque une demi-heure pour traverser la salle. Une fois dans la rue, Antoine se demanda le temps que mettrait l'acouphène qui sifflait dans sa tête pour disparaître. Mathias, lui, était presque aphone. Ils sautèrent dans un taxi, direction un club qui venait d'ouvrir dans le quartier de Mayfair.

Une longue file s'étirait devant la porte. La jeunesse dorée londonienne se bousculait pour entrer dans la place. Un videur repéra Antoine et lui fit signe de passer devant tout le monde. Très fier, il entraîna Mathias dans son sillage, se frayant un passage dans la foule.

Quand il arriva à l'entrée, le même videur lui demanda de désigner les adolescents qu'ils accompagnaient. Le club privilégiait toujours leur entrée quand les parents venaient avec eux.

– On s'en va ! dit aussitôt Mathias à Antoine.

Autre taxi, direction Soho, un DJ house donnait un concert vers onze heures dans un « lounge tendance ». Mathias se retrouva assis sur une enceinte, Antoine sur un quart de strapontin, le temps d'échanger un regard et de filer vers la sortie. Le *black cab* roulait maintenant vers l'East End River, l'un des quartiers les plus branchés du moment.

– J'ai faim, dit Mathias.

– Je connais un restaurant japonais pas très loin d'ici.

– On va où tu veux, mais on garde le taxi... au cas où.

Mathias trouva l'endroit épatant. Tout le monde était assis autour d'un immense comptoir où circulaient, sur un tapis mécanisé, des assortiments de sushis et de sashimis. On ne commandait pas, il suffisait de choisir les mini-assiettes qui passaient et vous faisaient envie. Après avoir goûté du thon cru, Mathias demanda s'il pouvait avoir du pain et un morceau de fromage ; la réponse fut la même que celle obtenue quand il avait réclamé une fourchette.

Il posa sa serviette sur le tapis roulant et retourna dans le taxi qui attendait en double file.

– Je te croyais affamé ? questionna Antoine en le rejoignant à bord.

– Pas au point de manger du mérou avec les doigts !

Sur les conseils du chauffeur, ils prirent la direction d'un « lap dance club ». Cette fois confortablement installés dans leurs fauteuils, Mathias et Antoine sirotaient leur quatrième cocktail de la soirée, non sans ressentir les prémices d'une certaine ivresse.

– On ne se parle pas assez, dit Antoine en reposant son verre. Nous dînons tous les soirs ensemble et on ne se dit plus rien.

– C'est pour des phrases comme ça que j'ai quitté ma femme, répondit Mathias.

– C'est ta femme qui est partie !

– C'est la troisième fois que tu regardes ta montre, Antoine, ce n'est pas parce qu'on a dit qu'on réessayait que tu dois te sentir obligé.

– Tu penses encore à elle ?

- Tu vois, c'est tout toi ça, je te pose une question et tu réponds par une autre.

– C'est pour nous faire gagner du temps. Ça fait trente ans que je te connais Mathias, et trente ans que le sujet de chacune de nos conversations revient toujours à toi, pourquoi est-ce que cela changerait ce soir ?

– Parce que c'est toi qui refuses toujours de t'ouvrir. Vas-y, je te mets au défi, dis-moi une chose très personnelle, rien qu'une seule.

Sous leur nez, une danseuse semblait éperdument s'amouracher de la barre en métal sur laquelle elle se trémoussait. Antoine fit rouler une poignée d'amandes entre ses doigts et soupira.

– Je n'ai plus de désir, Mathias.

– Si tu fais référence à ce qui se passe sur la piste, je te rassure, moi non plus !

– On s'en va ? supplia Antoine.

Mathias était déjà debout et l'attendait au vestiaire.

La conversation reprit dans le taxi qui les ramenait chez eux.

– Je crois que l'idée de draguer m'a toujours ennuyé.

– Tu t'es ennuyé avec Caroline Leblond ?

– Non, avec Caroline Leblond c'est toi que j ai ennuyé.

– Il y a bien quelque chose qu une femme pourrait te faire au lit pour te rendre fou ?

– Oui, cacher la télécommande de la télévision.

– Tu as un coup de fatigue, c'est tout.

– Alors ça doit faire un sacré bout de temps que je suis fatigué. Je regardais ces types dans la boîte de nuit tout à l'heure, on aurait dit des loups à l'affût. Ça ne m'amuse plus, ça ne m'a jamais amusé. Moi, quand une femme me regarde à l'autre bout du bar, il me faut six mois pour trouver le courage de traverser la salle. Et puis l'idée de me réveiller à côté de quelqu'un mais dans un lit où il n'y a aucun sentiment, je ne peux plus.

– Je t'envie, tu te rends compte du bonheur de savoir que quelqu'un vous aime avant de vous désirer ? Accepte-toi comme tu es, ton problème n'a rien à voir avec le désir.

– C'est mécanique, Mathias, ça fait trois mois que même le matin ça ne marche plus. Pour une fois, écoute ce que je suis en train de te dire, je n'ai plus de désir !

Les yeux de Mathias se remplirent de larmes.

– Qu'est-ce que tu as ? demanda Antoine.

– C'est à cause de moi ? dit Mathias en pleurant.

– Mais tu es complètement con, qu'est-ce que tu vas te mettre dans la tête ? Ça n'a rien à voir avec toi, je te dis que ça vient de moi !

– C'est parce que je t'étouffe, c'est ça ?

– Mais enfin arrête, tu es complètement fou !

– Ben si, je t'empêche de bander !

– Tu vois, tu recommences ! Tu me demandes de te parler de moi et quoi que je fasse ou que je dise, la conversation revient à toi. C'est une maladie incurable. Alors vas-y, ne perdons plus de temps, parle-moi de ce qui te tracasse ! hurla Antoine.

– Tu veux bien ?

– C'est toi qui paies le taxi !

– Tu crois que j'ai manqué de courage avec Audrey ? demanda Mathias.

– Donne-moi ton portefeuille !

– Pourquoi ?

– On a dit que tu payais le taxi, non ? Alors donne-moi ton portefeuille !

Mathias s'exécuta, Antoine l'ouvrit et prit, sous le rabat, la petite photo où Valentine souriait.

– Ce n'est pas de courage dont tu as manqué, mais de discernement ! Tourne la page, une bonne fois pour toutes, dit Antoine en réglant le chauffeur avec l'argent de Mathias.

Il remit la photo à sa place et sortit du taxi qui venait d'arriver à destination.

*

Quand Antoine et Mathias regagnèrent la maison, ils entendirent un râle répétitif. Antoine, qui n'avait pas étudié l'architecture pendant dix ans pour rien, identifia aussitôt le bruit d'une tuyère percée dont l'air chaud s'échappait. Son diagnostic était fait, la chaudière était en train de rendre l'âme Mathias lui fit remarquer que le bruit ne venait pas du sous-sol mais du salon. Dépassant de l'extrémité du canapé, une paire de chaussettes bougeait en rythme parfait avec le ronflement qui les avait inquiétés. Danièle, étendue de tout son long, dormait paisiblement.

Danièle partie, les deux amis débouchèrent une bouteille de bordeaux avant d'aller s'installer à leur tour dans le canapé.

– Qu'est-ce qu'on est bien chez soi ! exulta Mathias en étendant les jambes.

Et, comme Antoine regardait les pieds qu'il avait posés sur la table basse, il ajouta :

– Règle 124, on fait ce qu'on veut !

*

La semaine qui s'écoula fut celle de bien des efforts. Mathias faisait tout ce qu'il pouvait pour se concentrer sur son travail et uniquement sur son travail. Quand il trouva dans le courrier de la librairie un prospectus qui annonçait la parution de la nouvelle collection des Lagarde et Michard, il ne put ignorer un certain pincement au cœur. Il jeta le catalogue dans la corbeille à papier mais le soir, en la vidant, il le récupéra pour le ranger sous la caisse.

*

Tous les jours, en se rendant à son bureau, Antoine passait devant la boutique de Sophie. Pourquoi ses pas le conduisaient-ils de ce côté du trottoir alors que son bureau était en face ? Il n'en savait rien et aurait même juré ne pas s'en rendre compte. Et quand Sophie découvrait Antoine figé devant sa vitrine, elle détournait les yeux.

*

Les travaux devaient commencer bientôt. Yvonne, aidée d'Enya, mettait un peu d'ordre dans le restaurant, multipliant les allers-retours entre le bar et la cave. Un matin, Enya déplaça une caisse de château-labegorce-zédé, Yvonne la supplia de la reposer. Ces bouteilles étaient très particulières.

*

Un jour, au tableau noir de la salle de classe, la maîtresse avait tracé à la craie l'énoncé du devoir de géographie. Emily copiait sur le cahier de Louis, qui, lui, le regard tourné vers la fenêtre, rêvait à des terres africaines.

*

Un matin, alors qu'il se rendait à la banque, Mathias crut reconnaître la silhouette d'Antoine qui traversait le carrefour. Il accéléra pour le rattraper, et ralentit le pas. Antoine venait de s'arrêter devant un magasin de layettes ; il hésitait, regardait à gauche puis à droite, et poussa la porte de la boutique.

Caché derrière un réverbère, Mathias l'observait à travers la vitrine.

Il vit Antoine passer de rayonnage en rayonnage, effleurant de la main les piles de vêtements pour bébés. La vendeuse s'adressait à lui, d'un signe de la main il lui faisait comprendre qu'il se contentait de regarder. Deux petits chaussons avaient attiré son attention. Il les prit sur l'étagère et les regarda sous toutes les coutures. Puis il en enfila un à l'index, l'autre au majeur.

Au milieu des peluches, Antoine rejouait sur la paume de sa main gauche la danse des petits pains. Quand il surprit le regard amusé de la vendeuse, il rougit et reposa les chaussons sur l'étagère. Mathias abandonna son réverbère et s'éloigna dans la rue.

*

À l'heure du déjeuner, McKenzie quitta discrètement l'agence et courut jusqu'à la station de South Kensington. Il sauta dans un taxi et demanda au chauffeur de le conduire sur St James Street. Il régla sa course, vérifia que personne ne l'avait suivi, et entra de belle humeur dans l'échoppe d'Archibald Lexington, tailleur agréé auprès de Sa Majesté. Un court passage dans la cabine d'essayage, puis il monta sur une petite estrade réservée à cet usage et laissa Sir Archibald faire les retouches nécessaires au costume qu'il lui avait commandé. En se regardant dans le grand miroir, il se dit qu'il avait bien fait. La semaine prochaine, quand aurait lieu l'inauguration de la future salle du restaurant d'Yvonne, il serait encore plus séduisant que d'habitude, voire irrésistible.

*

En milieu d'après-midi, John Glover quitta son cottage pour se rendre au village. Il emprunta la rue principale, poussa la porte du maître verrier, et présenta son ticket. Sa commande était prête. L'apprenti qui l'avait accueilli s'éclipsa un instant et revint tenant un paquet dans les mains. John ôta délicatement le papier qui l'entourait, découvrant une photographie encadrée. En dédicace, on pouvait lire : « Pour ma chère Yvonne, avec toute mon amitié, Éric Cantona. » John remercia d'un signe de la main les artisans qui œuvraient dans l'atelier et emporta le cadre ; ce soir il l'accrocherait dans la grande chambre du premier étage.

*

Et ce même soir, pendant que Mathias préparait le dîner, Antoine regardait la télévision en compagnie des enfants. Emily prit la télécommande et commença de faire défiler les chaînes. Essuyant un verre, Mathias reconnut la voix de la journaliste qui parlait de la communauté française installée en Angleterre. Il releva la tête et vit les barrettes du volume glisser à la gauche du visage d'Audrey. Antoine avait récupéré la télécommande des mains d'Emily.

*

À Paris, dans les studios d'une chaîne de télévision, le directeur de l'information sortait d'une réunion de bouclage et s'entretenait avec une jeune journaliste. Après son départ, un technicien entra dans la pièce.

– Alors ? dit Nathan, ça y est, c'est officiel, tu as ton émission ?

Audrey acquiesça d'un signe de tête.

– Je te raccompagne ?
Et Audrey répondit oui de la même façon.

*

Au milieu de la nuit, pendant que Sophie relisait des lettres, seule au fond de son arrière-boutique, Yvonne confiait à Enya, qui s'était assise au bout de son lit, quelques secrets de sa vie et la recette de sa crème caramel.

XIX

Le regard dans le vide, Mathias tournait sa cuillère dans son bol de café. Antoine s'assit à côté de lui et la lui ôta des mains.

– Tu as mal dormi ? demanda-t-il.

Louis descendait de sa chambre et vint s'asseoir à table.

– Qu'est-ce qu'elle fait encore ma fille ? On va être en retard à l'école.

– Elle arrive de suite, répondit Louis.

– On ne dit pas « de suite » mais « tout de suite », le reprit Mathias en haussant la voix.

Il leva la tête et vit Emily qui glissait sur la rampe de l'escalier.

– Descends de là immédiatement, hurla Mathias en se levant d'un bond.

Le visage renfrogné, la petite fille alla se réfugier sur le canapé du salon.

– J'en ai marre de toi ! continua de crier son père, tu viens à table immédiatement !

La lèvre tremblotante, Emily obéit et vint s'asseoir sur sa chaise.

– Tu es pourrie gâtée, il faut te répéter les choses cent fois, mes phrases n'arrivent plus jusqu'à ton cerveau ? continua Mathias.

Interloqué, Louis regarda son père, qui lui conseilla de se faire le plus discret possible.

– Et ne me regarde pas sur ce ton ! enchaîna Mathias qui ne décolérait pas. Tu es punie ! Ce soir quand tu rentres... devoirs, dîner et tu monteras te coucher sans télé, c'est clair ?

La petite fille ne répondit pas.

– Est-ce que c'est clair ? insista Mathias en haussant encore le ton.

– Oui papa, balbutia Emily, les yeux pleins de larmes.

Louis prit son cartable, fusilla Mathias du regard et entraîna sa copine vers l'entrée. Antoine ne dit mot et prit les clés de la voiture dans le vide-poches.

Après avoir déposé les enfants, Antoine gara l'Austin Healey devant la librairie. Au moment où Mathias descendait de la voiture, il le rattrapa par le bras.

– Je veux bien comprendre que tu ne te sentes pas bien en ce moment, mais tu y as été un peu fort avec ta fille ce matin.

– Quand je l'ai vue enjamber la rambarde, j'ai eu peur, une peur bleue si tu veux savoir.

– Ce n'est pas parce que toi tu as le vertige que tu dois l'empêcher de marcher !

– Ça te va bien de dire ça, toi qui mets un pull à ton fils dès que tu as froid... J'ai vraiment crié à ce point-là ?

– Non, tu as vraiment hurlé à ce point-là ! Promets-moi quelque chose, va prendre l'air, retourne dans le parc cette après-midi, tu en as besoin !

Antoine lui donna une tape amicale sur l'épaule et se dirigea vers ses bureaux.

*

À treize heures, Antoine convia McKenzie à déjeuner dans le restaurant d'Yvonne. Pour commencer, déclara-t-il, ils emporteraient les dessins d'exécution que McKenzie avait achevés et profiteraient du repas pour vérifier les derniers détails sur place.

Ils étaient attablés dans la salle, Yvonne vint chercher Antoine, on le demandait au téléphone. Antoine s'excusa auprès de son collaborateur et prit le combiné sur le comptoir.

– Dis-moi la vérité, tu crois qu'Emily peut cesser de m'aimer ?

Antoine regarda le combiné et raccrocha sans répondre. Il resta près de l'appareil, il avait vu juste, déjà la sonnerie grelottait. Il décrocha aussitôt.

– Tu m'emmerdes, Mathias... Pardon ? Non, nous ne prenons pas de réservations à midi... Oui, je vous remercie.

Et sous l'œil intrigué d'Yvonne, il reposa doucement le combiné. Antoine retourna vers sa table et fit aussitôt demi-tour, le téléphone sonnait à nouveau. Yvonne lui tendit l'appareil.

– Ne dis rien et écoute-moi ! supplia Mathias qui faisait les cent pas dans sa librairie. Ce soir, tu lèves la punition, je rentrerai après toi et j'improviserai.

Mathias raccrocha aussitôt.

Le combiné toujours à l'oreille, Antoine faisait de son mieux pour garder son calme. Et comme Yvonne ne le quittait pas des yeux, il improvisa lui aussi.

– C'est la dernière fois que tu me déranges en réunion ! dit-il avant de raccrocher à son tour.

*

Assise sur un banc, Danièle avait abandonné ses mots croisés pour tricoter une barboteuse Elle tira sur le fil de laine et repoussa ses lunettes au bout du nez. En face d'elle, Sophie, assise en tailleur sur la pelouse, jouait aux cartes avec Emily et Louis. Son dos lui faisait mal, elle s'excusa auprès des enfants et les laissa le temps de faire quelques pas.

– Qu'est-ce qu'il a ton père en ce moment ? demanda Louis à Emily.

– Je crois que c'est à cause de la journaliste qui est venue dîner à la maison.

– Qu'est-ce qu'il y a entre eux exactement ? questionna le petit garçon en jetant une carte.

– Ton père... et ma mère, répondit-elle en abattant son jeu.

*

Mathias marchait d'un pas pressé dans une allée du parc. Il ouvrit le sachet de la boulangerie, y plongea la main et en sortit un pain aux raisins qu'il croqua à pleines dents. Soudain, il ralentit et son visage changea d'expression. Il se cacha derrière un chêne pour épier la scène devant lui.

Emily et Louis riaient de bon cœur. À quatre pattes sur l'herbe, Sophie chatouillait l'un, puis l'autre. Elle se redressa pour leur poser une question.

– Une surprise en six lettres ?

– Manège ! s'exclama Louis.

Comme par magie, elle fit apparaître deux tickets dans le creux de sa main. Elle se releva et invita les enfants à la suivre vers le carrousel.

Louis était à la traîne, il entendit siffler et se retourna. La tête de Mathias dépassait du tronc d'un arbre. Il lui fit signe de venir discrètement vers lui.

Louis jeta un rapide coup d'œil aux filles qui marchaient loin devant et courut vers le banc où Mathias l'attendait déjà.

– Qu'est-ce que tu fais là ? demanda le petit garçon.

– Et Sophie, qu'est-ce qu'elle fait là ? répondit Mathias.

– Je peux pas te le dire, c'est secret !

– Dis donc, quand j'ai appris qu'un certain petit garçon avait arraché une écaille du dinosaure au musée, j'ai rien dit !

– Oui mais là c'est pas pareil, le dinosaure il était mort.

– Et pourquoi c'est un secret que Sophie soit là ? insista Mathias.

– Au début, quand tu t'es séparé de Valentine et que tu venais voir Emily en cachette au jardin du Luxembourg, c'était un secret aussi, non ?

– Ah je vois..., murmura Mathias.

– Ben non, tu vois rien du tout ! Depuis que vous vous êtes engueulés avec Sophie on lui manque, et à moi aussi elle me manque.

Le petit garçon se leva d'un bond.

– Bon, faut que j'y aille, ils vont remarquer que je suis pas là.

Louis s'éloigna de quelques pas mais Mathias le rappela aussitôt.

– Notre conversation, c'est secret aussi, d'accord ?

Louis fit oui de la tête et confirma son serment

d'une main posée solennellement sur le cœur. Mathias sourit et lui lança le sachet de viennoiseries.

– Il reste deux pains aux raisins, tu en donneras un à ma fille ?

Le petit garçon regarda Mathias, l'air effondré.

– Et je lui dis quoi à Emily, que ton pain aux raisins a poussé dans un arbre ? T'es vraiment nul en mensonge mon vieux !

Il lui relança le sachet et repartit en hochant la tête.

*

Le soir, en rentrant à la maison, Mathias trouva Emily et Louis assis devant des dessins animés. Antoine préparait le repas dans la cuisine. Mathias se dirigea vers lui et croisa les bras.

– Je ne comprends pas bien ! dit-il en désignant la télévision allumée. Qu'est-ce que j'avais dit ?

Ébahi, Antoine releva la tête.

– Pas... de... té-lé-vi-sion ! Alors ce que je dis ou rien, c'est pareil ? C'est quand même un comble ! cria-t-il en levant les bras au ciel

Depuis le canapé, Emily et Louis observaient la scène.

– Je voudrais bien que l'on respecte un peu mon autorité dans cette maison. Quand je prends une décision au sujet des enfants, j'aimerais que tu m'épaules, c'est un peu facile que ce soit toujours le même qui punisse et l'autre qui récompense !

Antoine, qui n'avait pas quitté Mathias du regard, en arrêta de touiller sa ratatouille.

– C'est une question de cohérence familiale ! conclut Mathias en trempant son doigt dans la casserole et en faisant un clin d'œil à son ami.

Antoine lui asséna un coup sur la main avec la louche.

L'incident clos, tout le monde passa à table. À la fin du dîner, Mathias emmena Emily se coucher.

Allongé à côté d'elle, il lui raconta la plus longue des histoires qu'il connaissait. Et quand, pour finir, Théodore, le lapin aux pouvoirs magiques, vit dans le ciel l'aigle qui tournait en rond (le pauvre animal avait depuis sa naissance une aile plus courte que l'autre... de quelques plumes), Emily mit son pouce dans sa bouche et se blottit contre son père.

– Tu dors, ma princesse ? chuchota Mathias.

Il se laissa glisser tout doucement sur le côté. Agenouillé près du lit, il caressa les cheveux de sa petite fille et resta un long moment à la regarder dormir.

Emily avait une main posée sur le front, l'autre retenait encore celle de son père. De temps en temps, ses lèvres frémissaient, comme si elle allait dire quelque chose.

– Qu'est-ce que tu lui ressembles, murmura Mathias.

Il posa un baiser sur sa joue, lui dit qu'il l'aimait plus que tout et quitta la chambre sans faire de bruit.

*

Antoine, en pyjama, couché dans son lit, lisait tranquillement. On frappa à sa chambre.

– J'ai oublié de récupérer mon costume chez le teinturier, dit Mathias en passant la tête par l'entrebâillement de la porte.

– J'y suis passé, il est dans ta penderie, répondit Antoine en reprenant le début de sa page.

Mathias s'approcha du lit et s'allongea sur la couverture. Il prit la télécommande et alluma la télévision.

– Il est bon, ton matelas !

– C'est le même que le tien !

Mathias se redressa et tapota l'oreiller pour améliorer son confort.

– Je ne te dérange pas ? demanda Mathias.

– Si !

– Tu vois, après tu te plains qu'on ne se parle jamais.

Antoine lui confisqua la télécommande et éteignit le poste.

– Tu sais, j'ai repensé à ton vertige, ce n'est pas neutre comme problème. Tu as peur de grandir, de te projeter en avant et c'est ça qui te paralyse, y compris dans tes relations avec les autres. Avec ta femme tu avais peur d'être un mari, et parfois, même avec ta fille tu as peur d'être un père. À quand remonte la dernière fois que tu as fait quelque chose pour quelqu'un d'autre que toi ?

Antoine appuya sur l'interrupteur de la lampe de chevet et se retourna. Mathias resta ainsi quelques minutes, silencieux dans l'obscurité ; il finit par se lever et, juste avant de sortir, regarda fixement son ami.

– Alors tu sais quoi ? Conseil pour conseil, j'en ai un qui te concerne, Antoine : laisser entrer quelqu'un dans sa vie, c'est abattre les murs qu'on a construits pour se protéger, pas attendre que l'autre les enfonce !

– Et pourquoi tu me dis ça ? Je ne l'ai pas cassé le mur, peut-être ? cria Antoine.

– Non, c'est moi qui l'ai fait et je ne parlais pas de ça ! C'était quoi la pointure des chaussons dans le magasin de layette ?

Et la porte se referma.

*

Antoine ne dormit pas de la nuit... ou presque. Il ralluma la lumière, ouvrit le tiroir de sa table de chevet, prit une feuille de papier et se mit à écrire. Ce n'est qu'au petit matin que le sommeil l'emporta, quand il eut finit de rédiger sa lettre.

Mathias non plus ne dormit pas de la nuit... ou presque. Lui aussi ralluma la lumière, et comme pour Antoine, ce n'est qu'au petit matin qu'enfin le sommeil l'emporta, quand il eut pris quelques résolutions.

XX

Ce vendredi, Emily et Louis arrivèrent vraiment en retard à l'école. Ils avaient eu beau secouer leurs pères pour les tirer du lit, rien n'y fit. Et pendant qu'ils regardaient des dessins animés (cartables au dos, au cas où quelqu'un aurait eu le culot de leur faire un reproche), Mathias se rasait dans sa salle de bains et Antoine, catastrophé, appelait McKenzie pour le prévenir qu'il serait à l'agence dans une demi-heure.

*

Mathias entra dans sa librairie, écrivit au marqueur sur une feuille de papier Canson « Fermé pour la journée », la colla sur la porte vitrée et repartit aussitôt.

Il passa à l'agence, et dérangea Antoine en pleine réunion pour le forcer à lui prêter sa voiture. La première étape de son périple le fit longer la Tamise. Une fois garé sur le parking de la tour Oxo, il alla s'asseoir sur le banc qui faisait face à la jetée, le temps de se concentrer.

*

Yvonne s'assura qu'elle n'avait rien oublié et vérifia à nouveau son billet. Ce soir, à la gare Victoria, elle monterait dans le train de dix-huit heures. Elle arriverait à Chatham cinquante-cinq minutes plus tard. Elle referma sa petite valise noire, la laissa sur le lit et quitta son studio.

Le cœur serré, elle descendit l'escalier qui conduisait vers la salle ; elle avait rendez-vous avec Antoine. C'était une bonne idée de partir ce week-end. Elle n'aurait jamais supporté de voir le grand chambardement dans son restaurant. Mais la vraie raison de ce voyage, même si son sacré caractère lui interdisait de se l'avouer, venait plutôt du cœur. Cette nuit, pour la première fois, elle dormirait dans le Kent.

*

Antoine regarda sa montre en sortant de sa réunion. Yvonne devait l'attendre depuis un bon quart d'heure. Il fouilla la poche de sa veste, vérifia qu'une enveloppe s'y trouvait et courut à son rendez-vous.

*

Sophie se tenait de profil devant le miroir accroché au mur de son arrière-boutique. Elle caressa son ventre et sourit.

*

Mathias regarda une dernière fois les ondulations du fleuve. Il inspira profondément et abandonna son banc. Il avança d'un pas déterminé vers la tour Oxo et traversa le hall pour s'entretenir avec le liftier. L'homme l'écouta attentivement et accepta le généreux pourboire que Mathias lui offrait en échange d'un service qu'il trouvait néanmoins étrange. Puis il demanda aux passagers de bien vouloir se tasser un peu vers le fond de l'ascenseur. Mathias entra dans la cabine, se plaça face aux portes et annonça qu'il était prêt. Le liftier appuya sur le bouton.

*

Enya promit à Yvonne qu'elle resterait là tout le temps des travaux. Elle veillerait à ce que les ouvriers n'abîment pas sa caisse enregistreuse. C'était déjà difficile d'imaginer qu'à son retour, plus rien ne ressemblerait à rien, mais si sa vieille machine était endommagée, l'âme même de son bistrot ficherait le camp.

Elle refusa de voir les derniers dessins qu'Antoine lui présentait. Elle lui faisait confiance. Elle passa derrière son comptoir, ouvrit un tiroir et lui tendit une enveloppe.

– Qu'est-ce que c'est ?

– Tu verras en l'ouvrant ! dit Yvonne.

– Si c'est un chèque je ne l'encaisserai pas !

– Si tu ne l'encaisses pas, je prends deux pots de peinture et je barbouille tout ton travail en rentrant, tu m'as bien comprise ?

Antoine voulut discuter mais Yvonne lui reprit l'enveloppe et la mit de force dans sa veste.

– Tu les prends ou non ? dit-elle en agitant un trousseau de clés. Je veux bien rajeunir ma salle, mais ma fierté ne mourra qu'avec moi, je suis de la vieille école. Je sais très bien que tu ne voudras jamais que je te règle tes honoraires, en tout cas mes travaux, je me les paie !

Antoine prit les clés des mains d'Yvonne et lui annonça que le restaurant était à lui jusqu'à dimanche soir. Elle n'aurait pas le droit d'y remettre les pieds avant lundi matin.

*

– Monsieur ? Il faut vraiment enlever votre pied de la porte, les gens s'impatientent ! supplia le liftier de la tour Oxo.

La cabine n'avait toujours pas quitté le rez-de-chaussée et, bien que le garçon d'ascenseur ait tenté d'expliquer la situation à tous les clients, certains n'en pouvaient plus d'attendre de rejoindre leur table au dernier étage.

– Je suis presque prêt, dit Mathias, presque prêt !

Il inspira à fond et recroquevilla ses orteils dans ses chaussures.

La femme d'affaires à ses côtés lui décocha un coup de parapluie dans le mollet, Mathias plia la jambe et enfin la cabine s'éleva dans le ciel de Londres.

*

Yvonne quitta son restaurant. Elle avait rendez-vous chez le coiffeur et repasserait plus tard reprendre sa valise. Enya dut presque la pousser dehors, elle pouvait compter sur elle. Yvonne la serra dans ses bras et l'embrassa avant de monter dans son taxi.

Antoine remontait la rue, il s'arrêta devant le magasin de Sophie, frappa à la porte et entra.

*

Les portes de l'ascenseur s'ouvrirent sur le dernier étage. Les clients du restaurant se précipitèrent au-dehors. Accroché à la rambarde, au fond de la cabine en verre, Mathias ouvrit les yeux. Émerveillé, il découvrait une ville comme il ne l'avait jamais vue. Le liftier frappa une première fois dans ses mains, une seconde, puis l'applaudit de tout son cœur.

– On s'en refait un, rien que tous les deux ? demanda le garçon d'ascenseur.

Mathias le regarda et sourit.

– Alors un petit seulement, parce que après j'ai de la route à faire, répondit Mathias. Je peux ? ajouta-t-il en posant son doigt sur le bouton.

– Vous êtes mon invité ! répondit fièrement le liftier.

*

– Tu viens acheter des fleurs ? demanda Sophie en regardant Antoine qui s'approchait d'elle.

Il sortit l'enveloppe de sa poche et la lui tendit.

– Qu'est-ce que c'est ?

– Tu sais, cet imbécile pour lequel tu me demandais d'écrire... je crois qu'il t'a enfin répondu, alors je voulais t'apporter sa lettre en personne.

Sophie ne dit rien, elle se baissa pour ouvrir le coffret en liège et rangea la lettre au-dessus des autres.

– Tu ne l'ouvriras pas ?

– Si, peut-être plus tard, et puis je crois qu'il n'aimerait pas que je la lise devant toi.

Antoine avança lentement vers elle, il la serra dans ses bras, l'embrassa sur la joue et ressortit du magasin.

*

L'Austin Healey filait sur la M25, Mathias se pencha vers la boîte à gants et attrapa la carte routière. Dans dix miles, il devrait bifurquer sur la M2. Ce matin, il avait accompli sa première résolution. En maintenant l'allure, il accomplirait peut-être la deuxième dans moins d'une heure.

*

Antoine passa le reste de la journée en compagnie de McKenzie dans le restaurant. Avec Enya, ils avaient empilé les vieilles tables dans le fond de la salle. Demain, le camion de la menuiserie les emporterait toutes. Ensemble, ils traçaient maintenant sur les murs de grandes lignes au fil de craie bleu, marquant pour les menuisiers qui seraient à l'œuvre samedi les limites des allèges en bois, et les impostes pour les peintres qui interviendraient dimanche.

*

En fin d'après-midi, Sophie reçut un appel téléphonique de Mathias. Il savait bien qu'elle ne voulait plus lui parler, mais il la supplia de l'écouter.

Au milieu de la conversation, Sophie posa le combiné, le temps d'aller fermer la porte de son magasin pour que personne ne la dérange. Elle ne l'interrompit pas une fois. Quand Mathias raccrocha, Sophie ouvrit le coffret. Elle décacheta alors la lettre et lut les mots dont elle avait rêvé pendant toutes les années d'une amitié qui finalement n'en était pas une.

Sophie,

J'ai cru que le prochain amour serait encore une défaite, alors comment risquer de te perdre quand je n'avais que toi ?

Pourtant, à nourrir mes peurs, je t'ai perdue quand même.

Toutes ces années, je t'écrivais ces lettres, rêvant sans jamais te le dire d'être celui qui les lirait. Ce dernier soir non plus, je n'ai pas su te dire...

J'aimerai cet enfant mieux qu'un père puisqu'il est de toi, mieux qu'un amant même s'il est d'un autre.

Si tu voulais encore de nous, je chasserais tes solitudes, te prendrais par la main pour t'emmener sur un chemin que nous ferions ensemble.

Je veux vieillir dans tes regards et habiller tes nuits jusqu'à la fin de mes jours.

Ces mots-là, c'est à toi seule que je les écris mon amour.

Antoine

*

Mathias s'arrêta dans une station-service. Il fit le plein d'essence et reprit la M25 en direction de Londres. Tout à l'heure, dans un petit village du Kent, il avait accompli sa deuxième résolution. En le raccompagnant à sa voiture, Mr Glover avoua qu'il avait espéré cette visite, mais de l'identité de Popinot, il ne voulut rien dire.

En s'engageant sur l'autoroute, Mathias composa le numéro du portable d'Antoine. Il s'était arrangé pour faire garder les enfants et il l'invitait à dîner en tête à tête.

Antoine lui demanda ce qu'ils fêtaient, Mathias ne lui répondit pas mais lui proposa de choisir l'endroit.

– Yvonne est partie, nous avons le restaurant pour nous deux, si ça te va ?

Il interrogea rapidement Enya qui était tout à fait d'accord pour leur préparer un petit dîner. Elle laisserait tout dans la cuisine, il n'y aurait plus qu'à réchauffer.

– Parfait, dit Mathias, j'apporterai le vin, huit heures précises !

*

Enya leur avait mis un très joli couvert. En rangeant la cave, elle avait trouvé un chandelier et l'avait installé au milieu de la table. Les plats étaient dans le four, ils n'auraient plus qu'à les sortir.

Quand Mathias arriva, elle les salua tous les deux et remonta dans sa chambre.

Antoine déboucha la bouteille que Mathias avait apportée et servit leurs deux verres.

– Ça va être beau ici. Dimanche soir, tu ne reconnaîtras plus rien. Si je ne me suis pas trompé, l'âme des lieux n'aura pas changé, ce sera toujours chez Yvonne, mais en plus moderne.

Et, comme Mathias ne disait rien, il leva son verre.

– Alors, qu'est-ce que nous fêtons ?

– Nous, répondit Mathias.

– Pourquoi ?

– Pour tout ce que nous avons fait l'un pour l'autre, enfin surtout toi. Tu vois, en amitié on ne passe pas devant le maire, alors il n'y a pas vraiment de date anniversaire ; mais ça peut quand même durer toute une vie puisqu'on s'est choisis.

– Tu te souviens de la première fois que nous nous sommes rencontrés ? dit Antoine en trinquant.

– À Caroline Leblond, répondit Mathias.

Antoine voulut aller chercher les plats en cuisine, mais Mathias l'en empêcha.

– Reste assis, j'ai quelque chose d'important à te dire.

– Je t'écoute.

– Je t'aime.

– Tu répètes ton texte pour un rendez-vous ? demanda Antoine.

– Non, je t'aime vraiment.

– Tu déconnes encore ? Arrête tout de suite parce que là, tu m'inquiètes vraiment !

– Je te quitte, Antoine.

Antoine reposa son verre et regarda fixement Mathias.

– Tu as quelqu'un d'autre ?

– Là, maintenant, c'est toi qui déconnes.

– Pourquoi fais-tu ça ?

– Pour nous deux. Tu m'as demandé à quand remontait la dernière fois que j'avais fait quelque chose pour quelqu'un d'autre que moi, maintenant je pourrai te répondre.

Antoine se leva.

– Je n'ai plus très faim tu sais, tu veux bien que nous allions marcher ?

Mathias repoussa sa chaise. Ils abandonnèrent la table et refermèrent derrière eux la porte de service.

Ils se promenaient sur la berge, chacun respectant le silence de l'autre.

Accoudé à la balustrade d'un pont qui surplombait la Tamise, Antoine prit le dernier cigare qui restait dans sa poche. Il le fit rouler entre ses doigts et craqua une allumette.

– De toute façon, moi je ne voulais pas d'autre enfant, dit Mathias en souriant.

– Je crois que moi, si ! répondit Antoine en lui tendant le cigare.

– Viens, traversons, de l'autre côté la vue est plus belle, reprit Mathias.

– Tu viendras demain ?

– Non, je crois que c'est mieux qu'on ne se voie pas pendant quelque temps, mais je te téléphonerai dimanche pour savoir comment tes travaux se sont passés.

– Je comprends, dit Antoine.

– Je vais emmener Emily en voyage. Ce n'est pas très grave si elle rate l'école une semaine. J'ai besoin de passer du temps avec elle, il faut que je lui parle.

– Tu as des projets ? demanda Antoine.

– Oui, c'est de ça dont je veux lui parler.

– Et à moi, tu ne veux plus en parler ?

– Si, répondit Mathias, mais à elle d'abord.

Un taxi traversait le pont, Mathias lui fit signe. Antoine monta. Mathias referma la portière et se pencha à la vitre.

– Rentre, moi je vais encore faire quelques pas.

– D'accord, répondit Antoine. Tu as vu l'heure, dit-il en regardant sa montre. Je connais une baby-sitter qui va m'engueuler en rentrant.

– Ne t'inquiète pas pour Mme Doubtfire, je me suis occupé de tout.

Mathias attendit que le taxi s'éloigne. Il enfouit ses mains dans les poches de sa gabardine et se remit en marche. Il était deux heures vingt, il croisa les doigts pour que s'accomplisse sa troisième résolution.

*

Antoine entra dans la maison et regarda le vide-poches. Le salon était dans la pénombre, éclairé par le scintillement de l'écran de télévision.

Deux pieds dépassaient de l'extrémité du canapé, l'un portait une chaussette rose, l'autre une bleue. Il se dirigea vers la cuisine et ouvrit le réfrigérateur. Sur la clayette les canettes de sodas étaient alignées par ordre de couleur. Il les déplaça l'une après l'autre pour les mettre en désordre et referma la porte. Il remplit un grand verre d'eau au robinet et le but d'un seul trait.

C'est lorsqu'il retourna vers le salon qu'il découvrit Sophie. Elle dormait profondément. Antoine ôta sa veste pour lui recouvrir les épaules. Se penchant vers elle, il lui caressa les cheveux, posa un baiser sur son front, et glissa jusqu'à ses lèvres. Il éteignit la télévision et se rendit à l'autre bout du canapé. Il souleva délicatement les jambes de Sophie, s'assit sans faire de bruit et les reposa sur ses genoux. Enfin, il s'enfonça dans les coussins, à la recherche d'une position pour dormir. Quand il cessa de bouger, Sophie ouvrit un œil, sourit et le referma aussitôt.

XXI

Antoine était parti aux premières heures du matin. Il voulait être sur place quand le camion de la menuiserie arriverait. Sophie avait préparé la petite valise d'Emily et regroupé quelques affaires pour son père dans un grand sac. Mathias passa la chercher vers neuf heures. Ils se rendaient en Cornouailles et profiteraient de ce moment à deux pour discuter ensemble de l'avenir. Emily embrassa Louis et promit qu'elle lui enverrait une carte postale tous les jours. Sophie les raccompagna jusqu'à la porte de la maison.

– Merci pour le sac, dit Mathias

– Merci à toi, répondit Sophie en le serrant dans ses bras. Ça va aller ? demanda-t-elle.

– Bien sûr, j'ai mon petit ange gardien avec moi.

– Tu reviens quand ?

– Dans quelques jours, je ne sais pas encore.

Mathias prit sa fille par la main et descendit les marches du perron, puis il se retourna pour contempler la façade de la maison. La glycine courait de chaque côté des deux portes d'entrée. Sophie le regardait, il lui sourit, ému.

– Occupe-toi bien de lui, murmura Mathias.

– Tu peux compter sur moi.

Mathias remonta les marches, il souleva Louis et l'embrassa comme un bonbon.

– Et toi, occupe-toi bien de Sophie, tu es l'homme de la maison pendant mon absence.

– Et mon père ? répondit Louis en reposant les pieds à terre.

Mathias lui fit un clin d'œil complice et s'éloigna dans la rue.

*

Antoine entra dans le restaurant désert. Au fond de la salle, un chandelier trônait sur une table revêtue d'une nappe blanche. Le couvert était immaculé, seuls deux verres étaient emplis de vin. Il s'approcha et s'assit sur la chaise qu'occupait Mathias la veille.

– Laissez ça, je vais débarrasser, dit Enya, au pied de l'escalier.

– Je ne vous avais pas entendue.

– Moi si, dit-elle en s'approchant de lui.

– C'était un beau printemps, n'est-ce pas ?

– Avec quelques orages, comme à chaque printemps, dit-elle en regardant la salle vide.

– Je crois que j'entends le camion dans la rue.

Enya regarda par la vitrine.

– J'ai le trac, dit Antoine

– Yvonne va adorer.

– Vous dites ça pour me rassurer ?

– Non, je vous dis ça parce que hier, après votre départ, elle est repassée regarder tous vos dessins, et croyez-moi, ses yeux riaient comme je ne les avais encore jamais vus le faire.

– Elle n'a fait aucun commentaire ?

– Si, elle a dit : « Tu vois papa, on y est arrivés. » Maintenant, je vais vous faire du café. Allez, bougez de là, il faut que je débarrasse cette table. Ouste !

Et déjà les menuisiers envahissaient le restaurant.

*

Dimanche matin, John avait fait visiter son village à Yvonne. Elle raffolait du lieu. Le long de la rue principale, les façades des maisons étaient toutes de couleurs différentes, roses, bleues, parfois blanches, même violettes, et tous les balcons débordaient de fleurs. Ils déjeunèrent au pub, institution locale. Le soleil brillait dans le ciel du Kent, et le patron les avait installés à l'extérieur. Étrangement, tous les gens du coin devaient avoir des courses à faire ce jour-là, car tous passaient ou repassaient devant la terrasse, saluant John Glover et son amie française.

Ils rentrèrent en coupant à travers champs ; la campagne anglaise était une des plus belles du monde. L'après-midi aussi était belle, John avait du travail dans la serre, Yvonne en profiterait pour faire une sieste dans le jardin. Il l'installa dans une chaise longue, l'embrassa et alla chercher ses outils dans l'appentis.

*

Les menuisiers avaient tenu leurs promesses. Toutes les boiseries étaient posées. Antoine et McKenzie se penchaient chacun à une extrémité du comptoir pour vérifier les ajustements. Ils étaient parfaits, pas une écharde ne dépassait des montants. Les vernis réalisés en atelier avaient été lissés au moins six fois pour obtenir une telle brillance. Avec mille précautions, et sous l'œil vigilant et impitoyable d'Enya, la vieille caisse enregistreuse avait retrouvé sa place. Louis l'astiquait. Dans la salle, les peintres finissaient les impostes qu'ils avaient égrenées et enduites dans la nuit. Antoine regarda sa montre, il restait à déposer les bâches de protection, nettoyer à grands coups de balai et remettre les nouvelles tables et chaises en place. Les électriciens fixaient déjà les appliques aux murs. Sophie entra, un grand vase dans les bras. Les corolles des pivoines étaient à peine ouvertes ; demain, quand Yvonne rentrerait, elles seraient parfaites.

*

Au sud de Falmouth, un père faisait découvrir à sa fille les falaises de Cornouailles. Quand il s'approcha du bord pour lui montrer au loin les côtes de France, elle n'en crut pas ses yeux, et elle courut le prendre dans ses bras, lui dire qu'elle était fière de lui. Regagnant la voiture, elle en profita pour lui demander si, maintenant qu'il n'avait plus le vertige, elle pourrait enfin glisser sur les rampes d'escalier sans se faire gronder.

*

Il était bientôt seize heures et tout était achevé. Debout devant la porte, Antoine, Sophie, Louis et Enya regardaient le travail accompli.

– Je n'arrive pas à le croire, dit Sophie en contemplant la salle.

– Moi non plus, répondit Antoine en lui prenant la main.

Sophie se pencha vers Louis pour lui faire une confidence, à lui seul.

– Dans deux secondes ton père va me demander si Yvonne va aimer, chuchota-t-elle à son oreille.

Le téléphone sonnait. Enya décrocha et fit signe à Antoine, l'appel était pour lui.

– C'est elle qui veut savoir si c'est fini, dit-il en se dirigeant vers le comptoir.

Et il se retourna, pour demander à Sophie si elle pensait que la nouvelle salle plairait à Yvonne...

Il prit l'appareil, et l'expression de son visage changea. Au bout du fil, ce n'était pas Yvonne mais John Glover.

*

Elle avait ressenti la douleur au début de l'après-midi. Elle n'avait pas voulu inquiéter John. Il avait tant attendu ce moment. La campagne autour d'elle était irradiée de lumière, les frondaisons des arbres oscillaient lentement sous le vent. Que ces parfums d'été naissant étaient doux. Elle était si fatiguée, la tasse glissait entre ses doigts, pourquoi lutter pour en retenir l'anse, ce n'était que de la porcelaine ; John était dans la serre, il n'entendrait pas de bruit. Elle aimait la façon dont il taillait les rosiers grimpants.

C'est drôle, elle pensait à lui et le voilà au bout de cette allée. Comme il ressemble à son père, il a sa douceur, cette même réserve, une élégance naturelle. Qui est cette petite fille qui le tient par la main ? Ce n'est pas Emily. Elle agite cette écharpe qu'elle portait le jour où il l'avait emmenée sur la grande roue. Elle lui fait signe de venir.

Les rayons du soleil sont chauds, elle les sent sur sa peau. Il ne faut pas avoir peur, elle a dit l'essentiel. Une dernière gorgée de café peut-être ? Le récipient est sur le guéridon, si près et déjà si loin d'elle. Un oiseau passe dans le ciel ; ce soir, il survolera la France.

John marchait vers elle, pourvu qu'il aille vers les sous-bois, il vaut mieux être seule.

Sa tête lui pesait trop. Elle la laissa glisser vers son épaule. Il faudrait garder les paupières encore un peu ouvertes, s'imprégner de tout ce qui était là, je voudrais voir les magnolias, me pencher sur les roses ; la lumière s'apaise, le soleil est moins chaud, l'oiseau est parti ; la petite fille me fait signe, mon père me sourit. Dieu que la vie est belle quand elle s'en va... et la tasse roula sur l'herbe.

Elle se tenait toute droite sur sa chaise, la tête penchée, quelques morceaux de porcelaine à ses pieds.

John abandonna ses outils, et courut dans l'allée, en hurlant son prénom...

Yvonne venait de mourir, dans un jardin du Kent.

XXII

Yvonne aurait aimé ce ciel de traîne au-dessus du cimetière d'Old Brompton. John ouvrait le cortège. Danièle, Colette, Martine suivaient sur un seul rang. Sophie, Antoine, Enya et Louis soutenaient McKenzie, inconsolable dans son costume neuf. Derrière eux, des commerçants, des clients, tous les gens de Bute Street formaient une longue file.

Quand ils la mirent en terre, une clameur sans pareille s'éleva du grand stade. Ce mercredi, Manchester United avait gagné la partie. Et qui aujourd'hui pourrait dire le contraire, cette silhouette qui marchait dans l'allée et qui souriait à John était celle d'un grand joueur. Il n'y eut pas de messe, Yvonne n'en voulait pas, quelques paroles seulement pour témoigner que, même morte, elle serait encore là.

La cérémonie fut brève, selon le souhait d'Yvonne. Tout le monde se retrouva chez elle ; cela, c'était le souhait de John.

Les avis étaient unanimes, et même si Antoine pleurait, il fallait se réjouir, le restaurant était encore plus beau qu'elle ne l'avait imaginé. Bien sûr qu'elle aurait aimé ! Tout le monde s'installa aux tables et les verres se levèrent à la mémoire d'Yvonne.

À midi, des clients de passage entrèrent dans la salle. Enya ne savait pas quoi faire, Danièle lui fit un signe, il fallait les servir. Quand ils demandèrent à régler, elle avança vers la caisse enregistreuse, ne sachant pas si elle devait ou non taper cette addition.

John, qui s'était avancé dans son dos, appuya sur la touche et la sonnette de la caisse résonna dans la salle.

– Vous voyez, elle est là, parmi nous, lui dit-il.

Le restaurant venait de rouvrir. D'ailleurs, chuchota John en aparté, Yvonne le lui avait dit un jour, s'il venait à fermer, elle en mourrait une seconde fois. Enya ne devait pas s'inquiéter, ce matin il l'avait vue à l'œuvre, courir entre les tables sans jamais se presser, John en était certain, elle saurait comment faire.

Rien n'aurait pu la rendre plus heureuse, mais Enya n'avait pas les moyens de reprendre l'affaire. John la rassura, elle n'en avait pas besoin, ils trouveraient un accord, une gérance. Comme avec Mathias à la librairie, il lui expliquerait. Et puis si elle avait besoin d'un peu d'aide, il ne serait pas loin. John n'avait qu'une requête. Il lui tendit un cadre en bois avec une fine baguette et lui demanda de bien vouloir l'accrocher au-dessus du bar et que cette photo y reste pour toujours. Avant de s'absenter – il avait encore une chose à régler – John lui montra son manteau accroché à la patère, et il le lui offrit, pour la seconde fois. Il faudrait qu'elle le garde, il portait chance, n'est-ce pas ?

Sophie regardait Antoine, Mathias venait d'entrer.

– Tu es venu ? dit Antoine en avançant vers lui.

– Ben non, tu vois !

– Je pensais que tu serais au cimetière.

– Je n'ai appris la nouvelle que ce matin, en appelant Glover. J'ai fait au plus vite, mais tu sais avec toutes ces voitures anglaises qui roulent du mauvais côté !

– Tu restes ?

– Non, je dois repartir.

– Je comprends.

– Tu peux garder Emily quelques jours ?

– Bien sûr !

– Et pour la maison, qu'est-ce que tu veux faire ?

Antoine regarda Sophie, elle apportait une pile de mouchoirs à McKenzie.

– De toute façon, j'aurais eu besoin de ta

chambre, dit Antoine en la voyant qui se tenait le ventre.

Mathias se dirigea vers la porte, il revint sur ses pas et serra son ami dans ses bras.

– Jure-moi quelque chose : aujourd'hui ne regarde pas les détails qui clochent, regarde tout ce que tu as fait, c'est magnifique.

– Promis, dit Antoine.

*

Mathias entra dans la librairie où l'attendait John Glover. John signa tous les papiers dont ils avaient discuté dans le Kent. Avant de partir, Mathias monta sur l'escabeau. Il prit un livre sur l'étagère la plus haute et retourna derrière la caisse.

Il avait réparé le tiroir, maintenant il ne faisait plus son petit bruit quand on l'ouvrait.

Il remercia encore le vieux libraire de tout ce qu'il avait fait pour lui et lui rendit l'unique exemplaire que la librairie possédait des aventures de Jeeves.

Avant de partir, Mathias avait une dernière question à lui poser : Qui était donc ce Popinot ?

Glover sourit et invita Mathias à prendre les deux paquets qu'il avait déposés à son intention devant l'entrée. Mathias défit le papier cadeau qui les enrobait. Le premier contenait une plaque émaillée et le second, un magnifique parapluie orné d'un pommeau sculpté dans le bois d'un cerisier... Où que l'on aille, où que l'on vive, il pouvait pleuvoir certains soirs, dit John en le saluant.

Dès que Mathias sortit de la librairie, John passa la main dans le tiroir de la caisse, et remit le petit ressort exactement comme il était avant.

Le train entra en gare, Mathias courut sur le quai, doubla toute la file des passagers et monta dans le premier taxi. Il avait un rendez-vous dont sa vie dépendait, cria-t-il par la vitre aux gens qui l'injuriaient ; mais la voiture descendait déjà le boulevard Magenta, exceptionnellement fluide ce jour-là.

Il accéléra le pas à l'entrée de l'allée piétonnière et se mit à courir.

Derrière la grande baie vitrée, on pouvait voir le plateau de télévision où se préparait déjà l'édition du journal de vingt heures. Un agent de sécurité lui demanda de décliner son identité et le nom de la personne qu'il venait visiter.

Le gardien appela la régie.

Elle était absente pour quelques jours et le règlement interdisait de communiquer l'endroit où elle se trouvait.

Était-ce au moins en France ? avait demandé Mathias, la voix chancelante. – On ne peut rien dire... le règlement, avait répéte le gardien ; de toute façon ce n'était même pas consigné, avait-il ajouté en consultant son grand cahier ; elle reviendrait la semaine prochaine, c'était tout ce qu'il savait. - Pouvait-on au moins lui dire que Mathias était venu la voir ?

Un technicien franchissait le portique et tendit l'oreille en entendant un nom qui lui était familier.

Oui, il s'appelait bien Mathias, pourquoi ? Comment connaissait-il son prénom ?... – Il l'avait reconnu, elle l'avait tant décrit, avait si souvent parlé de lui, répondit le jeune homme. Il avait bien fallu l'écouter pour la consoler quand elle était rentrée de Londres. Et puis tant pis pour le règlement, avait dit Nathan en l'entraînant au loin ; elle était son amie ; les règles c'était bien, à condition de pouvoir les enfreindre quand la situation l'imposait... Si Mathias se pressait, il la trouverait peut-être au Champ-de-Mars, en principe, c'était là qu'elle filmait.

Les pneus du taxi crissèrent quand ils tournèrent sur le quai Voltaire.

Depuis les voies sur berge, l'enfilade des ponts offrait une perspective unique ; à droite les verrières bleutees du Grand Palais venaient de s'illuminer, devant lui la tour Eiffel scintillait. Paris était vraiment la plus belle ville du monde, encore plus quand on s'en éloignait.

Mes amis Mes amours

Il était vingt heures passées, un dernier demi-tour à la hauteur du pont de l'Alma et le taxi se rangea le long du trottoir.

Mathias ajusta sa veste, vérifia dans le rétroviseur que ses cheveux n'étaient pas trop en bataille. En rangeant le pourboire dans sa poche, le chauffeur le rassura, sa tenue était impeccable.

XXIII

Elle terminait son reportage et s'entretenait avec quelques collègues. Quand elle le vit sur l'esplanade, son visage se figea. Elle traversa la place en courant pour venir à sa rencontre.

Il portait un costume élégant ; Audrey regarda les mains de Mathias, elles tremblaient légèrement ; elle remarqua qu'il avait oublié de mettre des boutons à ses manchettes.

– Je ne sais jamais où je les range, dit-il en regardant ses poignets.

– J'ai emporté ta tasse à thé avec moi mais pas tes boutons de manchettes.

– Tu sais, je n'ai plus le vertige.

– Qu'est-ce que tu veux, Mathias ?

Il la regarda droit dans les yeux.

– J'ai grandi, donne-nous une seconde chance.

– Ça ne marche pas souvent les secondes chances.

– Oui, je sais, mais nous on couchait ensemble.

– Je m'en souviens.

– Tu crois toujours que tu pourrais aimer ma fille, si elle vivait à Paris ?

Elle le fixa longuement, prit sa main et se mit à sourire.

– Viens, dit-elle, je voudrais vérifier quelque chose.

Et Audrey l'entraîna en courant vers le dernier étage de la tour Eiffel.

Épilogue

Au printemps suivant, une rose remporta le grand prix à la fête de Chelsea. Elle avait été baptisée Yvonne. Dans le cimetière d'Old Brompton, elle fleurissait déjà sur sa tombe.

*

Des années plus tard, un jeune homme et sa meilleure amie se retrouvaient, comme ils en avaient l'habitude dès que leurs emplois du temps le permettaient.

– Excuse-moi, mon train avait du retard. Tu es là depuis longtemps ? demanda Emily en s'asseyant sur le banc.

– Je viens d'arriver, je suis allé chercher maman à l'aéroport, elle est rentrée de mission Je l'emmène en week-end, répondit Louis. Alors, Oxford ? Comment se sont passés tes examens ?

– Papa va être content, j'ai eu un petit podium...

Assis côte à côte sur un banc qui bordait le carrousel du parc, ils avisèrent un homme en complet bleu qui venait de prendre place en face d'eux. Il posa un gros sac au pied d'une chaise et accompagna sa petite fille jusqu'au manège.

– Six mois, dit Louis.

– Trois mois, pas plus ! répondit Emily.

Elle tendit la main, et Louis lui tapa dans la paume.

– Pari tenu !

.. et Mathias ne sait toujours pas qui est Popinot.

Merci

à Nicole Lattès, Leonello Brandolini, Brigitte Lannaud, Emmanuelle Hardouin, Antoine Caro, Rose Lantheaume, Kerry Glencorse, Claudine Guérin, Katrin Hodapp, Mark Kessler, Anne-Marie Lenfant, Élisabeth Villeneuve, Sylvie Bardeau, Tine Gerber, Marie Dubois, Brigitte Strauss, Serge Bovet, Lydie Leroy, Aude de Margerie, Joël Renaudat, Arié Sberro et toutes les équipes des Éditions Robert Laffont,

à Pauline Normand, Marie-Ève Provost,

à Dominique Farrugia, Vincent Lindon et Patrick Timsit,

à Pauline,

à Raymond et Danièle Levy, Lorraine Levy,

à Philippe Guez, sans qui cette histoire n'existerait pas,

et

à Susanna Lea et Antoine Audouard

www.laffont.fr
www.marclevy.info

Cet ouvrage a été imprimé par

FIRMIN DIDOT
GROUPE CPI

Mesnil-sur-l'Estrée

pour le compte des Éditions Robert Laffont
24, avenue Marceau, 75008 Paris
en juin 2008

Cet ouvrage a été composé et mis en pages
par ÉTIANNE COMPOSITION
à Montrouge.

Dépôt légal : juin 2008
N° d'édition : 48914-01 – N° d'impression : 90773

Imprimé en France